徳間文庫

千鳥舞う

葉室　麟

JN168942

徳間書店

目次

比翼屏風《ひよくびょうぶ》　5
濡衣夜雨《ぬれぎぬやう》　48
長橋春潮《ながはししゅんちょう》　91
箱崎晴嵐《はこざきせいらん》　135
奈多落雁《なたらくがん》　177
名島夕照《なじませきしょう》　219
香椎暮雪《かしいぼせつ》　261
横岳晩鐘《よこたけばんしょう》　305
博多帰帆《はかたきはん》　347
挙哀女図《こあいじょず》　386
解説　池上冬樹　422

比翼屛風《ひよくびょうぶ》

一

秋になったとはいえ、日差しはまだ強くて眩《まぶ》しかった。

松林を抜け、砂浜が続く海辺まで歩いて汗ばんだ里緒《りお》のうなじに、潮風がやさしく吹き渡ってくる。

九州、博多の玄界灘《げんかいなだ》に面した筥崎《はこざき》浜に、里緒はひとりで佇《たたず》んでいた。

筥崎浜の松原は、〈千代の松原〉とか〈十里松原〉などと呼ばれる。松の枝々に白、紺、葡萄《えび》茶色の家紋や屋号を染め抜いた幕がかけられ浜風にはためいていた。

幕の内では宴が張られ、三味線の音が聞こえる。ちらし寿司に魚や野菜の炊き合わせ、餅《もち》などを盛った重箱や大皿がところ狭しと広げられている。

重箱には紅葉を散らした蒔絵《まきえ》が施され、皿は豪奢《ごうしゃ》な絵付けの有田焼だ。料理や酒に舌鼓《したつづみ》を打ち、笑いさざめいているのは裕福な商家の主人や、その女房子供、奉公人の男女だった。

好みに結いあげた髪に笄《こうがい》、簪《かんざし》をさした女たちは色取り取りの衣装を身にまとい、松の緑に彩りを添えていた。

毎年八月十五日、筥崎宮《はこざきぐう》の放生会《ほうじょうや》に際し博多の町人が筥崎浜で行う、

——幕《まく》出し
と呼ばれるにぎやかな宴だ。放生会《ほうじょうえ》は仏教の殺生戒により捕らえた生き物を放す儀式だが、博多では〈ほうじょうや〉といい、朝廷が九州の隼人《はやと》族を征伐した後、戦で犠牲になった敵味方の霊を慰めたのが始まりだと伝えられている。

放生会の当日、博多の商人たちは店を休み、家族や店の者たちを連れて筥崎浜に出かける。町内ごとに食べ物や器などを入れた長持《ながもち》をかつぎ、道中歌を唄いながら運んで宴会の支度を整える。商家は休みがまれであることから、女たちにとっては息抜きの日でもあった。

里緒は知り合いの店から声をかけられ〈幕出し〉に顔を出していたが、ふと、海辺を歩きたくなり、そっと宴を抜けてきた。

空には、すじ雲が細くたな引き、浜に打ち寄せる波は日差しに白く煌《きら》めいている。ゆるやかにうねり、透《す》き通るような青緑色の海面は、沖に行くほど群青の色に変わっていく。さらに沖合いに目を向けると、薄く靄《もや》がかかったように能古島《のこのしま》の島影が見える。

「春香《しゅんこう》さん、こげなところにひとりで、どげんしなさったとですか」

突然、後ろから男の声がし、里緒は驚いて振り返った。里緒は絵師としての号を春香という。

筑前福岡の湊町《みなとまち》で酒造業を営む加瀬《かせ》屋の主人加瀬茂作《もさく》が怪訝《けげん》な顔をして立っていた。加瀬屋は酒造業の傍《かたわ》ら質屋も営み、福岡藩や秋月藩の銀主《ぎんしゅ》でもある豪商だ。

茂作はすでに六十歳を過ぎて髪に白いものが混じっているが、細面《ほそおもて》で眉間《みけん》が開き、やさしげな目もとの温和な風貌《ふうぼう》をしている。立居振る舞いには大店《おおだな》の主人らしい鷹揚《おうよう》さと貫禄があった。

「女絵師の春香さんが浜辺をひとりで歩きよんなさったら、男どもが何事やろかて思いよりますやろ」

茂作は笑いながら言った。

「亀屋さんの〈幕出し〉にお呼ばれしたのですが、もうお酒が出たものですから」

里緒は微笑して、松林の方角に目を遣《や》った。

博多掛町《かけまち》の亀屋は博多織を商い、江戸にも出店を持つ大店だ。主人の藤兵衛《とうべえ》から絵の依頼があったことから、誘いを断るわけにもいかず〈幕出し〉の宴に連なった。

だが、酒席が始まれば、男たちに酌《しゃく》のひとつもしなければならなくなる。それが嫌で目立たぬように抜け出してきたのだ。

「そうでしたか。わたしの店の者も楽しうやり始めたところですけん。わたしがいないほうが皆、気楽やろうと思うて、先に帰ろうとしよりましたとです」

茂作ほどの富商が供も連れないのは珍しいことだが、せっかくの〈幕出し〉を楽しませてやろうという奉公人への気遣《きづか》いなのだろう。

「亀屋さんは何を描いて欲しいというておられるとですか」

茂作は里緒が亀屋の〈幕出し〉に来たわけを察しているらしい口ぶりで訊《き》いた。

「それが〈博多八景〉を屏風《びょうぶ》絵にとのお申し出なのです」

「ほう、さすがに亀屋さんは面白いことを考えなさいますな」

感心したように茂作はうなずいてから遠慮がちに里緒の近くに並び、海に目を向けた。

北宋の画家宋迪《そうてき》が、湖南省を流れる河の瀟《しょう》水と湘《しょう》水が合流してできた洞庭湖《どうていこ》一帯の景勝地を八通りの景観として絵に描いた。これが〈瀟湘《しょうしょう》八景〉で、

山市晴嵐《さんしせいらん》
遠浦帰帆《えんぽきはん》
漁村夕照《ぎょそんせきしょう》
煙寺晩鐘《えんじばんしょう》
瀟湘夜雨《しょうしょうやう》
洞庭秋月《どうていしゅうげつ》
平沙落雁《へいさらくがん》
江天暮雪《こうてんぼせつ》

の佳景を描いている。日本でも、この〈瀟湘八景〉に影響を受けて、〈近江八景〉〈金沢八景〉などが称されたが、鎌倉時代に博多の聖福寺《しょうふくじ》の禅僧鉄庵道生《てつあんどうしょう》が博多の景

色を七言絶句に詠んだ〈博多八景〉が最も古いという。

「亀屋さんは〈博多八景〉を名所にして、ひとを呼びたいのだそうです」

里緒がためらいがちに言うと、茂作は大きくうなずいた。

「それはよか考えですな。博多の繁盛にもつながりますやろから、春香さんは気張らないかんですたい」

茂作に太鼓判を押してもらって、里緒はほっとした。商売上手の藤兵衛にはあざといところがあると噂《うわさ》に聞いている。里緒には藤兵衛の商売のために絵を描かされるのではないかと恐れる気持があった。

藤兵衛は今年、五十八歳になる。遠賀郡柏原村《おんがぐんかしわばらむら》の生まれで、若いころは升屋清兵衛《ますやせいべ》《え》という名で諸国を回り、陶器などを売って歩いた。蝦夷地《えぞち》（北海道）にも渡って数年間、商売をしたことがあるが、やがて江戸に出て博多織や博多しぼりを売って成功した。

琥珀織《こはくおり》に似て生地が厚く、浮線紋《ふせんもん》、柳條《りゅうじょう》模様の博多織は鎌倉時代に始まったとされる。

黒田長政は関ヶ原合戦の功で筑前藩主になると、組紐業者だった竹若伊右衛門の博多織を気に入り幕府へ献上した。献上品は紫、赤、黄、紺、青の五色の草木染を用い、〈五色献上〉と呼ばれた。

藩では博多織に統制を加え、〈織屋株〉を持つ絹織り製造業者を十二戸だけと決めた。このため、京の西陣織などに比べ、販路の広がりがなかった。

どうにかして博多帯を江戸でも売りたいと考えた藤兵衛は、江戸堺町の歌舞伎芝居で七代目市川團十郎の〈助六〉が人気を博しているのに目をつけた。黒田藩の江戸屋敷に出入りを許されている油屋《あぶらや》太郎吉《たろきち》という商人が團十郎と親しいと聞いて、太郎吉に頼み込んで、團十郎に紹介してもらった。

藤兵衛は團十郎に極上の博多帯を進呈して、

「この帯のことを舞台でしゃべってもらえんでしょうか」

と必死で頼み込んだ。藤兵衛の熱意に打たれた團十郎は、〈助六由縁江戸桜《すけろくゆかりのえどざくら》〉の舞台に博多帯を締めて出た。團十郎の助六は、

——博多萌黄《もえぎ》に黒のとっこ、白の花皿《はなざら》の御献上織の反物、羽織は黒に白の花皿四本立、帯は浅黄《あさぎ》に白の三升《みます》格子

という姿だった。とっこ（独鈷）、花皿はいずれも博多織の模様で、團十郎は、

「おぬしたちも博多を締めるなら、このごろ筑前の御屋敷に博多の藤兵衛という人が来ているから買って締めるがいい」

と台詞《せりふ》を口にして博多織を紹介した。このため博多織は爆発的に売れ、藤兵衛は商人として頭角を現すことができたのだ。

茂作は里緒が案じている気持を察したのか、

「わたしは、春香さんが描く〈博多八景〉を見たかと思いますよ。風景の美しさは、その地に住むひとの心の美しさじゃなかね。どげな博多の景色が描かれるか楽しみにしとりますばい」

と言って、さらに言葉を継いだ。

「それに美しか景色を描くことは、いまの春香さんにとってもよかことでありませんか。絵筆をとらんごとなられて、もう三年になりましょう。そろそろよかころじゃなかろうか」

茂作はやさしく包み込むように言った。里緒は茂作が何を言いたいのかわかってい

た。

里緒は今年、二十六歳になる。三年前、妻ある男と不義密通し、そのことが世間に知れて師の衣笠春崖《きぬがさしゅんがい》から破門され、絵を描くことを憚《はばか》ってきた。

ところが藤兵衛からの依頼は、春崖を通じてあったものだ。先日、里緒はひさしぶりに春崖の屋敷に呼び出され、かしこまるように膝《ひざ》を正した藤兵衛を紹介された。

藤兵衛は小柄で色黒の眉《まゆ》が太くあごが張った顔立ちで、引き締まった体つきをしている。

里緒をじっくり見定めた後で、藤兵衛は、

「この方ならよいと思います。まことに美しい絵師殿です」

と臆面《おくめん》もなく言った。春崖はにこりとして、

「亀屋殿は博多の風景を描く絵師を探しておられてな。そなたがふさわしかろうと話しておいた」

と里緒に告げた。

春崖から破門され、諸家へのお出入りも差し止めになっていた三年間、近所の娘たちに絵を教授することで細々と暮らしてきた里緒は戸惑《とまど》いを覚えた。

なぜ突然、春崖の許しが出たのかわからなかった。里緒がどう返事をしたものかとためらいを見せると、春崖は言葉を継いだ。

「外記《げき》殿は先ごろ、江戸の狩野門を追放されたそうだ。女子《おなご》のそなただけが罪に問われて、男はお咎《とが》めなしというのも理不尽だと思うておったが、これで辻褄《つじつま》があうであろう。そなたが町絵師として仕事をするのを禁じることもあるまいと思うてな」

春崖は里緒の身を案じて言ってくれているのだろうが、里緒は一度たりとも外記が狩野門から追われればいいと考えたことなどなかった。

むしろ、そうならないよう願って身を退いたのに、それは無駄に終わったようで、里緒は虚しい気持を抱いた。このような心持で〈博多八景〉を描くことができるだろうかと不安を覚えながらも〈幕出し〉の誘いに応じたのだ。里緒は思いを巡らせつつ、茂作とともに海を眺め遣《や》った。

千鳥が群れをなして舞っている。

(外記様と見た時と同じように千鳥が哀《かな》しげに泣いている)

里緒は胸を締め付けられる思いがした。

二

福岡藩の御用絵師には尾形家、上田家とともに衣笠家がある。

衣笠家の初代守昌《もりまさ》は狩野探幽《かのうたんゆう》の直弟子で、黒田家の三代藩主光之《みつゆき》と四代綱政《つなまさ》に仕えた。守昌の「守」は探幽の名である守信から拝領した。春崖は衣笠家の傍流だが、その画業は江戸にまで知られていた。

狩野門の守英《もりひで》こと杉岡外記《げき》が青蓮寺《しょうれんじ》からの依頼で屛風絵を描くために博多を訪れた時、同門の春崖は手伝いの絵師を世話してほしいと頼まれた。青蓮寺は鎌倉時代に栄西禅師が創建した聖福寺の子院のひとつで、御供所町《ごくしょまち》にある。

春崖は、里緒とその兄弟子の春楼《しゅんろう》を外記の手伝い絵師に推挙した。

里緒は、福岡藩作事方、七十石箭内重蔵《やないじゅうぞう》の三女に生まれた。七十石の軽格の娘で、それも三女であるなら通常は早くに養女に出されるか嫁入りを急か《せ》されるものと決まっているが、里緒は幼いころから絵を描くことを好み、筋がいいのを見込んだ親戚の世話で十歳の時に春崖に入門がかなった。

春崖は里緒の素質を認め、そのまま内弟子にとった。そのころから里緒は将来、女絵師になろうと心を定め、嫁入り話にはいっさい耳を貸さなかった。

二十歳を過ぎたころ、里緒は春崖の代わりに出稽古《でげいこ》にも出向くようになり、春崖門下の女絵師としての名が藩内でも知られるようになっていた。里緒が絵師として生きていけそうだと喜んだ父の重蔵は、

「絵師で食べていくがよか。うちに帰ってきても何もよかことはなか」

と言い暮らしていたが、一年前にふとした病で亡くなった。母は里緒が幼いころ若くして病没しており、父がいなくなった実家には家督《かとく》を継いだ兄とあまり親しみを覚えない嫂《あによめ》とその子供だけになった。

帰りたくとも帰れる家ではなくなったが、里緒はさほど寂しさを感じなかった。以前より、男勝《まさ》りの気性が目立つようになった里緒を、見た目は美しくとも棘《とげ》があるとの意を含んでいるであろう、

——花いばら
と春崖はからかって呼んだ。里緒は親しみの籠《こ》もった愛称ともつかぬあだ名を面白がった。何より里緒は茨《いばら》の白い花を好んだ。棘があれば、ひとは近寄り難いと思うも

のだろう。それはそれで致し方のないことだ、と里緒は醒《さ》めた視線でひとを見ていた。

（わたしは、ひとりで生きていくのが似合っている）

いつしか里緒はそう考えるようになっていた。

里緒が春崖の屋敷で初めて会った時、外記は羽織なしで、木綿の着物に小倉織の袴《はかま》だけという質素な身なりだった。色白の細面《ほそおもて》で顔立ちはととのっていたが、どことなく狷介《けんかい》な印象も見受けられた。切れ長の目は鷹《たか》のように眼光が鋭く、口元は固く一文字に結ばれていた。二十八歳になるという。

この年齢で寺の屏風絵を任されるのは、よほど技量が優れているからに違いない。

青蓮寺からの注文は〈鳥十種〉を描くことだという。

「何でも鶯《うぐいす》、白鷺《しらさぎ》、鷹、鶴、雁《かり》など、とにかく十種類の鳥を六曲二双の屏風絵に描いて欲しいとのご依頼です」

外記は冷徹な口調で言った。六曲屏風とは折り畳む面が六枚つなぎ合わさったものをいう。左右それぞれ左隻《させき》、右隻《うせき》と呼ばれるふたつの屏風を一双《いっそう》として組み合わせる。その組み合わせが二組あるのが六曲二双の屏風と言われるものだ。

小太りでずんぐりと短い首の春楼はなるほどと呑気《のんき》に聞いていているだけだったが、里

緒は首をかしげて、

「十種類もの鳥を一度に描いては面がうるさくなりはいたしませぬか」

と訊いた。外記は表情を変えずに、

「それで、一双には九種の鳥を描きますが、もう一双だけは一種の鳥にいたそうかと思っております」

と答えた。山から流れ出す川に沿って鳥が飛び交う構図を一双に、別の一双に海辺の鳥を描こうと考えているという。いずれも金地に彩色して華やかな〈鳥十種屏風〉にしたいという外記の話を聞いて、里緒はあでやかに乱舞する鳥の群れを思い描いた。


屏風絵の下書きなど手伝うために毎日のように青蓮寺に通ううちに、外記はぽつりぽつりと里緒や春楼を相手に自らのことを話し始めた。

江戸本所の御家人の家に生まれた外記は、幼いころ狩野章信《あきのぶ》の門下に入り、長じて二十二歳の時、神田の薬種問屋相模屋《さがみや》善右衛門の娘を妻にしたという。相模屋は外記が幕府のお抱え絵師になることを期待して暮らし向きの面倒を見た。このため外記は絵に専念できているらしい。

「それは、よかご身分でございますなあ」

　なかなか絵が上達しないでいる春楼は、ため息まじりに言った。これを聞いた外記は、うっすらと笑みを浮かべただけで何も言わなかった。

　里緒は外記のひややかな態度に反発を覚えたが、外記が試しに描いて見せた鷹の絵を見た時、少し考えをあらためた。

　思い切った広い空間を配置した中に悠然と枝に止まる鷹が一羽描かれている絵だった。鷹には、孤高な強さがあった。

　絵師を志した里緒は長ずるにつれ、絵には描くひとそのままが現れるということを知った。ひとが持つ気高さや卑《いや》しさはごまかしようがなく絵に出る。

　それは、花鳥風月を描く際であろうと、風景であろうと同じだった。自らが描いた絵には必ず自身の内面が映し出されると里緒は感じた。自らの絵をひと目にさらすことは自分の心を覗《のぞ》き込まれるようで、時に辛く恐れを抱くことすらある。絵の修行とはひとにさらして恥じることのない心を持つことなのではないか。

　外記の描いた絵が持つ厳しさは、里緒を惹《ひ》きつける強さがある。外記は、見かけの傲慢《ごうまん》さからはうかがい知ることができない孤独な魂を持っているに違いない。里緒は外記の内面に触れてみたいと思うようになっていった。

外記は屛風絵に描く鳥をどの一種にするか決めるため、里緒や春楼とともにしばしば博多湾の浜や干潟に向かい、鳥の姿を探し歩いた。

その年の〈幕出し〉に、里緒たちはつき合いのある店の主人から誘われて筥崎浜に出向いた。宴が果てた後、春楼は所用で先に帰り、里緒と外記は鳥を眺めようとふたりで海辺を歩いた。

強い日差しにきらめく海を、外記は飽くことなく見つめ続けていた。千鳥が群れて飛んでいる。

やがて風が強くなり、千鳥がいつの間にかどこかへ飛び去っていた。そろそろ青蓮寺に戻りましょうか、と里緒が声をかけようとした時、松林の方から悲鳴が聞こえた。はっとして振り向くと砂煙が巻き上がっていた。

〈幕出し〉の幕がまくれあがり、重箱や皿が散乱し、人々は頭を抱えて地面に伏せたり松の幹にしがみついたりしていた。

竜巻が渦を巻いて黒々と上空へ立ち上っていくのを見て、里緒はぞっとした。

竜巻は物凄い音を立ててこちらへと進んできた。

たちまち、松の枝に結ばれていた白い幕が風にあおられ、見る間に枝ごと宙に飛ばされて海辺へ向かってきた。危ない、と叫んで、とっさに外記が里緒を抱え込んで地面に伏せた。

凄《すさ》まじい風の音で何も聞こえず、目も開けられなかった。強風にあおられて体が浮き上がりそうになった。くるくると回りながら勢いづいて飛んできた物が外記の頭や肩をしたたかに打った。

外記の胸にすがった里緒も、物が外記の体に当たった衝撃を感じた。外記は里緒を抱えた腕に力をこめただけで、うめき声すらもらさなかった。

飛んできた幕が飛沫《しぶき》をあげて海面に落ちたと同時に、竜巻が沖合へと通り過ぎていった。

竜巻が去ってしまうと浜辺は嘘のような静けさが戻ったが、食器や履物などが散乱して〈幕出し〉に来ていた人々は呆然《ぼうぜん》としていた。

「お怪我はなかですか」

お店者らしい男たちが駆け寄って案じる声をかけてきた。飛んできた幕は、男たちが仕える店のものらしい。

「突然の竜巻だ。誰が悪いわけでもない」

外記は仏頂面で言うと、髷《まげ》や着物の砂をはらった。

「あちらで主人がお詫び申したかち言いよりますたい」

男は松林を指差した。〈幕出し〉は町内で寄り合って行うものだが、そこは一軒の店の者だけで占められているようだ。よほどの大店でないと、一軒で幕を張るのは難しい。

里緒は男たちが浅黄色の印半纏《しるしばんてん》を着ているのに気づいた。その背に白く丸に加の字が書かれていた。

「加瀬屋さんですか」

里緒がはっと気づいて訊くと、男のひとりが、そうですたい、ご存じでございますか、と誇らしげに応じた。藩の銀主でもある加瀬屋の誘いを断るわけにはいかない、と里緒は思った。

加瀬屋が福岡きっての豪商であることを外記に話して、風に飛ばされずに残った白い幕が張りめぐらされている〈幕出し〉にふたりは足を運んだ。

「ご迷惑ばおかけしたとやなかろうかと気を揉《も》みよったとです」

幕の中で出迎えた加瀬茂作が、ふたりを見るなり声をかけた。

茂作は、ふたりに茣蓙《ござ》の上に座るよう勧めた。さすがに大店で、竜巻に巻き上げられた他に用意があったと見え、すぐに酒と料理が運ばれてきた。

「江戸から狩野派の絵師様が来らとうとは耳にしておったとです。一度、お会いして江戸の話をうかがいたかと思うとったとです」

茂作は、外記のことを知っているらしい。にこやかに笑いながら酒を注ぐが、外記は黙って盃を口に運ぶだけだった。

里緒は外記が茂作に会ったことを喜んでいないように感じて戸惑った。絵師にとって大名や寺社に次いで、富商は絵を注文してくれる大事な客なのだ。博多で茂作から声をかけられて喜ばない絵師はいない。茂作は外記の胸の内を感じ取ったらしく、

「守英様は、商人と話をなさるのはお嫌でしょうか」

と外記の絵師としての名を口にして訊いた。外記は盃を置いて答えた。

「別にさように思っておるわけではございませんが、たいがいの金持商人は金で絵師を買おうとなされる。それが嫌なだけなのです」

「ほう、守英様は金で絵の腕を買われたくないとおっしゃるのですな」

茂作は笑みを浮かべて穏やかに言った。

「絵を買っていただくのは当たり前のことです。しかし、心まで買われるのはたまらない」

「さあて、どげなことをおっしゃりようとでしょうか。わたしにはさっぱりわからんですが」

「金を出したからには、あれを描け、これを描けと指図《さしず》されることが嫌なのです。それでは心からよいと思える絵は描けません」

茂作はうなずいた。

「それはわかるような気がしよります。わたしも金でひとの心が買えるとは思うとりません」

「加瀬屋様はそうでも、世の中の金持はほとんどがそう思っております。それに――」

言いかけて、外記は盃を口に運び、一気に飲み干した。里緒が外記の様子を心配げに見つめていると、

「金持だけではありません。絵の師匠も弟子に、かような絵を描いてはならぬなどと

お縛《しば》りになる。わたしがまだ幼いころ、師事した狩野章信先生はさような方ではなかったが、他のひとは皆、そんな風です」

外記は吐き捨てるように言った。

「それで、お苦しみになられようとですな」

慰めるように言葉をかける茂作に、外記は何も答えずそっぽを向いた。浜辺に視線を向けた外記が急に立ち上がって、浜辺を指差した。

「里緒殿、あれを見られい」

外記が指差した先に、竜巻が連れてきたのか、いままで見たこともないおびただしい数の千鳥が群れ飛んでいた。

「これだ。これを描くぞ、里緒殿――」

外記は浜に駆け出して上空を見上げながら声を震わせて叫んだ。里緒は千鳥の群れに圧倒されて、胸がざわめくのを感じた。

これまで自分の心の奥にひそかに秘めていたものが蠢《うごめ》き始めたのではないだろうかという恐ろしささえ覚えながら、里緒は舞い飛ぶ千鳥を見つめていた。

三

外記は鷹や鷺の外に雁や鴛鴦《えんおう》などを一双の屏風に描いていった。里緒と春楼の手伝いが進むにつれ、外記は二羽の鳥を描く際に一羽を里緒にまかせるようになった。

里緒が描いた鴛鴦を外記は気に入ったらしかった。外記の描く鳥は厳しい力強さを持っていたが、里緒は清雅《せいが》な鳥を描いた。

二羽の鳥が飛ぶ様は、まるで雌雄一対の夫婦の鳥が舞っているようにさえ見えた。空や山を背に山から流れ出す川に沿って飛ぶ鳥たちのまわりには雲が流れ、花吹雪が舞っていた。

春楼が懸命に描く風景の中を、外記と里緒の描く鳥たちが羽ばたいていった。数々の鳥を見て、春楼が思わず、

「どれも比翼の鳥たい」

とつぶやいた。

——天に在っては願わくは比翼の鳥と作《な》らん地に在っては願わくは連理の枝と為ら

ん

は唐の詩人白楽天の詩、〈長恨歌《ちょうごんか》〉の一節だ。玄宗皇帝が最愛の楊貴妃《ようきひ》と語り合った言葉として詠《うた》われた。

このころから、春楼には何かを恐れる様子が見受けられるようになり、ふたりに話しかけることが少なくなった。

外記と里緒も黙々と絵を仕上げていった。時おり、下絵を見ながら話す以外に、ふたりとも言葉を交わすことはなかったが、絵筆を持つふたりの呼吸はいつしか重なりあい、相手が何を描いているのか、互いを見なくてもわかるかのようだった。

鳥たちは四季ごとに描かれ、その姿のまわりに金粉をまとっていった。一枚、そして一枚と仕上がっていくにつれ、鳥が自在に部屋の中を飛び交うようにさえ見えた。

里緒は部屋でひとりになった時、ふと筆を止めて立ち上がり、隣の部屋に入って、屏風を見た。

すでに夕刻だった。

薄暗い部屋に立てられた屏風は、金色がわずかに輝いているのみで、幽玄の闇《やみ》に沈んでぼんやりとしか目に入らない。

里緒は屏風に近づきそっと絵をなでてみた。はっきりと見えずとも、どのような形、色であるか隅々までわかっていた。

指でなぞっていくと痺《しび》れるような心持がしてきた。絵のひと筆ひと筆から外記の気迫が伝わってくる。

（あれほど真剣に絵を描くことに打ち込むひとを初めて見た）

里緒はそんな思いにひたっていた。

これまで里緒が出会った絵師たちは、真面目ではあっても、絵を楽しみとして描くひとが多かった。絵の中で自らを突き詰めて描くひとは初めてだった。

外記の描く鳥はどこまでも飛翔《ひしょう》し、この世を突き抜けていくかのようだ。里緒の描く鳥は外記の描く鳥に寄り添い、導かれて飛んでいく。

里緒は内心で気づいていた。

〈鳥十種屏風〉を里緒が仕上げるためには、ひたすら外記を見つめ、その後についていくしかなかった。それは恋をしているひとの心持に似ていると思えて、里緒の胸はゆらめいた。男と関わるまい、と里緒はいままで自ら固く誓ってきた。夫を持たずとも、絵筆を持てば心は満たされると信じてきたのに、いまや描くことはひとりの男の背を懸命に見つめることになってしまった。

自分の心の変わりようが怖くもあり、同時に甘美な想いに胸が満たされるのも感じた。

だが、外記は妻のある身だ。

（このままでは、わたしは罪を犯してしまうことになりはしないだろうか）

どこかで思い止まらなければならないとの気持が湧《わ》く。しかし、心の片隅に外記とともに見た海岸で乱舞する千鳥を描いてみたいと欲する思いがあるのを里緒は抑えることはできなかった。


外記は青蓮寺の塔頭《たっちゅう》のひとつで起居していた。

博多に来てからすでに一年が過ぎようとしている。その間、外記はしだいに痩《や》せていった。絵に打ち込み、寝食を忘れることがしばしばだったが、その熱中は千鳥一種だけを描くと決めた屏風絵にとりかかってからが甚《はなは》だしかった。

秋になって外記はふたたび里緒とともに浜辺に出たが、去年の〈幕出し〉で見た千鳥の乱舞を目にすることはなかった。

夕刻の日差しの中で、二羽の千鳥が磯辺でえさをついばんでいた。やがて一羽が飛び立つと、もう一羽が遅れじと続いて夕暮れの紅色に染まる空に羽ばたいていった。

外記はその様を見送りながら、

「ひともあのように男と女が仲良くひとつの方へ向かって飛んでいければよいのだが」

とつぶやいた。

江戸にいる外記の妻はどのようなひとなのだろうと思ったが、里緒はあえて訊こうとはしなかった。

外記の言葉の端々から慮《おもんぱか》ると、富商の娘らしく豊かな暮らしを当然のこととしているひとのように推し測れた。長く辛い絵師としての修行をする外記を、時に訝《いぶか》しがることさえあるようだ。

だが、それは外記の妻の罪ではない。外記のように厳しく絵を描こうとする者は稀《まれ》であり、何のために追われるように描くのか、と問われれば当人にしても答えようがないだろう。

しかし、里緒には外記の心持がわかる気がした。あれほどの絵が描ける以上、描かずにはいられないし、さらに、もっと上達したいと焼けつくように願うのも無理からぬことだ。

すべては神仏によって定められているとしか、言いようがない気がする。だからといってその道をひとりで歩くのは過酷で淋《さび》し過ぎる。ともに歩む者が許されてもいいのではないだろうか。

あれこれ思い巡らしている里緒に、少し離れたところにいた外記が、

——里緒殿
と声をかけてきた。すでに日が落ちて、あたりはうす暗くなってきていた。もはや帰るつもりなのだろうか。里緒はそのことが淋しく感じられて、わざとはしゃぐように外記に駆け寄った。その時、下駄が砂に埋まり、鼻緒が切れた。

倒れかかった里緒を外記が抱きとめた。里緒は外記の胸にすがって、

「去年の竜巻の時も、こんな風に抱きかかえてくださいました」

と囁《ささや》いた。外記はそれに構わず、

「鼻緒をすげかえるのに、ころあいの物がない。わたしが背負って家まで送ろう」

と言った。遠慮する言葉を返す間もなく、外記は里緒を背負った。里緒は去年から

御供所《ごくしょ》町にある小さな町屋《まちや》にひとりで住んでいる。青蓮寺からもさほど遠くなかった。

里緒は鼻緒の切れた下駄を片手に持って、外記に背負われて家に戻った。宵闇《よいやみ》がふたりの姿を覆い隠していた。


千鳥の屏風絵はしだいにでき上がっていった。

飛び交い、乱舞し、飛翔する千鳥が、奔流《ほんりゅう》のように画面にあふれた。外記と里緒は何もかも忘れたような無心の表情で絵筆をとり続け、春楼は海岸に打ち寄せる波濤《はとう》や波しぶきがかかる巌《いわお》を描いた。

ようやく絵ができ上がった日、外記とともに屏風に見入っていた里緒は、傍らに来た春楼から、

「先生がお呼びたい」

と告げられた。

「何の御用でしょうか」

里緒が訊くと、春楼は答えられない、というようにゆっくりと首を横に振った。そして、

「行けばわかる」

とひややかに言った。

里緒が春崖の屋敷に出向くと、応接に出た内弟子が奥の座敷に通した。春崖は厳しい表情をして、座敷に入ってくるなり座って口を開いた。

「春香、そなたの不行跡《ふぎょうせき》にも困ったものだ」

里緒は身に覚えのあることを言われてうつむいた。

浜辺で下駄の鼻緒が切れた日、家まで送ってくれた外記を里緒は引き留めた。茶を出してから夕餉《ゆうげ》を食べていくよう勧めると外記はあっさり応じた。

夜も更けて里緒と外記は絵について語り合っているうちに、いつしか互いの想いを抑えきれなくなっていった。ふたりは身も心も激しく求め合った。焼き尽くされるほどの燃え立つ思いをもはや断つことはできない、と里緒は覚《さと》った。

それから何度か外記は里緒の家を訪れた。夜っぴてふたりは絵のことを語り合った。外記は里緒の家で過ごすにつれ、絵がつややかさを増していった。

里緒の絵もあでやかさを加え、千鳥はさらに高く飛翔した。舞い飛ぶ千鳥はふたりの歓喜を表し、比翼の鳥となった。

「申し訳ございませぬ」

里緒は弁明することなく手をつかえ、頭を下げた。春崖はその様子をひややかに見て、

「そなたと外記殿のことは博多の町で噂になっておるらしい。青蓮寺の清照《せいしょう》和尚の耳にも入って、たいそうお怒りだと聞く。どう処分をするかわたしにまかされた」

里緒は身を固くして聞き入るばかりだった。

「わが一門の名を汚したのだ。そなたは破門といたすのは致し方ない。今後、ひとがましい場で絵を描くことも禁じる。屏風については清照和尚の御裁断に任せるが、ふたりの一件については江戸の狩野様にわたしから書状でお伝えすることになろう」

春崖はそう言い切った後で、里緒に目を向けて声を低めた。

「表向きはこうするしかないが、もし外記殿が江戸の妻女と別れられ、そなたを妻に迎えて博多で絵師として生きていこうとする覚悟があるのなら、わしに致し様はあるぞ」

春崖の言葉は幼いころから弟子として育んできた里緒を思ってのものだった。あり

がたいと里緒は思ったが、外記を博多の絵師にする気にはなれなかった。

外記の才は世に広く認められるべきものだ。千鳥のように空高く飛翔してもらいたいとの思いを込めて、

「外記様には江戸に戻っていただきたいと存じます」

と里緒は言った。すべては夢の中でのことだった、と諦めるしかない。

春崖は難しい顔をして頭を振った。

「それでよいのか。たとえ将来、そなたが絵筆をとることができるようになっても、不義を働いた身持ちが悪い女絵師だという汚名は拭《ぬぐ》われず、ついてまわることになるぞ」

「覚悟いたしております」

里緒は頭をもう一度、下げた。

その日、里緒は家に戻るよう言い渡され、二度と青蓮寺に赴《おもむ》くことは許されなかった。清照和尚は六曲二双の屏風のうち、九種の鳥が舞う屏風はそのままに残したが、千鳥の屏風については、

「不浄の絵である」

として破却したと里緒に伝えられた。そのことは里緒を悲しませたが、やがて江戸に戻る外記から手紙が届いた。そこには、

「これより、三年修行した後、迎えに来る、その時は破却された千鳥の絵をふたたびふたりで描こう」

と書かれていた。里緒はこの手紙にすがろうとする自分の気持を振り捨てるため、返事を書かなかった。すべては終わったことだ、と思おうとした。いまの外記にはなおも残り火があるかもしれないが、いずれ消えるだろう。

里緒はこの三年を静かに過ごしてきた。外記はいまだに博多に姿を見せていない。

四

筥崎浜に立って、この三年間の来《こ》し方を振り返っていた里緒に、

「外記様が博多にまた来られればようございますな」

と茂作はさりげなく言った。海を眺めていた里緒は、我に返って微笑《ほほえ》んだ。

「さようなことはないという気がいたします」

「ほう、なぜですか」

「あの方は絵を描くこと一筋の方でしたから」

　里緒はかつて外記が描いて見せた一羽の鷹を思い出していた。あの鷹のように狩野一門を破門された外記は、見知らぬ国の空を飛んでいるのではないか。そう思えてならなかった。

「ですが、わたしには絵一筋の方だからこそ、博多に戻ってこられるとじゃなかろうかという気がするとですよ」

　茂作はやわらかに言葉を続けた。

「あの方は博多でまた絵を描きたいと思われるでしょうか」

「外記様が描かれた千鳥の屏風絵は、破却されたと聞いておりますばってん、わたしは、この浜で乱舞する千鳥を見た外記様が、この絵を描くのだ、と叫んでおられとったのを覚えとうとです。外記様はもう一度あの絵を描きたかとじゃなかですかな。それが春香さんのもとに戻ることになるとじゃから」

　茂作の温かな言葉は身に沁《し》みたが、外記を待ってはいけないと里緒は自分に言い聞かせた。そうでも思わないと外記が戻ってこなかった時があまりに辛くなる。それよりも自分なりに前を向いていこう。

気を取り直した里緒は、茂作に何も言わずに頭を下げて亀屋の〈幕出し〉に戻ろうとした。茂作は里緒の背に言葉をかけた。

「もし外記様がお戻りなさって、ふたりで千鳥の絵を描こうと思い立たれましたら、必ずわたしにお報せくださるとよかです。憚《はばか》りながら、加瀬屋が千鳥の屏風をお頼みしようと思うとることを忘れんでください」

里緒はまた茂作に頭を下げただけで、黙って浜から去っていった。


亀屋の幔幕《まんまく》の内側に設《しつら》えられた席に戻ると、藤兵衛が声を上げて里緒を呼んだ。傍らに行って茣蓙《ござ》に座った里緒に藤兵衛は落ち着いた声で言った。

「春香さんが、加瀬屋さんとお親しいとは知りませんでした」

茂作と浜で話しているところをいつの間にか見られていたらしい。

「いいえ、親しい間柄ではございませんが、いつか屏風絵を描いて欲しいと声をかけてくださいました」

「加瀬屋さんはどんな絵を頼まれたのですか」

藤兵衛はあからさまに訊いた。藤兵衛に嘘は通用しないと思った里緒は、観念して正直に答えた。

「お受けするかどうかはわかりませんが、千鳥の絵を描いて欲しいとのご依頼でした」

藤兵衛は、ほう、とうなずいて盃を口に運んだ。その顔つきからすると、里緒と外記にまつわる話を藤兵衛も知っているらしい。

「千鳥の絵もよろしいですが、まずは〈博多八景〉をお願いします。そうでなければ、わたしが春崖先生から叱《しか》られます」

藤兵衛の言葉を聞いて、〈博多八景〉の話は藤兵衛の思い立ちというより、自分を再起させるために春崖が考えたことかもしれない、と里緒は思い至った。

「亀屋さん、もしや、此度《こたび》のお話は春崖先生がお頼みになられたのでしょうか」

里緒が訊くと、藤兵衛は手を振って笑った。

「それは違います。春香さんもご存じでしょうが、わたしは昔からの大商人ではない。言うなれば成り上がり者です。だから加瀬屋さんのような分限者《ぶげんしゃ》には軽く見られているでしょう。それで、そんなひとたちから見下されないような屏風を作りたくなったのです」

藤兵衛は大きな笑い声を上げて里緒の問いを封じるように話柄《わへい》を転じた。

「ところで、春香さんに博多八景を描いてもらうために毎日通ってもらうのも面倒です。部屋数はいくらでもありますから、屏風絵ができ上がるまでゆっくりうちに逗《とう》留《りゅう》してもらいたいのですが」

「亀屋さんのお屋敷にですか」

里緒は戸惑った。絵師が注文主の屋敷に滞在して絵を仕上げるのはよくあることだが、それは遠隔地から呼ばれた場合で、地元にいる里緒が住み込まなくてはならないだろうかと思えた。だが、藤兵衛は強引に話を進めた。

「その間、この娘に身のまわりのお世話をさせます。博多の生まれですから、八景の場所も知っております。春香さんが見に行かれる時の供にちょうどよかろうと思いましてな」

藤兵衛が顔を向けた方を見ると、縞《しま》の着物を着た十五、六歳の小柄な娘が生真面目《きまじめ》な表情で座っていた。藤兵衛は娘に目を遣って、

「お文《ふみ》です。ちと、わけがあってうちで預かっております」

と言った。お文は目もとが涼しく、鼻筋の通った顔立ちをしている。物怖《ものお》じするように里緒をうかがい見ていた。

「文と申します。よろしくお願いいたします」

お文は丁寧に挨拶《あいさつ》した。だが、里緒は困惑するばかりでどう応じていいかわからない。

〈博多八景〉を描くには、それぞれの地を写生し、下絵を作らねばならないが、里緒はひとりで回るつもりだった。

お文を供にするのは気が重い。

「お言葉は有り難いのですが、博多八景を見てまわるのにさほど不自由はございませんから、お気遣いはご無用かと存じます」

「いや、春香さんはお武家の出で福岡生まれと聞いています。博多を知っている者が傍《そば》におった方が何かと都合がよいでしょう」

博多と福岡は、間に那珂川《なかがわ》の流れを挟んだふたつの城下町だった。

博多は中世から港を中心とした商業都市で、豊臣秀吉によって〈太閤町割り〉が行われ、東西南北十町四方とされて竪《たて》と横に小路《しょうじ》を割り付け、東町、土居町《どいまち》、呉服町、西町などがつくられた。

一方、関ヶ原の戦の後、豊前《ぶぜん》中津十二万石から筑前五十二万石に移封された黒田家は那珂川をはさんで博多の西側に城を築くとともに家臣の屋敷町や、武家の生活を支える職人たちの大工町、紺屋町、鍛冶屋町などの町を作った。

黒田藩では、那珂川から西の城下町を藩祖黒田孝高《よしたか》（如水《じょすい》）の出身地、備前の福岡にちなんで福岡と名づけた。

さらに那珂川の中洲に東西の橋をかけて福岡と博多を結んだ。

西の橋のたもとには桝形門《ますかたもん》を設け、高さ六間の石垣をつくって番所を置き、博多から福岡へ入る者を監視した。

このため福岡は武士の町、博多は町人の町となった。

福岡生まれの里緒は、さほど博多の町を知らないはずだ、と藤兵衛は言いたいのだろう。それを察した里緒が絵師として修行する間に博多にも馴染んだと言おうと口を開きかけた時、藤兵衛は話し出した。

「実はですな、このお文の父は腕のいい宮大工でしたが、博打《ばくち》好きで身を持ち崩し、あげくにひとを殺《あや》めて姫島に流罪になっておりまして」

藤兵衛が話し始めるとお文は辛そうな顔をしてうつむいた。

お文の父捨吉《すてきち》は、酒も女遊びもしない男だったが、なぜか博打が好きで、給金をもらうとすぐに賭場《とば》に駆け込むような暮らしぶりだった。

それでも、勝ったり負けたりしながらも食い詰めるというほどではなかった。ところが、ある時から急に負けが続き始めた。

それまで賭場を開いていた貸元が隠居し、代替わりしてからのことだ。どうも新しい貸元は賭場に来る何人かの客をはめて金を絞り取ろうとしたらしい。

捨吉はどうあがいても目が出ず、賭場の借金だけがたまり、家に金も入れなくなった。女房のおりうは、お文を連れて家を出た。

おりうは博多の小料理屋で働き始め、そのうちに店の客であるやくざ者とできて、お文を邪険にするようになった。

仕方なくお文が捨吉のもとに戻ると、捨吉は痩せ細って仕事にも出なくなっていたが、おりうに男ができたと聞くと逆上した。

やくざ者の家に乗り込み、そこにいたおりうを罵倒《ばとう》した。だが、却って喧嘩《けんか》慣れしたやくざ者に殴《なぐ》られて息も絶え絶えにされた。家から叩き出された捨吉は、おりから降り出した雨に打たれて歩いているうちに、魚屋の前を通りかかった。

ふと店先に出刃包丁があるのを見た捨吉は、とっさに手に取って降りしきる雨の中をやくざ者の家に引き返した。

やくざ者は雨音で捨吉が戻ったのも気づかず、蒲団の中におりうを引っ張りこんでいた。それを見た捨吉は、わめきながら蒲団の上から出刃包丁を突き立てた。包丁はやくざ者の首に突き立ち、おびただしい血が流れた。

おりうは半裸の姿で悲鳴を上げて外に飛び出し、助けを呼んだ。すぐに役人が駆けつけ、血だまりの中で茫然と突っ立っていた捨吉をお縄にした。

町奉行所では、おりうがまだ捨吉と別れてはいなかったと見なし、捨吉のやくざ者殺しは不義者を成敗したということで磔《はりつけ》にはせず、流罪とした。一方、おりうは密通を働いたとして町の辻《つじ》に十日間さらされたあげく追放となった。

黒田藩の流罪地は、玄界灘に浮かぶ大島、玄界島《げんかいじま》、小呂島《おろしま》、姫島だった。このうち捨吉が流されたのは姫島だという。

それが二年前のことだと藤兵衛は言った。

「殺した相手がやくざ者ですし、不義者だったわけですから、捨吉はいずれご赦免《しゃめん》になると思います。お文はそんな父親を待っているわけですが、流罪人の娘とあっては、店に出すのも憚《はばか》られますし、他の奉公人との間もうまくいきません。そこで春香さんのお世話をさせるのがいいと思ったのです。春香さんからいらぬと言われたら、お文の行き場がなくなります」

行き場がなくなる、という言葉が里緒の胸に響いた。

（お文という娘さんはわたしと同じ身の上なのだ）

そう思うと、藤兵衛の申し出を断ることができなくなった。

「わかりました。お文さんにお世話をしていただきます」

里緒の答えに、藤兵衛がほっとした顔になり、お文も少し顔をほころばせて頭を下げた。

「お文さん、早くお父様がお戻りになるといいですね」

声をかけた里緒に、お文はゆっくりと頭を振った。

「ひとを殺したのですから、父が島から戻ってくることが、わたしにとっていいことかどうかわかりません」

「ですが、亀屋さんは、先ほどお文さんはお父様のお帰りをお待ちだとおっしゃっておられましたが」

「そう言わないと雇っていただけないと思いましたから、待っていると申しました。だけど、本当はもう会いたくないという気持です」

お文は里緒を正面から見据えてきっぱりと言った。気性のしっかりした娘だと思ったが、ふと見ると膝に置いた手を小刻みに震わせているお文の姿が里緒の目に入った。

(泣きたいのだろうに一生懸命、がまんしている)

お文の健気《けなげ》さが里緒の胸に迫ってきた時、藤兵衛がさりげなく口を挟んだ。

「ひとはいつも誰かを待っているものです。来てくれるかどうかわからないが、待つのをあきらめないことで望みを抱き続けられるのではないですかな」

しんみりとした藤兵衛の口調が里緒の胸に響いた。藤兵衛もまた、あてもなくひとを待ち続けた日があるのだろうか。

「お父様が戻られて、お文さんによいことがあるかどうか、わたしにもわかりません。ですが、わたしもひとを待つ身です。ふたりで気長に待つのもいいかもしれません」

里緒の言葉に、お文が驚いたように目を丸くした。

「春香様も、どなたかをお待ちなのですか」

「三年たったら、迎えに来ると言ってくださった方がおります。もう三年たちましたが、お姿を見ることはかないません」

「それでも待ち続けられるのですか」

お文は真剣な表情で里緒を見つめた。

「待たないほうがいい、と思い定めていました。でも、あなたのお父様の話を聞いて、やはり胸の底では待っていたような気がします」

お文を慰めるために言い出した言葉のつもりだった。だが、さりげなく口にした言葉にこそ本心は顕《あらわ》れるのかもしれない。

（わたしは、やはり外記様を待っている）

里緒の脳裏に、千鳥の舞う海が浮かんでいた。

濡衣夜雨《ぬれぎぬやう》

一

里緒は亀屋の中庭で牡丹《ぼたん》の花を見ていた。

藤兵衛に誘われるまま、亀屋に来て十日ほどになる。亀屋は十間間口の店と住居が廊下でつながり、奥に蔵が三棟並んでいた。

里緒に宛《あて》がわれたのは中庭に面した離れで、三間続きになった一室を画室として使うことができた。身の周りの物と絵の道具を運び込んだ里緒は、冬だというのに艶《あで》やかに色付く花が中庭に咲いているのに気づいた。

里緒の父箭内《やない》重蔵《じゅうぞう》は花を育てる趣味があり、屋敷の生垣に沿って冬牡丹を栽培していた。

初冬のころ藁《わら》囲いにおおわれて咲く可憐な淡紅色の牡丹の花を見ることは里緒の楽しみだった。日ごろは寡黙な重蔵が牡丹のこととなると、

「牡丹は隋唐の時代に百花の王と称えられ、洛陽で栽培されたことから洛陽花ともいわれてな、わが国には弘法大師が伝えたそうで、根皮が薬用にもなり、鎌倉幕府のころには甲冑《かっちゅう》にも牡丹の図柄が用いられたということだ」

と多弁だった。

冬の日、雪が積もった庭で牡丹を見ながら、

「松尾芭蕉が桑名の本当寺という寺を訪れた際に催された句会で、この花の句を詠《よ》んだそうな」

などと常になく機嫌のいい表情で話していた。芭蕉が詠んだ句が思い浮かばずに考えていた里緒はようやく、

冬牡丹千鳥よ雪のほととぎす

という句だったと思い出した。本来牡丹は夏の花であるが、雪の中に咲いているのを見た芭蕉は、おりから千鳥の囀《さえず》りが聞こえたことに興を覚えて、冬に咲く牡丹とともにある千鳥は雪中のほととぎすだと詠んだのだ。

千鳥という言葉が、里緒に杉岡外記を思い起こさせる。待っていても再び博多には来ないひとだ、というあきらめがあった。

それなのにいつも心のどこかで待っている。それが切なくて身悶《みもだ》える日もあるが、独り身を通している里緒には生きる縁《よすが》であるのかもしれない。

牡丹を眺めつつ、そんなことをぼんやりと考えていると、

「春香《しゅんこう》様、そろそろお出かけの刻限になります」

濡れ縁からお文《ふみ》が声をかけてきた。里緒が亀屋に来て以来、身の周りの世話をしてくれているお文は、まだどことなくぎごちなくて心を開く様子はなかった。

里緒は師の衣笠《きぬがさ》春崖《しゅんがい》を訪ねて、どの景色を〈博多八景〉として描くかを相談するつもりだった。かつて春崖に破門された里緒だったが、藤兵衛から依頼された〈博多八景屛風〉の仕事を受けてからは、春崖のもとに出入りが許されるようになっていた。

外歩きにお文が供をするのは今日が初めてだ。はっと我に返った里緒は座敷に上が

って身づくろいをした。

お文は、濡れ縁に座って里緒の支度がととのうのを待ちながら中庭に目を向けている。振り向きざまに、里緒は淡い日差しにお文の横顔が白く縁取《ふちど》られたように浮かんでいるのを見た。鼻筋がとおって、あごのやわらかな線を目にした里緒は、

（この娘は年頃になると美しくなるだろう）

と思った。しかし、それがお文にとって幸せにつながるものなのかはわからないと思う。なぜか、お文の横顔に哀しく儚《はかな》いものを感じてしまうのは、父親がひとを殺《あや》めて島流しになっていると聞いたからだろうか。

里緒は部屋から出しなに、また牡丹に目を遣《や》った。清らかでけなげに咲く牡丹の美しさに心励まされるものを感じた。

春崖の屋敷は福岡の薬院《やくいん》にある。博多からは中洲を抜けて通わねばならない。このあたりは古地図に、
――川の中にある須賀《すか》
とある。〈須賀〉は砂が堆積してできた場所をいう。黒田長政が入国したころ、旧

領の豊前《ぶぜん》から従ってきた商人たちが住み始め、中洲に中島町ができた。中島町の西は西中島橋で福岡につながり、東は東中島橋で博多へつながっている。

那珂川《なかがわ》にかかる西中島橋は、長さ四十間余りあり、東中島橋は二十五間ある。

西中島橋のたもとには石垣と白壁の塀が巡らされ、あたかも城門のような桝形門《ますかたもん》があった。門の傍《そば》に番所があって、通る者をあらためる。番士の中には通行する女を露骨にからかう者もいるため、町屋の女房や娘たちの中には通るのをためらう者もいた。

里緒がお文を連れて通る時、小太りで赤ら顔の番士が、

「女絵師がどこへ参るのじゃ」

とあからさまな好奇の目を向けて訊《き》いた。里緒が妻ある江戸の絵師と割りない仲になったという噂を知っているのだろう。

「お抱え絵師の衣笠春崖様のもとへ参上いたします」

と答えると、意外そうな表情をしたのは、里緒が春崖から破門されたと聞いていたからに違いない。藩のお抱え絵師の弟子だとすると、うかつな言葉をかけて大事になってはたまらないとばかりに、急に興醒《きょうざ》めした顔になり、

「通ってよし」

と面白くなさそうに言った。里緒はさりげなく会釈《えしゃく》して通り、お文は身を縮《ちぢ》めるようにして緊張した表情でついてきた。町筋に出たところで、お文が、

「やはり、わたしなどには福岡は恐い気がします。絵に描かれる場所へ行くにはあの橋を渡らなければならないのでしょうか」

と心細げに訊いた。

「博多八景ですから、中洲を越えないとは思いますが、春崖先生がおっしゃることを聞いてみないとわかりません」

里緒にもわからないことだった。やがて、春崖の屋敷に着くと里緒は奥座敷に通され、お文は広縁に控えた。

待つほどもなく出て来た春崖は、軽く咳込《せきこ》みながら座った。手に書物を持っている。

「お風邪を召されたのではございませんか」

「いや、毎年のことだ。気にするほどではない」

何気ない様子で答えて、春崖は手にしていた書物を広げた。玄界灘に面した福岡は、九州ではあっても冬の寒気が厳しい。春崖は蒲柳《ほりゅう》の質で、この時節には風邪を引きやすかった。いつものことだと里緒も思おうとするが、どことなく不安を覚えたのは、

春崖の温情で絵師として再起の道を歩み始めたばかりだからかもしれない。

(もし、先生が病に臥《ふ》されたら)

師の体調が気がかりで、里緒は胸が騒いだ。春崖が後見してくれなければ、自分は博多で絵師として生きていくことはできないだろう。

そんな里緒の胸の内など気づかぬ様子で、春崖は書物の開いた面を示した。

「これが、博多八景を最初に言い出した聖福寺《しょうふくじ》の鉄庵道生《てつあんどうしょう》様によって選ばれた八つの景色だ」

そこには、

香椎暮雪《かしいぼせつ》
筥崎蚕市《はこざきさんし》
長橋春潮《ながはししゅんちょう》
荘浜泛月《しょうはまはんげつ》
志賀独釣《しかどくちょう》
浦山秋晩《うらやましゅうばん》
一崎松行《いっさきしょうこう》

野古帰帆《のこきはん》

と書かれていた。里緒は文字を読んで、あの景色かと思い浮かべられるところもあったが、見当もつかない場所もあった。風景が思い描けず、書かれた文字を虚《むな》しく見つめるばかりと戸惑ったのは春崖も同じらしく、あっさりと書物を閉じた。

「なにしろ鎌倉のころの僧侶が選んだところだからな。いまとなっては八景と呼ぶにそぐわぬところもあるかもしれぬ。そこで、他にないかと調べてみたが、これがよかろうと思える八景があった」

『石城志《せきじょうし》』という別の書物を春崖は里緒に見せた。

この書物は博多の歴史、地理、神社仏閣、歳事、人事などあらゆることを記したものだという。〈石城〉とは元寇《げんこう》の際、博多湾沿岸一帯に石で防塁《ぼうるい》が造られたことからついた博多の別名だった。

「これに八景があるが、中でも絵になりそうな一景があるのだ」

書物に目を落としながら、春崖は景色の名を、

――濡衣夜雨《ぬれぎぬやう》

だと告げた。

「濡衣塚でございますか」

里緒が目を瞠《みは》ると、春崖はうなずいて、

「そうだ。春香も濡衣の伝説は知っておろう」

とうかがうような目を向けた。

——濡衣を着る
という言葉は、博多に伝わる昔話が始まりと伝えられている。

奈良時代、聖武天皇のころに佐野近世《さのちかよ》という公家が筑前守に任命され、妻と娘の春姫を伴って博多へ赴いた。ところが、長旅の疲れのためか近世の妻は亡くなってしまった。春姫はこのことを悲しんで泣き暮らすばかりだった。

やがて近世は人の勧めがあって再婚した。ところが春姫の継母となった女は春姫を邪魔に思い、なんとか追い出せないものかと企んだ。

そこである夜、継母はあらかじめ言い含めた漁師を屋敷に呼び寄せた。漁師は、夜な夜な春姫が自分の釣り着を盗みに来て困っていると近世に訴えた。

「さようなことがあろうか」

と近世は漁師の話を信じようとしなかったが、後妻から、それなら春姫の部屋に行って確かめたらよいと言われて、まさかと思いつつも姫の寝所へ行った。

近世は寝所に入って灯《あか》りを点《とも》し、驚きの声をあげた。眠っている姫の上に、濡れた衣がかかっていたのだ。近世は春姫が盗みを働いたと思い込んで逆上し、怒りのあまり、手にしていた刀で眠っている姫を斬り殺してしまった。

悲劇が起きて一年がたった。ある夜、寝ていた近世の枕元に春姫が寂しげに立っていた。春姫は和歌を口ずさんだ。


濡衣の袖よりつたう涙こそながき世までの無き名なりけり

驚いて目を覚ました近世は、春姫が夢枕に立って身の潔白を訴えたのだと悟った。

近世は悔恨すると出家して春姫の霊を弔い、博多に七つの堂を建立した。博多の御《み》笠川《かさがわ》にかかる石堂橋《いしどうばし》のたもとには、この話に由来する濡衣塚があるという。

春崖は濡衣にまつわる話を終えた。すると、しのびやかに泣く声が聞こえ、見れば広縁に控えているお文が袖で顔を覆《おお》っている。

二

濡衣の話を聞いて取り乱したお文は、里緒が春崖の屋敷を辞して帰る道すがら、何度も謝った。母親のおりうのことを思い出して泣いたのだという。

お文が幼いころ、おりうはやさしい母親だった。だが、お文の父親である捨吉が博《ばく》打《ち》で身を持ち崩すとお文を連れて家を出た。小料理屋で働き始めたおりうは酒の匂いをさせて長屋へ帰ってくるようになった。

そのころからおりうの心は荒《すさ》んでいった。いつの間にか、かつてのやさしい母親の姿はなくなり、お文に邪険な言葉を投げつけるようになった。

そしてあの事件が起きた。捨吉がおりうと暮らしているやくざ者を刺し殺した時、おりうは半裸の姿で雨の中に飛び出して助けを求めた。

濡衣の話を聞いて、ひどく変わってしまった母親を思い出した。雨に濡れ、泣き叫ぶおりうの哀れな姿が脳裏に浮かんで消えない、とお文は言った。

「泣き出して申し訳ございませんでした」

「もう気にしなくていいのです。それより明日、濡衣塚に行ってみようと思うけど、一緒に行ってくれますか」

里緒に訊かれて、お文は少し元気になって大きくうなずいた。

里緒は素直なお文に笑顔を向けた。

濡衣塚がある石堂橋のたもとは博多の東端になる。古来から石堂口は博多への入り口だった。博多は〈太閤町割り〉によって、縦横に〈流《ながれ》〉と呼ぶ町筋が作られたが、石堂橋は六つの主な流に通じている。


翌日は薄曇りの空模様で時おり、小雪が舞っていた。

里緒とお文は、寒さに震えながら、町筋を歩いて石堂橋に着いた。このあたりを流れる御笠川をひとびとは石堂川と呼ぶ。河口のすぐ近くで、潮の匂いが強い。橋の際《きわ》に梵字《ぼんじ》が刻まれた石碑が建っている。

石碑に手を合わせた後、里緒はあたりを見てまわった。河口近くの風景は、いかにも〈博多八景〉として挙げるのにふさわしいものに思えた。だが、濡衣の話を聞いたためか風景が胸に迫る哀しみの色で滲んでいるように見えた。

(晴れた日に来た方がいいのかもしれない)

里緒がそう思いつつ歩いていると、川のほとりに男が立っているのが見えた。見覚えがある気がして、近づいてみた。

男は足音に気づいたらしく里緒を振り向いた。

「――春楼《しゅんろう》さん」

驚いて里緒は名を呼んだ。外記が青蓮寺で屏風絵を描いた時、里緒とともに手伝った春崖門下の兄弟子、春楼だった。

「春香か」

春楼はぼんやりとした笑顔を里緒に向けた。春楼の変わり様に里緒は目を瞠った。

かつての春楼は小太りで絵はなかなか上達しないものの、暢気《のんき》なところがあり、常に冗談を言って里緒を笑わせる兄弟子だった。しかし、いま会っている春楼は、ひとまわり瘦《や》せて無精ひげを生やし、面やつれしている。着ている袷《あわせ》と袴《はかま》も薄汚れていた。

「先生からお許しが出たそうだな。お前はいつかまた絵筆をとるだろうと思っていたよ」

春楼は笑って言ったが、元気はなかった。

里緒は破門を解かれて春崖の屋敷に出入りするようになってからも春楼と顔を合わすことはなかった。不思議に思って古参の門人に訊いてみたところ、春楼は絵の稽古《けいこ》にも顔を出さなくなり、近頃では春崖門下を離れたのと同様だ、ということだった。

「遊びが過ぎて、身を持ち崩したのだ。そのあげく遊ぶ金欲しさに枕絵なども描いているという噂だ。そのことが先生の耳に入っているのではないか、と恐れて顔を出せないでいるのだろう」

古参の門人は苦々しく言った。

里緒は春楼が放蕩《ほうとう》にふけったと聞いて意外な気がした。春楼は冗談こそよく口にしたが、酒も飲まない堅物《かたぶつ》で、里緒が外記と道ならぬ恋をした時は非難がましい目でひややかに見ていた。

そんな春楼がなぜ変わってしまったのだろうかという里緒の訝《いぶか》しむ思いを感じたのか、春楼は頭に手をやった。

「お前がまた絵師の道に戻れたというのに、わしはこんなざまだ。面目ないな」

「どうしたのです。何があったのですか」

眉をひそめて里緒が訊くと、春楼は薄い笑いを浮かべた。

「女に惚《ほ》れたのだ」

「やはり、そうだったのですか」

相手は遊女なのかもしれない。そうであれば、春楼がここにいるのも納得できる、と里緒は思いながら川の下流に目を遣った。


石堂川が博多湾に注ぐあたりにある柳町は、江戸の吉原同様、公認の遊郭がある場所だった。遊女屋が十九軒あり、遊女の数は六、七十人で京や大坂風につぶし島田の髪に、鼈甲《べっこう》のかんざし三、四本を挿し、鹿の子の緋縮緬《ひぢりめん》を身につけて、巻帯に襟の広い打掛をまとい、五枚重ねの上草履を履くという装いだった。

近松門左衛門作の浄瑠璃『博多小女郎浪枕《はかたこじょろうなみまくら》』で諸国にも広く知られた。

商用で博多を訪れた京の商人小町屋惣七が、柳町の遊女小女郎への想いから毛剃《けぞり》九右衛門の手下となって抜け荷を行う。

やがて惣七は捕らえられて自害し、毛剃一味も追放になる物語は、博多の大商人伊藤小左衛門が密貿易の罪で捕らえられて処刑された実話に想を得ていた。

小左衛門は長崎の遊女を愛妾にしていたが、小左衛門が刑死するとこの遊女も後を追って自害したという。

「わしには似合わないと思うだろう。だが、こんなことも世の中にはあるのだ」

と春楼は照れ臭そうに言った。

「いえ、そんな風には思いません。わたしも思いがけないことをしてしまいましたから」

慰めるように里緒が言うと、春楼は何事か思いついたように里緒の顔を見た。

「すまぬが、頼まれ事をしてくれないか」

「なんでしょうか。わたしにできることでしたら」

「常磐屋《ときわ》の千歳《ちとせ》という遊女に、伝えて欲しいことがあるのだ」

真剣な表情で春楼は頼んだ。思い詰めた春楼の顔つきを見て、断るわけにはいかないと里緒は感じた。

「何とお伝えすればいいのでしょうか」

「わしはもう金が続かぬ。博多にもおれぬから国の肥前に帰ることにした、とだけ伝えてはくれぬか」

「それでしたら、ご自分で言われてもよろしいのではありませんか」

里緒は首をかしげた。

「遊郭は金のない男が行っても相手にしてくれぬ。春香なら客としてではなく、訪ねることができるだろう。女絵師のお前が行けば、遊郭も粗略にはせんだろう」

「そうでしょうか」

富商は料亭に絵師を呼んで席画を描かせたりする。そんな際には、女絵師の里緒は人気があり、呼ばれることも多かった。自然に花柳界でも顔は知られていた。

「言伝《ことづ》てのついでに、店の者にはわからぬよう、これを渡して欲しいのだが」

と言って懐《ふところ》から結び文を取り出して里緒に渡す春楼の手が震えていた。

「お手紙ですか？」

「というほどのこともない文だ。だが、ひとに読まれては恥ずかしいから、お前も見ないでいてくれ。わしの気持が書いてあるのだ」

春楼はなぜかうつむいた。そして、

「どうにもならないんだ」

と低くつぶやいた。

里緒は春楼と別れると、その足で柳町に向かった。

道すがら見る影もなくなった春楼の姿を思い浮かべた。外記との間柄が深まった時は、自分もいまの春楼のように行き暮れていたのではないか、と思えた。

柳町は吉原と同じように周囲を塀で囲まれている。

昼間でも門は閉ざされており、くぐり戸から入らねばならない。夕方酉《とり》ノ刻（午後六時ごろ）には通行が禁じられるという。門の傍に番所があるが、門番は女が入ることにはさして関心を示さなかった。

里緒はお文とともに門を通った。

間口が三間半の遊女屋が抱えている遊女は一軒に四、五人とさほど多くない。里緒は春楼から聞いた常磐屋を探した。見回していたお文が目ざとく見つけて、

「春香様、あのお店です」

と思わず声を高くして知らせた。すると往来を歩いていた遊び客たちが物珍しげに里緒たちをじろじろと見た。中には近寄ってきて声をかけそうな素振りをする男もい

た。お文は、思わず赤くなってうつむいてしまった。

素知らぬ顔で里緒は常磐屋の柿色ののれんをくぐった。吉原では、客は揚屋《あげや》に登楼して女郎屋から遊女を呼ぶが、柳町は〈内留《うちどめ》〉と称し、遊客は直《じか》に女郎屋にあがる。

諸国の遊里について記述した『色道大鏡』には、

――挙屋《あげや》ならで、内に客を留める遊郭は筑前の博多、肥前の長崎のみなりとある。

店の中は薄暗く、土間が裏まで続いている。

土間の片側には、道から格子越しに遊女たちを見ることができる見世と呼ばれる畳敷の遊女のたまり場があった。土間側にも籬《まがき》と呼ばれる格子があり、遊客は道や土間から遊女を見立てることができる。

女が入ってきたのを見て、不審げな顔をする店の者に、里緒が、

「衣笠様の門人の絵師春香と申します。千歳さんという方に言伝てを頼まれたのですが」

と告げた。店の者が面倒臭そうに千歳を呼ぶと小柄な顔立ちの女が格子の傍まで寄ってきた。

　身を持ち崩すほど春楼が惚れ込んだと聞いて、はなやいだきれいな女を思い描いていたが、千歳は顔立ちも地味ではかない感じがする女だった。

「春楼さんから頼まれた言伝てがあります」

　声を低めて里緒が春楼の名を口にした時、千歳の顔が一瞬、輝いた。その顔を見た瞬間、里緒は美しいものを感じた。

（このひとは心底、春楼さんのことを想っているのだ）

　春楼が国に帰ると伝えるのが辛くなったが、やむを得ず口を開いた。

「春楼さんは、金子《きんす》に不自由されているとのことです。博多にもいることができないので、国許へ帰られるそうです」

　里緒の言葉に千歳は見る見る元気を失った。里緒は千歳を励ます思いを込めて、

――春楼さんから
と囁《ささや》いて、袖に隠していた結び文を店の者に気づかれぬよう格子の間からそっと差し入れた。千歳は素早く文を取って懐に入れた。そして、か細い声で、

「ありがとう存じます」

　と言った。その声を聞いて、里緒は、

（このひとは普通の女房として慎ましく生きるのが似合うひとだ）

と思った。どんな事情があって遊女になったのかわからないが、夜毎、違う男の相手をしなければならないのは辛いことに違いない。だが、そんな同情の言葉をかけられるのも千歳にとっては苦痛だろう。

里緒は頭を下げてのれんをくぐり、外へ出た。空から雪が降っている。ふわりと舞い落ちてくる牡丹の花のような雪だった。

「冷えてまいりました。お寒くはございませんか」

お文が心配そうに声をかけた。

里緒は首を横に振って黙って歩き出した。会ったばかりの千歳の顔を胸に思い描いていた。どこの見世からか清搔《すががき》の三味線の音が聞こえてくる。遊客の心を浮き立たせるはずの清搔の音色が里緒には哀しげで切なく聞こえた。

三

春崖を訪ねた日から十日ほどの間に、里緒は二度、石堂橋のたもとまで行った。

よくよく景色を見定めたうえで画室に入り、下絵を描き始めた。本絵は八景すべての下絵があらかじめできてから取りかかる。まずは一景ずつ下絵を仕上げていくつもりだった。

藤兵衛は春香が画室に入ったのを見て、

「いよいよ始まりましたな」

と楽しげに声をかけた。

里緒は絵筆をとって濡衣塚の周囲の風景を描いていく。

景色の中に柳町の遊郭を入れるかどうかを、里緒は迷った。風景の中にひとの心が滲み出る。柳町を描けば哀しい絵になるだろう。しかし、目をそむけることもためらわれる。

まず思い浮かんだものを描こうと里緒は思った。すると自然に手が動いて描き始めたのは、石堂川の向こうに広がる風景だった。それは、柳町の遊女たちが遊郭の窓から日々眺めている景色だと思えた。

いまも千歳は春楼のことを思いつつ、川面《かわも》とさらに遠くに見える海を眺めているのかもしれない。そんなことを脳裏に浮かべながら描いていく。

この日は昨夜から降り始めた雨まじりの霙《みぞれ》が庭を濡らしていた。体の芯まで凍えさせるような冷たい滴《しずく》が小止みなく降っている。指先が痺《しび》れて、時おり息を吹きかけて暖めたりした。

お文が縁側に来て膝をついた。

「春香様、お店の方に柳町の常磐屋のひとが来られて、お会いしたいと言っておられますが」

「常磐屋さんが？」

なぜ常磐屋のひとがわたしを訪ねて来たのだろう、と訝《いぶか》しく思いながら里緒は絵筆を置いた。縁側から廊下を抜けて店の板敷に出た。

常磐屋の使用人らしい黒い法被《はっぴ》を着た三十過ぎの、目つきの鋭い痩せた男が土間に立っていた。男は小腰をかがめて、常磐屋の使用人で弥七と言います、と名のった。

「お店へおうかがいして申し訳ございませんが、実はあなた様が先日、お訪ねになった千歳が昨夜から行方がわからなくなりました」

「千歳さんがいなくなられたのですか」

驚いて里緒は訊き返した。

「さようでございます。どうやら〈足抜き〉ではないかと疑っておりまして、それで千歳の居場所をご存じではないか、春香様にお聞きしようとこちらへおうかがいしたというわけでございます」

弥七の言葉には、執拗《しつよう》にからみつくような響きがあった。

「なぜ、わたくしに訊きに来られたのでしょうか。千歳さんには言伝てを頼まれてお会いしただけで、何も知りません」

里緒が当惑して言うと、弥七は薄ら笑いを浮かべた。

「おとぼけになられては困ります。先日、店に来られた時、格子越しに千歳に結び文を渡したのを遊女のひとりが見ておりました。その後も何度か石堂川のあたりを歩いておられたのもわかっております。千歳の〈足抜き〉の段取りをつけておられたのでございましょう」

「違います。わたくしはそのようなことはいたしておりません」

きっぱり言い切る里緒を、弥七は睨《にら》みつけてきた。

「では、あの結び文には何が書いてあったのでございます。それだけでも教えていただきたいものですな」

「あの結び文は――」

春楼に頼まれたものだから中身は知らない、と言いかけて里緒は口ごもった。千歳を〈足抜き〉させたのは、春楼かもしれない。もしそうだとするなら、この男に春楼の名を告げるわけにはいかない。

里緒が黙ったのを見て、弥七は居丈高になった。

「どういうことなんですかい。なぜ、教えていただけないんでしょうかね」

凄みのある声に、帳場にいた亀屋の番頭や手代たちもぎょっとして、里緒と弥七を見た。すると、土間から、

「店先で声を張り上げられては困りますな」

と藤兵衛の声がした。藤兵衛は外出先から帰ってきたばかりのようだ。弥七は藤兵衛に向かって頭を下げ、柳町の常磐屋の者だと名乗ったうえで、

「お騒がせして申し訳ございません。女郎の〈足抜き〉がありましたものですから」

と言った。藤兵衛は弥七をじろりと睨んだ。

「そんな小さなことで、この亀屋の店先で大声を出したのか」

藤兵衛のどすの利いた声に、今度は弥七がぎょっとした顔になった。

大店の主人は世間体を何よりも気にするため、店先でのもめ事を嫌って、できるだけ穏便にすませようとする。少しぐらい声を荒らげたほうが、話が通りやすいと弥七は思っていた。だが、藤兵衛にはそんな脅しは通用しないらしい。

「柳町の遊女屋がわたしの店に因縁をつけたとあっては、こちらも黙ってはいられませんな。断っておくが、わたしはお殿様の御用を言いつかっていましてね、先ほども藩庁にうかがったばかりだ。その留守の間に店を荒らされては御用にも差し障りがある。お役人に申し上げるから、常磐屋にそう伝えなさい」

藤兵衛の厳しい言葉に、弥七は青ざめて、申し訳ございませんでした、お許しください、と平謝りした。そんな弥七に構わず、藤兵衛は里緒に、

「春香様、お部屋に戻られてくださいまし。このような者の話を聞かれることはございません」

と言った。里緒がうなずいて離れに戻ると、しばらくして藤兵衛がやってきた。里緒は頭を下げて、

「ありがとう存じました。わたくしのことでご迷惑をおかけして申し訳ございませ

ん」

と謝ると、藤兵衛は気軽な様子で手を振った。

「気になさることはありません。わたしは昔、蝦夷地《えぞち》まで商売に行ったことがございまして、荒くれどもを相手にして参りました。女郎屋の下働きの男など何ということもございません。ちょっと脅したら青くなって逃げ帰りましたよ」

そう言った後、藤兵衛は微笑を浮かべて言葉を継いだ。

「ですが、春香様が面倒なことに巻き込まれては困ります。何があったのか教えていただけますか」

藤兵衛の言葉に里緒はうなずいて、

「実は春楼さんという兄弟子から頼まれて結び文を渡したのです」

と話した。

「その方が千歳さんの馴染《なじ》みだったのですな」

「さようでございます。遊びが過ぎて一門からはずれようとしているのだそうで――」

里緒の話をさえぎるように、藤兵衛はふと立ち上がって障子を開けた。中庭に咲く

藁囲いの中の牡丹の花が氷雨《ひさめ》に濡れている。藤兵衛は花を眺めながら、

「霙《みぞれ》が昨晩から降り続いております。千歳という遊女は、おそらく塀を越えて川べりに出て、手引きした男の小舟に乗り移って逃げたのでしょうな。その時も霙は降っておったでしょうから、さぞや冷えたことでしょうな。あの牡丹のように寒い思いをしたのではないでしょうか」

とつぶやいた。

「千歳さんは舟でどこへ逃げたのでしょうか」

暗夜の海を、冷たい雨に降られて舟で進んでいく男女の姿を、里緒は思い浮かべた。

だが、藤兵衛は頭を振った。

「どこへも行ってはおりますまい」

眉を曇らせる里緒の前に座った藤兵衛は、痛ましげな顔で口を開いた。

「遊女を舟で〈足抜き〉させることは、以前にもございました。やくざ者が金を使って漁師を雇い、他国の遊郭に女を売り払うための〈足抜き〉なら、手筈《てはず》をととのえて逃げ延びることもできましょう。しかし、遊女に惚れた客が連れ出しても行き場はございません。すぐに追手につかまってしまいます」

「では、千歳さんはどうなったと言われるのですか」

「おそらく、生きてはいないでしょうな」

厳しい表情で藤兵衛は答えた。

「まさか、そのような」

里緒は春楼の顔を思い浮かべた。あの穏やかで冗談ばかり言っていた春楼が、そんな思い切ったことをするだろうか。

「もし、生きて逃げ延びるつもりがあれば、昨日のような霙の降る夜に〈足抜き〉はいたしますまい。死んでもよいと思ったのか、あるいは初めから死ぬつもりでやったことでしょう」

「それでは、わたくしはふたりが死ぬ手伝いをしてしまったことになるのでしょうか」

愕然《がくぜん》とした里緒の耳に、

「どうにもならないんだ」

と言った春楼のつぶやきが蘇《よみがえ》った。

雨まじりの霙はなおもしとしとと降っている。

二日後――

里緒は、町奉行所の役人から柳町の番所に来るよう呼び出された。何事だろうと訝《いぶか》しんで里緒はお文を供にして番所に向かった。

この日はようやく晴れ間が広がって青空がのぞいていた。明るい日差しの中、番所についた里緒は土間に入って息を呑んだ。筵《むしろ》をかけられた男女の体が横たわっている。その傍らに役人と弥七がいた。

役人が筵を持ち上げて女の顔を見せると、弥七は無表情な顔で、

「千歳に間違いございません」

と言った。

「そうであるか。ご苦労」

役人は弥七にねぎらいの言葉をかけてから里緒に顔を向けた。

「この亡骸《なきがら》は、今朝方の満潮時に石堂川の川べりに打ち上げられた。おそらく海に身を投げて心中したのであろう。女人の絵師殿に来ていただくのはいかがかと思うたが、この者が春香殿ならご存じのはずだ、と申すのでな」

弥七をあごで指して役人は言った。弥七は冷淡な薄笑いを浮かべて里緒を見つめている。里緒は黙って遺骸の傍らにかがみこんだ。

役人は無造作に筵をあげた。里緒は恐る恐る筵の下をのぞきこんだ。まず女の顔が見えた。あの日、会った千歳だった。額に黒髪が張りついた青白い顔に、かすかに笑みを浮かべているように見える。隣に横たわる男とは腰紐《こしひも》で体を結び合わせているようだ。そう思いつつ、そっと男の顔を見た。

――違う

春楼ではなかった。里緒はわずかにあえぎ声をもらして、

「違います。わたしの知っているひとではありません」

と言った。

「なに、違うのか」

役人はうんざりした声を出すと、弥七を睨みつけた。弥七は首をすくめて顔を伏せた。

そんな様子を里緒はぼんやりと眺めながら、

(このひとは誰なのだろう)

と思って男を見つめた。まだ若い男で、目鼻立ちがととのった顔をしている。その表情には千歳と同じように微笑が浮かんでいた。どこの誰かは知らないが、千歳とこの男は望んでともに命を断ったに違いない。

様々に思いをめぐらしている時、千歳の着物がまだ乾いておらず、ぐっしょりと濡れていることに気づいた。

(これも濡衣塚の因縁なのだろうか)

背筋が冷たくなるのを感じて、里緒は身震いするのを抑えきれなかった。

亀屋に戻った里緒は、千歳と心中していたのは春楼ではなかった、と藤兵衛に告げた。

「春香様のためには、それでようございましたが、だとすると春楼という方はどうされたのでしょうか」

「わかりません。なにやら、思い詰めておられたように見受けられました」

「とはいえ、心中されていなかったのですから、何よりではございませんか」

藤兵衛は穏やかに言った。里緒はうなずきながらも、石堂川のほとりで会った春楼の顔を思い浮かべると、素直に安堵《あんど》する気にもなれなかった。

心中しなかった春楼はどこにいるのだろう。死ぬよりも虚《むな》しい気持を抱いて生きているのではないかと、気がかりでならない。

翌日、里緒はお文と一緒に石堂橋のたもとに行った。

千歳が心中する前にどのような思いで川の風景を眺めたのかを知りたいと思っていた。冷たい風が吹き渡る川面は、日差しに白く輝いている。

里緒が川波を見つめていると、お文がなにげなくぽつりとつぶやいた。

「想うひとに振り向いてもらえないほど辛いことはないかもしれませんね」

振り向いた里緒に、お文はあわてて、

「すみません。生意気を申しました」

と謝った。里緒は頭を振った。

「いいえ、わたしも同じように考えていました」

あの日、春楼は報われることのない想いを抱いていたのかもしれない。

お文は話を続けた。

「わたしの父は、母を心底想っていたのだと思います。だけど、母は家を出て他に男をつくりました。そんな母でも父は忘れられなかったから、あんなことをし出かしたんです。届かない想いなんか、早く忘れたらよかったのに……」

お文は川の下流に目を向けて言った。川風が吹き付けてお文の鬢《びん》をほつれさせた。

「忘れようとしても、忘れられないのが、ひとへの想いなのかもしれませんね」

お文に語りかけながら、自分もそうなのだ、と里緒は外記の顔を思い浮かべていた。

四

薄い雲の間からほのかな日の光が差していた。

描きあげた下絵をお文に持たせて里緒は春崖の屋敷を訪ねた。

春崖に下絵を見てもらうためだった。奥座敷に通された里緒は目を疑った。春崖の前に春楼が座っていたのだ。

「春楼さん、どうして――」

声をかける里緒に春楼は手をつかえて頭を下げた。

「すまなかった。お前に迷惑をかけてしまった」

　春楼の前に座った里緒は、手を取らんばかりの表情で口を開いた。

「そんなことはいいんです。わたくしは春楼さんの身に何かあったのではないかと、そればかり心配していました」

　うつむいて何も言わない春楼の代わりに、春崖が里緒に声をかけた。

「破門して欲しいと春楼は言いに来たのだが、もうすぐそなたが来るからと言って、帰るというのを引き留めておったのだ」

「そうでございましたか」

　春崖に頭を下げてから、里緒は春楼に顔を向けた。

「春楼さんから頼まれて千歳さんに届けた結び文には何が書かれていたのでしょうか。それだけは教えてくださいませんか」

　里緒に問い詰められて、春楼はおずおずと話し出した。


　わたしが千歳に初めて会ったのは、確か二年ほど前のことだっただろうか。ある料亭での席画に呼ばれた際に描いた絵を気に入ってくださった大店の御主人が柳町に連れていってくれてね。

わたしはもともと酒も飲めないし、はでな遊びも好きではなかったけれど、誘われるまま一夜限りだと思って遊郭に上ったんだよ。

相手をしてくれた千歳もわたしと同じ地味な女で、とても男を遊びに引きずりこむようには見えなかった。だから、安心して話をしていたら、千歳が肥前の生まれでわたしと故郷が近いことがわかったとたんに親しみが湧《わ》いて話し込んでいるうちに、急に千歳が泣き出した。

女に泣かれたことなどそれまでなかったから、わたしはうろたえた。遊女になる女は誰もがそうなのだろうが、家が貧しくて食うに困って売られたらしい。

千歳に会った者は皆、遊女になっているのが似つかわしくない女だと思うだろう。つつましくてしっかり者で、そのくせ守ってやりたいと男に思わせる女だ。

そんな千歳に同情するうち、客になって通うようになっていた。何もしないで、ただ黙ってそばで寝ていた日も多かった。辛い務めから、少しでも休ませてやりたくて、楽にさせてやりたかったのだ。

わたしは絵師を志して博多に出てきたものの、自分に才がないことがわかり始めていた。青蓮寺で屏風《びょうぶ》絵を手伝った時、はっきりと思い知らされた。

外記さんの描く鳥は、わたしにはとても描けない。

春香が描いたのもそうだ。ふたりが力を合わせて描いた千鳥の屛風絵を見てすぐに、わたしはこの絵の中に自分が入っていける場所はないと思った。

ふたりが描いた絵に妬《ねた》ましさを感じた。

日々、その思いが募っていった。だから、外記さんと春香の不義がひとに知られ、千鳥の屛風絵が破却された時は、あのような絵が世に出てたまるものかと、心のどこかで喜んでいた。

当時は男と女の情などわたしにはわからなかった。

春香が破門になって、自分らしい絵が描けるはずだった。しかし、わたしの目には、あの千鳥の屛風絵が焼き付いていた。あのような絵が描きたかったが、技量が追いついていないのは明らかだった。

わたしにできるのは、せいぜい席画を描いて、絵などわからない金持に喜ばれることぐらいだった。どんなに努めても、わたしの絵は凡庸《ぼんよう》だった。

いつも、あの千鳥の絵に嗤《わら》われているような気がした。だから、千歳の客になって頼りにされ、親しみのこもった言葉をかけてもらうと嬉しかった。

外記さんのような絵は描けなくても、ひとりの女に頼られて生きていければいいと、無理を重ねて金を作っては千歳のもとに通った。

千歳のことを心の底から好きになっていた。

千歳の傍にいるだけで満ち足りた思いを味わえた。それだけに、千歳のもとへ行けない夜が辛かった。千歳に今夜、他の客がついていると思うだけで苦しくて叫び出したくなったりした。

少しずつ絵の稽古にも行かなくなった。席画に出る機会もなくなり、金も入らなくなった。持っている物を売り尽くし、知人に金を借りまわって柳町に通った。

その都度、ひとに疎《うと》んじられるようになっていった。金を貸してくれる者もいなくなり、とうとう柳町に通えなくなる日が来た。

千歳と心中しよう。それしか思い浮かばなかった。ようやく金を作って柳町に行った夜、千歳に心中を持ちかけようとした矢先に千歳が話し出した。

自分には言い交わした与平という幼馴染の男がいる、というのだ。初めて聞く話に耳を疑った。その男も博多に出てきて桶作りの職人になっているという。

何度か客になって来てくれたが、貧しいから落籍《ひか》すことなど、とうてい無理だとわかっている。だったら、ふたりで逃げようと約束をした日以来、与平がぷっつりと来なくなったので、どうしたのか心配でたまらないから与平に会ってきて欲しいと千歳から頼まれた。

こんなことを頼めるのは優しい客の春楼さんだけです、と千歳は言った。

心中しようとまで思い詰めていた千歳にとって、わたしは優しい客でしかなかった。どうしたらいいかわからなかったが、取りあえず、与平という男のもとへ行ってみようと思った。逃げる約束をしたというが、不実な男の口約束ではないか、と疑っていた。そんな男だったら、本当のことを千歳に告げればいいと考えた。

わたしが長屋を訪ねた時、与平は病で寝込んでいた。わたしが千歳に頼まれてきたと言うと、与平は礼を言った。

痩せていたが、ととのった顔立ちの男だった。こんな男を千歳は好きなのか、と少し寂しい思いがした。与平は、労咳《ろうがい》でもう長くはないだろうと言った。千歳と逃げる約束をした後、突然、血を吐いたらしい。

わたしは、おざなりに慰めの言葉を言って帰ろうとした。すると与平は、待ってくださいい、とすがるように声をかけた。

それから、なにやら手紙を書くと、結び文にして、

「これを千歳に届けていただけませんか」

とわたしに差し出した。

舟を用意して迎えに行く日時と、自分はもう長くは生きられないから舟で逃げても、そのまま心中するしかない。それでもよければ出てきてくれ。そうしたくないなら出てこないでも恨んだりはしない、と書いてあるという。

わたしは心中の手伝いなどできないと断ろうとしたが、与平は泣いて頼んだ。どうにもならないんです、世の中には幸せになりたいと思っても、どうにもならない者がいるのです、と何度も繰り返して言った。

わたしは押しつけられるようにして結び文を預かった。

結び文を渡せば、千歳は与平と心中してしまうだろう。渡さなければ、与平はひとりで海に出て身投げするに違いない。そのことを後で知れば、千歳がどれほど悲しむかわからない。

わたしは思い悩みながら、石堂川のほとりを歩いていた。

そこで春香に声をかけられた。その時、思った。もし、春香が千歳と同じ境遇だっ

たら、どうするだろうかと。

春香は男の想いを受け取ることを選ぶに違いない。そう思ってわたしは春香に結び文を渡して千歳に届けるよう頼んだ。

ほどなくして千歳が若い男と逃げ、ふたりの遺骸が打ち上げられたと聞いた。わたしは泣くこともできなかった。千歳にとって、わたしは心中の手引きをしてくれた、ただの優しい客だった。

わたしは何者にもなれず、絵師にもなれない男だ。

春楼が話し終えると、春崖がしみじみとした声で言った。

「しかし、お前は絵師になれないわけではないぞ」

春楼は頭を振った。

「とても無理でございます」

「いや、そんなことはない」

と言って、春崖は里緒に下絵を見せるよう言った。その言葉に応じて、お文が風呂敷の包みを持って来た。里緒は春崖の前で包みを解いて下絵を見せた。

「これは博多八景のうちの一景、〈濡衣夜雨〉だ。春楼にはどこを描いたものかわかるであろう」

春楼は絵をのぞきこんだ。しばらくして、春楼の目から涙が流れ落ちた。

「柳町から見た川の景色でございます。河口に近づくにつれ、景色が明るくなっております。河口の先に何かひとを幸せにする明るいものがあるのではないでしょうか」

心を動かされたように春楼が口にすると、里緒は言葉を添えた。

「それが千歳さんの心だったのではないでしょうか。わたくしが春楼さんから言伝を頼まれたと言った時、千歳さんの顔が明るくなりました。千歳さんにとって、春楼さんは明るい輝きをもたらしてくれるひとだったと思います」

春楼はうつむいたまま肩を震わせて何も言わなかった。春崖は絵に見入りながらつぶやいた。

「絵はひとの心を描くものだ。春楼にこの絵の心がわかったのは、ひととしての想いを知ったがゆえだ。ひとの心がわかりさえすれば、絵は描ける。わしはそなたを破門にはせぬぞ。これからも絵師として励むのがそなたの道だ」

春崖の言葉を目を閉じて聞いていた春楼は、

「ありがとう存じます」

と手をつかえて、振り絞るような声で言った。

縁側の障子が日差しに白く輝いている。

長橋春潮《ながはししゅんちょう》

一

三月に入って、山裾《やますそ》が桜色に染まるころ、亀屋藤兵衛《かめやとうべえ》は里緒《りお》の世話をする女中をもうひとり増やすと言い出した。

「ありがたいお話ですが、お文《ふみ》さんがいてくださるだけで手は足りております」

と里緒は遠慮したが、藤兵衛は微笑んで言い添えた。

「いえ、お文は絵を描く際の手助けをしてもらおうと思っております。それで春香様の身のまわりの世話を頼もうと探しておりましたところ、ちょうどいいひとが見つかったのです。わたしは白水《しろうず》様の御用でしばらく忙しくなるでしょうから、春香《しゅんこう》様にご不自由をおかけすると存じます」

話の中に出た白水とは、御救奉行《おすくいぶぎょう》の白水養左衛門《ようざえもん》のことをいう。養禎《ようてい》という名で早良《さわら》郡の目医者をしていた養左衛門は藩に城代組三人扶持《ぶち》で抱えられていたが、天保《てんぽう》五年の今年、思いがけない出世を遂げた。

このころ、黒田藩では藩主斉清《なりきよ》が隠居し、賢侯といわれる長溥《ながひろ》が襲封《しゅうほう》したのを機に思い切った改革を行おうと、藩内に広く意見を求めた。これに応じて改革案を提出した者の中に白水養禎がいた。

養禎が提出した「御救仕組」は家老の久野《ひさの》一鎮《かずしげ》の目に留まり、養禎は名を養左衛門と改めて、知行百五十石、合力米三十俵の御救奉行に登用されたのだ。

養左衛門は商人の力を借りて改革を行おうと考えており、近頃、藤兵衛は御用を承《うけたまわ》るため御救奉行所に詰める日が多くなっていた。

顔を合わせるのも久々で、里緒が次の絵の相談をしようとした矢先に、藤兵衛は新たな世話係をつけるという話を口にしたのだった。ようやくお文と打ち解けて話ができるようになったばかりだというのに、新しくひとが入れば気遣《きづか》いもひと通りではないだろう。どう言って断ったらいいものかと里緒が黙り込むのを気にも留めず、藤兵衛は手を叩《たた》いた。待っていたように四十に近い落ち着いた女が足早にやってきて、縁側に座り、手をついた。

「お葉さんと言われます」

と藤兵衛は、使用人にかける言葉遣いとは思えぬほど丁寧な物言いをした。お葉はあらたまった様子で頭を下げ、

「お葉と申します」

と控え目な物腰で言った。顔立ちがととのい、挙措《きょそ》にも品がある。以前は武家か富商の内儀だったひとではないだろうか、と思うとともに、父親が流罪人《るざいにん》であるお文と同じようにお葉にも何かいわくがありはしないだろうかと里緒は思った。そんなことを考えながら顔を向けると、藤兵衛は了解を求めるように、黙って里緒に軽く会釈した。

藤兵衛の強い意を感じて里緒はしかたなくうなずいた。なんとはなしに行き暮れた女が三人寄り集まったのではないかという気がする。

里緒の表情を見た藤兵衛は、満足げに話柄《わへい》を変えた。

「今度の御改革ははなやかなものになりますよ。銀札をたっぷりと発行して、家中、

領民にお貸し付けになるそうですから」

「さようでございますか」

銀札は、藩がつくる金のことをいうのだろうが、日頃、目にする金とどう違うのかわからず里緒は首をかしげた。藤兵衛は、里緒の戸惑いに構わず、

「そのおかげで皆の金回りがよくなるでしょうから、中洲で相撲や芝居の興行を打ってひとを呼び集めると、博多は大いににぎわい、景気が沸きます。秋には江戸から歌舞伎役者の市川團十郎を呼ぶつもりですよ」

など法螺《ほら》ともつかぬ話をひとしきりしゃべってから腰を上げた。部屋を出ていこうとした藤兵衛は、まるで身分ある婦人に対するかのような物腰でお葉に頭を下げた。

里緒はお文を呼んでお葉に引き合わせた。お文が戸惑《とまど》った表情をして、

「わたしひとりでは春香様のお役に立ててなかったのでしょうか」

とつぶやくと、お葉はやわらかな笑みを浮かべて、

「いえいえ、そんなことはございません。これから、お文さんは春香様のお供をして外歩きをなさることが多くなると聞いております。それで、こまごまとした用をする者が新たに入り用だと思われた亀屋様が、わたしにお声をかけてくだされたのです。

春香様が気兼ねなく絵をお描きになれるようにとの亀屋様のお心遣いではないでしょうか。わたしはお文さんのお手伝いをするために参ったのです」

と告げた。お葉の言葉には自ずから滲み出る重みが感じられて、お文は気圧《けお》されたように思わず知らずうなずいた。

その日から、お葉はお文と同じ部屋で寝起きするようになった。初めのうちは、なかなか打ち解けなかったお文も、日を追ってしだいにお葉と隔《へだ》てなく話せるようになっていった。

数日後、里緒は師である衣笠春崖《きぬがさしゅんがい》に訊きたいことがあって訪ねようと思い立った。この日も供をしたお文が道すがら、お葉の料理や炊事、洗濯の手際のよさや書が巧みであり、俳諧《はいかい》の素養もあること、などを話して聞かせた。

そう言えば、お葉が料理を作るようになってからいままでとは、一味もふた味も違って口当たりがいいことに里緒も気づいていた。博多でよく作られる鶏肉と野菜を炊き合わせた〈がめ煮〉も醤油《しょうゆ》のしみ具合がほどよかった。里緒がお文やお葉と夕餉《ゆうげ》の膳《ぜん》についた時、

「〈がめ煮〉は昔、太閤様が朝鮮に攻め寄せられた時、すっぽんとあり合わせの野菜

を煮たのが始まりなんだそうですよ」

とお葉は口にした。お文は面白そうに聞いていたが、ふと、

「じゃあ〈がめ煮〉のがめって、ひょっとしてすっぽんのことですか」

と訊いた。お葉はおどけたように目を丸くした。

「ええ、どぶがめの、がめ、なんです」

里緒がことさらに困り顔をして、

「そんな話を耳にしながらでは、気味が悪くて食べられませんよ」

と言い出して、三人で吹き出したことがある。母親より年上とおぼしいお葉を、お文は自分の知らないさまざまなことを教えてくれるひととして慕わしく思っているらしい。

春崖の屋敷の門前まで、お文は楽しげにお葉の話をしていた。

里緒が訪ねた時、春崖は画室で絵筆をとっていた。応対に出た内弟子から、そのまま上がるように告げられ、里緒は、お文に控えの間で待つよう言い置いて画室に向かった。

画室に入ると、春崖は屏風絵《びょうぶえ》の制作中らしく、絵筆を手に描きつつある絵に見入っていた。傍《かたわ》らに春楼《しゅんろう》もいて、真剣な表情で目を凝《こ》らしている。

里緒は隅に控えて絵に目を遣《や》った。水墨画と見まごうほどほとんど墨で荒々しく駆ける三頭の馬が描かれている。近頃、春崖が描いていると聞く〈奔馬図《ほんばず》屏風〉がこれなのだろう。衣笠家の初代守昌《もりまさ》に〈牛馬図屏風〉という名品がある。春崖はそれにならい、馬を題材としたのではないか。

春崖は黙って少しの間、絵を見つめていたが、ふと絵筆を置いて里緒を振り向いた。

「きょうは何か用があって参ったのか」

と訊く春崖に、里緒は頭を下げた。

「絵をお描きになられておられるところをお邪魔いたし、申し訳ございません。あらためて出直して参ります」

「いや、よい。少し、休もうと思っていたところだ」

微笑を浮かべる春崖の顔に疲労の色が見受けられる。やはり、自分と話などしないで体を休めた方がいいのではないか、と里緒は気遣う目を春楼に向けた。春楼は絵皿を片付けつつ、それとなく話していくよう里緒にうなずいて見せた。里緒と話して気晴らしをすれば、春崖は元気になる、ということなのだろう。

「広間に参ろう」

春崖は立ち上がって、縁側に出た。広間には縁側伝いに行けば近い。里緒は春崖の後に続いて広間に向かった。

春崖は床の間を背に座って中庭の隅に咲く桜に目を止めていたが、内弟子が茶を持ってくると、茶碗に手をのばしながら、里緒にうながすような視線を向けた。

「きょうは、博多八景についてまた教えていただきたいと存じましておうかがいいたしました」

里緒が口にすると、春崖はゆっくりと茶を喫した。

「此度《こたび》の博多八景とは、『石城志《せきじょうし》』にある八景か」

「いえ、昔、聖福寺《しょうふくじ》の鉄庵道生《てつあんどうしょう》様が選ばれた八景でございます。その中に〈長橋春潮《ながはししゅんちょう》〉とありますが、この長橋とはどの橋をいうのでしょうか。鉄庵道生様は鎌倉のころの方だとうかがいましたから、長橋は古くからある橋だと思われます。ですが、博多にはそんな古《いにしえ》のころからの長い橋が見当たらないのです」

「その長橋を八景のひとつとして描きたいのか」

春崖は興味を引かれた表情をして里緒の顔を見た。

「海を背景にした長い橋ならば、なにやら趣《おもむき》があるように思えまして」

「そうか——」

春崖は何事か考える風だったが、しばらくして、

「その橋は、もうないのだ」

と告げた。

「ないのでございますか」

里緒は眉を曇らせた。

「そうだ。長橋については、貝原益軒《かいばらえきけん》様がお書きになられた『筑前国続風土記』という書物に記されておる。昔、那珂川の河口のあたりは袖湊《そでのみなと》という入海《いりうみ》だったそうだ。かつて唐船も入った湊で、那珂川へ続く入海の形が袖に似ていたことから袖湊と呼ばれていたらしい。藤原定家卿《ふじわらのていか》に袖湊を詠んだ和歌がある」

春崖は、和歌を詠じた。

鳴く千鳥袖の湊をとひこかし唐舟《もろこしぶね》の夜の寐覚めに

千鳥が舞い、唐舟が入ってくる入海の光景を、里緒は思い浮かべた。

「歌にまで詠まれていたのでございますか」

「その入海に長い橋が架かっていたそうだ。だが、慶長年間に博多は大火事で焼野原になったことがあり、太閤様の甥《おい》であった小早川秀秋様が焼け跡の灰を入海に埋め立て、さらに黒田長政公の時代にも埋め立てが進んで入海はなくなった。当然、長橋もそのころに壊されたのであろう」

「さようでございましたか」

気を落としたように小さく息を吐く里緒に、春崖は微笑んで言葉を継いだ。

「どうしたのだ。さほどに、長橋が描きたかったのか」

「はい、何やら、海に架かる長橋の景色が目に浮かんで参りまして」

「ならば、描いてみてはどうだ」

「いまに残されていない橋を描いてもよろしいのでしょうか」

「かつてあったものであれば、それもまた博多八景のひとつといえるのではないか。いまはない幻の橋を描いてみるのも面白かろう」

「幻の橋――」

里緒は入海に架かる橋を脳裏に浮かべてつぶやいた。

二

「どうしたものでしょう。いい思案があるといいのですが」

亀屋の離れにある居室に戻った里緒は、お文に話しかけた。

「わたしにはとてもわかりません」

お文は困ったような顔をして首を横に振った。

「そうですね。困りました」

と言いながら、里緒は机に向かって所在なげに画帳を繰り、描きためた絵を見つめていった。春崖は〈長橋春潮〉を描いていいとは言ってくれたものの、見ることがかなわない橋をどうやって絵にすればいいのか、と里緒は困惑するばかりだ。

画帳には中島橋を描いた絵もあるが、川に架かる橋と入海の長橋とでは壮大さが違うように思える。

里緒がなおも考えにふけっていると、お葉が茶を持ってきた。ふと画帳に目をとめたお葉は、

「お文さんから聞きましたが、長橋をお描きになられるそうですね」

と口にした。里緒は驚いてお葉を見つめた。

「お葉さんは長橋をご存じなのですか」

「古い言い伝えでございますが、わたしは祖父から長橋の話を聞いて、入海に架かる長い橋を思い浮かべたことがございます。子供のころでしたから、夢のような橋に思えたのを覚えています」

お葉は遠くを見る目をして言った。

「さようでしたか。わたくしも入海にかかる橋を心に描いてみるのですが、どんな橋だったか皆目わからないので、困っているのです」

里緒は胸の内を明かすように言った。お葉は心得た顔をして口を添えた。

「冷泉《れいせん》町の龍宮寺をお訪ねになったらいかがでしょうか」

龍宮寺の名は聞いたことがあると里緒は思い出した。

「たしか、変わった言い伝えがあるお寺でしたね」

「そうなのです。人魚の骨が祀《まつ》られているのです」

お葉はさも恐ろしげに言いつつお文を見た。お文はぎょっとした顔をして訊いた。

「人魚の骨、ですか？」

「はい。恐ろしいでしょう」

お葉は笑いをこらえながら、龍宮寺の由来を話した。

鎌倉に幕府があったころ、博多の海で人魚が漁師の網にかかった。そのことを鎌倉に報告したところ、朝廷から冷泉《れいぜい》中納言《ちゅうなごん》が勅使《ちょくし》として博多に派遣された。勅使の一行の中に占い師がおり、

「人魚の出現は国家長久《ちょうきゅう》の瑞兆《ずいちょう》」

と占いが出たことから、人魚は手厚く葬られた。人魚は龍宮の使いであるとされていたため、人魚を葬った浄土宗の浮御堂《うきみどう》という寺を龍宮寺と称するようになった。また博多津は、勅使にちなんで冷泉津と呼ばれるようになった。冷泉町の町名もこれに由来するという。

「おもしろいお話ですけれど、それが長橋とどのような関わりがあるのでしょうか」

里緒が訊くと、お葉は微笑んで話を続けた。

「龍宮寺はもともと袖湊の入江にあったそうで、長橋をお守りする〈橋寺〉だったと伝えられているのです」

〈橋寺〉としては京の宇治橋《うじばし》を管理、維持したとされる常光寺《じょうこうじ》が名高いが、龍宮寺もまた博多の長橋の守り寺だったという。

「それでは、龍宮寺でお訊ねすれば、長橋のことがわかるかもしれませんね」

里緒が言うと、お文がおずおずと、

「でも、人魚の骨があるお寺なんでしょう」

と恐がる風に言った。お葉がおもしろそうに、

「お文さん、人魚が恐いのですか。それでは春香様のお供をするのは、難しいのではありませんか」

とからかった。するとお文は、

「ええ、ですから龍宮寺へはお葉さんがお供してください」

と言い返した。

「わたしがですか」

お葉は少し困った顔をしたが、里緒が、

「それがいいかもしれませんね。お葉さんはよく知っておられるようですし」

と言うと、心が進まない様子ではあったが、わかりましたとうなずいた。

翌日、里緒はお葉を供にして、龍宮寺へ向かった。冷泉町にある龍宮寺の門をくぐると、お葉が、

「存じ寄りの方がいますので、声をかけて参ります」

と言い置いて庫裏《くり》に行き、しばらくして住持《じゅうじ》らしい僧侶とともに戻ってきた。なぜか、わずかの間にお葉の顔色が変わったような気がして、里緒は訝《いぶか》しく思った。

お葉が連れ立ってきた五十過ぎの小柄な僧侶は温和な笑みを浮かべている。会釈した後、

「昔、袖湊にあった長橋について知りたいのでございますが、お教えいただけましょうか」

と里緒が告げると、僧侶は頼みを聞き入れて、

「よいものをお見せいたしましょう」

と本堂へ案内した。里緒がお葉とともに本堂に上がり、座って待っていると僧侶は

木箱を抱えてきた。

「これが、人魚の骨と伝えられておるものです」

木箱の蓋《ふた》を取ると、中には黒っぽい大人の二の腕ぐらいの大きさの塊が入っていた。骨だと言われれば、そう見えないこともない。

里緒は恐る恐る見遣《みや》ったが、どこか不気味さを感じて、お文は来なくてよかったと思った。僧侶は木箱から人魚が描かれた掛け軸を取り出して見せた。腰から下が魚の姿をした美しい女人が描かれている。

「この〈人魚図〉は永禄年間に描かれたそうでございますが、詞書《ことばがき》に龍宮界より現れた人魚の長さは八十一間（約百四十七メートル）あったと書かれています。また、長橋はこの人魚の魚体であり、長橋が退転すれば、博多の町も滅亡し、長橋があれば博多の町は富貴《ふうき》である、と書かれております」

僧侶は掛け軸に目を遣りつつ話した。

里緒は、人魚の体が長橋そのものだ、という不思議な話に聞き入った。傍らのお葉が何気なく、

「八十一間もあるとは、随分大きな人魚でございますね」

とつぶやいた。その言葉を聞いて、里緒は思わず気づいたことを口にした。

「それは橋の長さではないでしょうか」

僧侶がなるほど、という顔をしてうなずいた。掛け軸を見つめながら里緒は言葉を継いだ。

「古《いにしえ》のひとは入海に架かる長橋に神が宿ると思い、漁師の網にかかった人魚と結びつけたのかもしれません」

「うかごうてみると、たしかにそうかもしれぬ、という気がいたしますな」

と感心したように言った後、僧侶は数珠《じゅず》を手にして人魚の骨と〈人魚図〉を拝んだ。

その様子をじっと見つめていたお葉は、愁《うれ》いのある表情をしている。里緒はお葉に、

「お葉さんのおかげで長橋の絵が描けそうです」

と声をかけた。物思いにふけっていたらしいお葉は、はっとして、

「それはようございました」

と答えたが、声はうつろだった。

翌日、お葉は朝の食事をすませた後、

「急で申し訳ございませんが、きょう一日、お暇《いとま》をいただきたいのですが、よろしゅうございましょうか」

と口にした。里緒とお文は驚いて顔を見合わせた。お葉が働き始めてから暇が欲しいと願い出たのは初めてだった。

「それはかまいませんが、お葉さんは、昨日、龍宮寺を訪れてから、気分がすぐれないように見受けられます。何か気にかかることがあったのでしょうか」

里緒が訊くと、お葉は目を伏せて黙っていたが、しばらくして観念したように口を開いた。

「龍宮寺に存じ寄りがいると申し上げましたが、昔、わたしに俳諧を手ほどきしてくださった方が、あのお寺でお世話になっておられるのです。その方がいま病に臥《ふ》せっておられるとうかがいましたので、お見舞いかたがた看病してさしあげたいと思いまして」

そのひとは、江戸から来た柴風《さいふう》という号を持つ俳諧師だとお葉は続けて話した。十四年前、二十六歳だったお葉は、すでに嫁した身で、知り合いの女房たちが開く俳諧の会に出たところ、指南に来ていた柴風と知り合った。

柴風はお葉より四歳年上で当時、三十歳の若い宗匠だった。俳諧の指導は丁寧で評判もよく、お葉は四年ほど柴風に俳諧を習った。

「ところがある時から、ぷつりとお見えになられなくなったのです。それから十年間、お会いすることはありませんでしたが、去年、知人から柴風様が龍宮寺に寄寓《きぐう》されていると伝え聞いたのです」

「それで、龍宮寺のことをよくご存じだったのですね」

「はい。いつかお訪ねしようかと迷っておりましたが、なかなか思い立てずにいたのです。ところが昨日、思いがけず春香様のお供で龍宮寺に参ることができまして、柴風様がご病気だと知りました」

お葉は一語一語、嚙《か》みしめるように言った。そんなお葉の様子を見て取りながら、里緒は、お葉にとって柴風は俳諧の師匠というだけではない、たいせつに想うひとなのではないかという気がした。

「わかりました。きょう一日と言わず、度々、看病に通われてください」

里緒の言葉に、お葉はほっとした面持ちで、

「ありがとうございます」

と頭を下げた。膳を手早く片付けて、お葉はそそくさと出かけていった。

里緒は画室に入り、長橋の下絵に取りかかった。神が宿る橋を思いめぐらしているうちに、昨日目にした〈人魚図〉が脳裏に浮かんだ。

漁師に捕まえられた人魚は、本当にあのように美しい女人の姿をしていたのだろうか。もしそうだとしたら、海に戻れなかった人魚が哀れに思える。

博多八景の〈長橋春潮〉には、人魚の悲しみを湛《たた》えた海を描くことになるかもしれない、という気がしてきた。

里緒が絵の構図を考えているところに、お文が茶を持ってきて、

「少しお休みになられてはいかがですか」

と里緒の傍《かたわ》らに茶を置いて座った。お文は何か訊きたいことがあるのか、もじもじして立ち上がらない。里緒が顔を向けて、

「どうしたの」

と訊くと、お文は膝を乗り出した。

「お葉さんは大丈夫でしょうか」

「何か気にかかることでもあるのですか」

里緒は訝《いぶか》しげにお文を見た。

「昨日の夜、お葉さんは寝つかれないらしくて、雨戸を開けて月を見ていました。その様子が、なんだかいつものお葉さんらしくなくて心配になったんです」

「どんな様子だったのですか」

「どう言ったらいいのか、わかりませんけど、何かに憑《つ》かれたみたいにぼんやりとして、見ていて、なんだか怖くなったんです。お葉さんがどこかに行ってしまうんじゃないかと思って……」

お文はいまにも泣き出しそうな顔をしている。母親のように慕っているお葉が、自分の前からいなくなるのではないかと恐れて、お文は心が乱れているのだろう。

「お葉さんはしっかりしたひとだから、案じることはないと思いますよ」

里緒はなだめるように言った。だが、お文が不安げに、

「もしかして、龍宮寺でご覧になった人魚が祟《たた》ったんじゃないでしょうか」

とつぶやくのを耳にして、里緒はどきりとした。人魚の骨を見た時、里緒は不気味に感じた。

——人魚の祟り

そんなものが本当にあったら、どうすればいいのか、と不安になった。

三

里緒たちの不安をよそに、お葉はそれからも時おり、暇《いとま》を願い出て龍宮寺に通った。お葉は、表情が生き生きとなり、肌も瑞々《みずみず》しくなってきた。

初めは案じていたお文は、お葉が却って元気になっていく様を見て、龍宮寺に通いやすくなるよう気遣《きづか》い始めた。そして時おりは、

「柴風様って、どんな方なんですか」

と気軽に訊いたりするようになった。夕餉《ゆうげ》の際に訊かれた時、お葉はわずかに戸惑う表情を見せながらも、柴風はもともと江戸の旗本の三男だったが、堅苦しい武家暮らしを嫌って俳諧の道に入った話や、絵や書にも堪能《たんのう》で、諸国を旅するおりに、俳諧を好む富家から歓迎されて何年も逗留《とうりゅう》することも珍しくない話などを語った。

柴風の話をするうちに、お葉の頰《ほお》はほんのりと紅潮し、目の輝きが増した。すると、お文は無邪気な口振りで、

「お葉さんは、柴風様の奥様になられたらいいのに」

と言った。苦笑したお葉が、

「まあ、なんてことを言うの、お文さんは。わたしはもう四十ですよ。それに――」

と言いかけて、ふと口をつぐみ、話柄を変えた。お葉には言いたくないことがあるのだろう、と里緒は察した。

お葉が龍宮寺に通い始めてひと月が過ぎ、木々の若芽が芽吹くころだった。夕方になって藤兵衛が珍しく里緒の部屋を訪れた。藤兵衛はにこやかに、

「お葉さんはどうしていますか」

と訊いた。この日、お葉は朝から龍宮寺に行っていた。いつもは昼過ぎに戻るのに、その日だけはなぜか帰りが遅かった。

「使いに出かけておりますが、間もなく戻ると思います」

里緒がお葉をかばうと、藤兵衛は苦笑した。

「龍宮寺でございますね」

「ご存じでしたか」

里緒は困ったように目を伏せた。

「店の者たちが、龍宮寺でお葉さんを見かけたというので調べさせました。近頃は毎日のように行っているそうですな」

「申し訳ございません」

「いいえ、お葉さんには、春香様の世話をしてもらっているのですから、春香様が承知のうえなら構いません。先ほどお葉さんを訪ねてお客様がおいでです。客間にお通ししておりますので、戻ったらそのようにお伝えください」

ところで、と藤兵衛は声を低めて言い添えた。

「お葉さんは、知り人の俳諧師の看病のため龍宮寺に通っているというのは、まことですか」

里緒がうなずくと、藤兵衛はぴしゃりと膝を叩いて、

「さて、困りました。不義密通は御家の御法度でございますから」

とつぶやいた。里緒は驚いて訊いた。

「不義密通とは、どういうことでしょうか」

「いや、これは口がすべりましたな」

藤兵衛はあわてた様子で口に手をやり、お葉さんが戻ったらすぐに客間に行くよう

言ってください、と念を押して部屋を出ていった。

お葉が戻ったのは、それから間もなくのことだった。ひどく疲れた気落ちした様子で、顔色も悪かった。どうしたのだろう、と気遣いながらも、客が待っている旨を里緒は伝えた。

客が来ていると聞いたお葉は眉をひそめたが、思い当たることがあるらしく、急いで客間へと向かった。入れ違いにお文が部屋に来て、いま、お葉さんのお客様にお茶をお出ししました、と告げて、

「お客様は、総髪の若い男の方で、羽織、袴《はかま》をつけていらっしゃいました」

と言い足した。お葉とどのような関わりがあるひとなのだろうと訝しくは思ったが、詮索《せんさく》めいたことを口にするわけにもいかず、里緒が黙っているとお文がつぶやいた。

「なんだか、お葉さんに面差しが似ているような気がいたしました」

お葉はなかなか戻ってこなかった。やがて日が暮れ、お文が膳の支度をととのえたころ、お葉が肩を落として部屋に戻ってきたが、しばらくうつむいたまま何事か考え込んでいるようだった。やがてお葉は、思い切ったように口を開いた。

「春香様、お文さん、わたしの話を聞いていただけますか」

里緒は、お文と顔を見合わせてからうなずいた。

「お話をうかがいましょう。そのうえでもし、わたくしにできることがあれば、させていただきたいと思います」

お葉は、ありがとう存じます、と言って頭を下げた後、話し始めた。

「実は、きょう訪ねてきた客はわたしの息子なのでございます。白水と申しまして御城下で目医者をいたしております」

「白水様？」

聞き覚えのある名に、里緒は思わず訊き返した。

「わたしの夫は此度、御救奉行《おすくいぶぎょう》を仰せつかりました白水養左衛門でございます」

お葉はさびしげに微笑んだ。

「御救奉行様の奥方様が、なにゆえ亀屋で働かれているのですか」

里緒は信じられない思いで訊いた。お文も目を丸くしてお葉を見つめている。

「わたしは十七の時に、十三歳年上で目医者の白水養禎に嫁ぎました。子も生まれ、平穏に過ごしておりました。ところが、四年前、夫は四十九歳で家督《かとく》を長男に譲りましてから、調べ物に没頭するようになったのでございます。藩が借金を抱えて大変なおりゆえ、これをなくす方策を考える、と申しまして」

一介の目医者でありながら、突如、藩の財政立て直しの策を考案しようと思い立った白水養禎というひとは、一種の奇人といえるのではないだろうかと里緒は思ったが、そのまま口にするわけにもいかず黙っていると、お葉は話を続けた。

「すでに家督を譲りまして隠居の身となっておりますから、どのようなことをしようが構わないとわたしは思っておりました。ところが、その方策を差し出しましたところ、藩がお取り上げになり、あろうことか夫はお奉行にお取り立てを受けたのでございます」

「それは、めでたいことではございませんか」

里緒は、どうしてこのようにお葉が暗い表情で語るのだろうかと不思議に思った。目医者から藩政に関わるほどの出世を遂げるひとはめったにいない。なぜ、そのことを喜ばないのかわからなかった。お葉はゆっくりと首を横に振った。

「わたしは夫のひととなりをよく存じております。思い込みが強く、物事に熱中すると、まわりが見えなくなるひとなのです。夫のすることがうまくいくとは思えません。それなのに、御家は夫の意見をお取り上げになりました。先ではきっとよくないことが起こるに違いないと気がかりでならないのです。御救奉行になどならないでほしいと願ったのですが、夫は聞いてはくれなかったのでございます」

お葉は口をつぐんでため息をついた。

「それで、お屋敷を出られたのですか」

目医者でありながら藩の政事《まつりごと》の仕組みを考えた白水養禎も変わっているが、御救奉行になることにあくまで反対したというお葉にも里緒は驚いた。お葉は笑みを浮かべて、言葉を継いだ。

「わたしは目医者の妻になった覚えはございますが、御奉行様の奥方になりたいと思ったことはございませんでした。武家暮らしなど窮屈なだけだと思ったからでしょうか」

「とは申しましても、何も町屋の女中奉公をなさらなくとも、ほかになされようがございましたのでは」

「屋敷を出て息子のところへ参れば、迷惑をかけるだけでございます。亀屋様とは昔からのおつきあいがございましたので、お頼みいたしました。おそらく亀屋様は夫と相談したうえで、わたしを引き取ってくださったのではないでしょうか。一度、世間の風に当たれば、思い直すと思われたのでしょう」

「では、帰るおつもりはございませんのでしょうか」

　里緒が訊くと、お葉ははっきりと首を縦に振った。

「きょう息子は、そろそろ屋敷に帰ってはどうかと勧めに参ったのです。たぶん夫から、迎えにいくよう言われたのでございましょう。しきりに夫の体面に関わる、と申しておりました」

　さようでございましたか、と肯《うべな》いつつ、里緒は胸の内で何か納得できない心持を感じた。お葉が屋敷を出た気持はわからないでもないが、息子に説得されても、なお帰ろうとしない頑《かたく》なさにはひとに言えないわけがあるのではないだろうか。

　里緒が考えをめぐらしていると、お文がゆっくりと、

「お葉さんは、帰りたくないんじゃなくて、帰れないのではないですか」

　と言い添えた。お葉はどきりとした顔をしたが何も言わず目をそらした。お文は、お葉の返事を待つこともなしに言葉を続けた。

「わたしの母も父が博打にのめりこんだのに腹を立てて、わたしを連れて家を出たんです。ひょっとしたら、その時は父に心を入れ替えてもらうつもりでそうしたかもし

れません。でも、家を出てからの母は変わってしまいました。すぐに男ができて、わたしを邪魔者あつかいするようになったんです。一度、家を出ると女のひとは変わるんです。それまでと違う生き方をしてしまう気がします。まるで、何かに取り憑かれたみたいに。お葉さんは人魚に憑かれたんじゃないかって、わたしは心配なんです」

お文の言葉をお葉は目を閉じて聞いていたが、やがて目を開けて力なく笑った。

「お文さんの言う通りかもしれませんね。龍宮寺で柴風様と会ってしまいましたから。わたしは若いころ柴風様と駆け落ちしようとまで思い詰めたことがあるのです。けれども、柴風様は突然、姿を消してしまいました。いまごろになって、また会えるとは思いもよりませんでしたが」

里緒は、龍宮寺で見た人魚の骨と〈人魚図〉を思い浮かべて、怪しい胸騒ぎを覚えた。

四

お葉は、来《こ》し方を振り返るような物言いで静かに語り始めた。

初めて柴風様と会った時、色白でひ弱なひとだなと思いました。とてもお武家の出のようには見えなくて、わたしは勝気でしたので最初のころは柴風様を軽んじるところがあったのではないでしょうか。しかし俳諧の手ほどきを受けるうちに、徐々に気持が変わって参りました。

この世には美しいものや趣《おもむき》深いものがこんなにあるのだと教えていただいたからでしょう。

ある年の夏、実家の庄屋屋敷で句会が催されたことがございました。柴風様が縁側に座ってぼんやりと庭先を眺めておられましたので、わたしは傍に寄って、何を見ているのですか、と気軽に訊ねました。

すると柴風様はゆっくりと朝顔の生垣を指差しました。

この日は朝方からの句会で、朝顔がまだしおれずに咲いていたのです。その朝顔のひとつに大きな揚羽蝶《あげはちょう》が止まっていました。紫色の朝顔に赤、青、白、黄色で彩られた文様がある揚羽蝶が止まっているのです。なんてきれいなんだろうとしばらくの間うっとりと見惚《みと》れてしまいました。

不思議でしたのは、子供のころから生垣の朝顔を見慣れていて、蝶もいくらでも目にしてきたはずです。それなのに、いままで美しいなんて思ったことなどありませんでした。

ところが、柴風様が指差しただけで、その美しさは際立ったのです。それから、句会で柴風様が話す言葉をひと言も聞き漏《も》らすまい、と心するようにいたしました。すると、しだいにあの方の物の見方や感じ方がわかるようになりました。

それは驚くことばかりでした。それまで、ひとはお金や物がありさえすれば、満足に安穏に生きていけると親からも教えられ、自分でもそう思っていました。

ですが、わたしはこの世がとても美しいところだと気づいてしまったのです。生きていくには苦しい目に遭《あ》うことが多くありますが、行く道をよく見極めて誤らずに進んでいけば、ひとは極楽浄土にいるものだ、と柴風様は教えてくださいました。

俳諧は、ひとがこの世の美しさを味わうためにあると、あの方に言われた時から、わたしは俳諧にのめり込みました。いえ、実を申しますとあの方に心を魅《ひ》かれたと言わねばなりませんでしょう。そのころには子供に手がかからなくなっておりましたが、いつも調べ物ばかりしている夫とは心を打ち明けて話すことなどありませんでした。

心の隙間《すきま》を埋めたかったのでしょうか。あの方をもっと知りたいと思うようになりました。あの方が見ているものを、わたしも見たいという思いが募っていったのです。以前より熱心に句会に通い、俳諧に打ち込むうちにあの方のわたしを見る目がやさしくなったように思いました。

あの方が寄寓されていた庄屋屋敷で月見の句会があったことがございます。月見の後で句作をするのですが、庭先で句を考えているところに、いつの間にかあの方が傍らで月を見上げていました。ひと言話しかけてこられましたが、胸が騒《ざわ》めいて、何を言われたかわからないのです。

突然、胸に込み上げてくるものがあって、涙があふれました。柴風様は肩にそっと手を置いてわたしの体を引き寄せました。ただそれだけで、何も起きませんでしたし、胸がときめくような言葉を言われたわけでもありません。その時、このひとと生きていきたい、と強く願うようになりました。

それ以降の句会では、ぼんやりと物思いにふけることが多くなりました。好もしく思える俳句もできなくなりました。俳句を作るだけでは満足できなくなっていたのでしょう。

柴風様が傍にいてくれるだけでいいと考えるようになっていました。俳諧の手ほどきを受け始めて四年ほどがたったある日、柴風様は不意に家を訪ねてこられました。たまたま夫は往診に出て留守でした。

息が詰まるような思いを抱きながら、お茶をお出ししました。柴風様は、一度、わたしの家を訪ねてみたかった、と口にされました。どんな風に暮らしているのか見れば、あきらめることができるだろうから、と。わたしは雷に打たれたような心持がいたしました。あの方がわたしと同じ思いを抱いてくださっていると知って、泣き出したいほど胸がいっぱいになりました。それから、間もなく江戸へ戻ります、と小さい声でぽつりと言われたあの方に、思わず、一緒にお連れください、と口にすると、頭を振ってそんなことができるはずがありません、と言って微笑まれました。その後は、たがいに黙り込んでしまいました。何か言わなければ、と焦るのですが、どう言えばいいかわからないまま時が過ぎて、あの方は帰っていかれました。

その日から、いつ江戸へ発たれるのだろうか、と気にかかるようになりました。しかし江戸へついていけば子供を捨てることになる、と苦しみもありました。

あれほど苦しんだのは生まれて初めてでした。あの方はわたしの苦衷《くちゅう》を察して、何も告げないまま江戸へ発ってしまわれたのでしょう。発たれたと知ったのは、随分、後になってからでした。

心がうつろになってしまい、夢を見たのだ、と思おうとしました。すべては、夢幻だったのだ、と。

十年がたって、柴風様が龍宮寺に寄寓されているとひと伝《づて》に聞いた時、心が揺れることはございませんでした。たがいに年をとったのですから、お会いしても、お茶を飲みながら夢物語を話すように語り合えるはずだ、と思っておりました。

ですが、龍宮寺で病床の柴風様をひと目見た時、わかりました。わたしの胸の内に、あの方への想いは埋《うず》み火のように消えていなかったのです。


お葉はしみじみとした表情で話した。

「この年になって恋情の話を口にするのは、お恥ずかしいことと存じますがどうにも心の持っていき場がないのでございます」

里緒は頭を振った。

「わたくしも、自分ではどうすることもできない思いを抱いたことはございますから、お葉さんのお気持はわかるつもりです」

「そういっていただけると、ほっといたします」

お葉は安堵《あんど》した様子で、里緒に顔を向けた。

「ですが、これからどうされるおつもりでございましょうか」

「看病を続けたいと存じておりましたが、きょう、柴風様は血を吐かれました。お医者様の診立てでは、胃ノ腑《ふ》が破れたのではないか、というのです。心ノ臓も弱っているそうです」

お葉は辛そうに下を向いた。

「それはご心配ですね」

里緒がつぶやくと、お文が膝を乗り出した。

「お葉さん、それなら明日からずっと龍宮寺にいらしてください。せっかく会えたのに看病できなかったら、一生後悔しますよ。春香様のお世話はわたしがいたしますから」

「それでは亀屋様にあまりに申し訳ないと存じます」

お葉が迷いを見せると、里緒が口を開いた。

「お文さんの言う通りだと思います。亀屋様にはわたくしからお話しいたしましょう。きっとわかってくださいますよ」

お葉は下を向いたまま、どうしようかと迷っている風だったが、やがて顔を上げた時には、目に涙をためていた。

「そうさせていただいてよろしいでしょうか」

押し殺したような声で言うお葉の顔に美しさを感じて、里緒は胸が熱くなった。

里緒は、お葉が龍宮寺で看病することを許してくれるよう藤兵衛に頼んだ。さすがに藤兵衛は顔をしかめて口を濁した。

「それでは、わたしが白水様に叱《しか》られます」

「お葉さんにとりましてはたいせつなことなのです。お許し願えませんでしょうか」

「さて、困りました」

藤兵衛は首をかしげつつ、

「これも博多八景のひとつに入りましょうか」

と訊いた。里緒の脳裏に龍宮寺に向かうお葉の姿が浮かんだ。ひたむきな女を絵にしたいという思いが突如、強く湧《わ》いてきた。

「そうです。これも博多八景のひとつになります」

里緒が答えると、藤兵衛は苦笑した。

「ならば、しかたありませんな。しかし、お葉様はいつか戻ってきていただけるのでしょうな」

里緒はうなずいたが、お葉が戻るかどうかについては、何も言わなかった。

ひと月が過ぎた。

不意にお葉が亀屋に姿を見せた。藤兵衛に挨拶《あいさつ》した後、離れの里緒の部屋へと向かった。

里緒は画室で、〈長橋春潮〉の下絵を描いていた。

「春香様――」

縁側から声をかけるお葉に驚いて、里緒は絵筆を止めた。

「長い間、お暇《いとま》をいただき、申し訳ございませんでした」

隣室にいたお文がお葉の声を聞きつけて画室に入ってきた。お葉はにっこり微笑んで部屋に入って座ると、あらためて里緒に頭を下げた。

「お心遣いいただきありがとうございました。おかげ様で柴風様を看取《みと》ることができました」

　里緒は息を呑んだ。

「では、柴風様は――」

「三日前に亡くなりました。お弔いやら後始末をいたしておりましたので、戻るのが遅れてしまいました」

　お葉の声は湿りがなかった。お文に顔を向けて、お葉は笑みを浮かべ、

「お文さん、あなたのおかげで、心残りなく看病することができました。本当にありがとう」

　と声をかけた。

「いえ、わたしはそんな……」

　お文は後の言葉が言えずに、ぽろぽろと涙をこぼした。お葉はやさしい顔をして言い添えた。

「泣かないでください。わたしも、もう泣きませんから」

　里緒は、お葉を見つめて訊いた。

「柴風様とゆっくりお話をなさることができましたか」

お葉は心から嬉しそうに首を縦に振った。

「さまざまなことを話しました。十年前、どうして何も言わずに江戸に戻ったのかと訊きましたら、連れていけば、わたしが苦しむことになるとわかっていたからだ、と言ってくれました。俳諧師は諸国を旅して富家の世話にならなければ生きていけません。どれだけ風雅を語ろうが、進む道は厳しく辛いものだ、と口にされて、わたしにそんな道を歩かせたくなかったとおっしゃってくださいました」

「そうだったのですか」

里緒がうなずくと、お葉は頭を振った。

「でも、その言葉は、思い遣り深い柴風様の嘘だと思います。柴風様はわたしを背負って生きていくのが重かったのではないでしょうか。ひとりで静かに花鳥風月を楽しんで生きたいと願っておられたのだろうと存じます」

お葉の言葉には哀切な響きがあった。

「どうして、そのように思われたのですか」

「病の床で話してくださったのは、諸国の美しい風景や俳諧のことばかりでした。そんな時、この方の胸にわたしはいないのだなとさびしい心持がいたしました」

「そんなことは――」

「いえ、そうだと思います、でも、柴風様が生垣の朝顔に止まる揚羽蝶に目を止め、その美しさに感嘆なさった時、わたしは一緒に味わうことができました。それだけでいいのです。その思い出はこの胸に一生消えることなく残るでしょうから」

そう言いながら、お葉は里緒が描いている絵に何気なく目を向けた。入海が描かれ、その上に架かる優美な橋が描きかけになっている。

「長橋でございますね」

「そうですが、なかなかうまく描けません」

「〈人魚図〉をご覧になって、描けそうだと言っておられましたのに」

「あの時はそう思えたのですが、この橋を誰が渡るのだろうか、と考えてしまいました」

「誰が渡る？」

お葉は里緒をじっと見つめた。

「ええ、人魚は海に戻れませんでした。だとすると、この橋を渡るひとは、どこへ向かえばいいのかわからなくなったのです」

里緒は首をかしげて、絵に見入った。お葉も何事か考えている風に黙って絵を見つめていたがしばらくして、

「実は、きょうお別れを言うために参りました」

と口に出した。お文が驚いて、

「お葉さんはここに戻ってこられないのですか」

と身を乗り出した。お葉は申し訳なさそうな顔で、

「夫の白水養左衛門が、間もなく、わたしを迎えに参るそうです。ですから、戻ることにいたしました」

と告げた。お文が頭を振った。

「意に染まないお武家の暮らしをされることはないですよ。いままで通りここにいらしたらいいではありませんか」

「そうできたら、どれほど楽しいでしょうか。でも、柴風様が亡くなってしまわれて、わたしの生きる場所は元の家しかない、とわかりました」

しみじみと言って、お葉は里緒を振り向いた。

「わたしは春香様に長橋の絵を仕上げていただきたいと思っております」

「そうできればいいのですが」

「女は皆、いつか長い橋を渡りたいと心のどこかで願っているのではないでしょうか。わたしもそうでした。十年前に橋を渡ろうとしてかないませんでした。今度もやはり渡ることができずに戻っていくのです」

「女は皆、長い橋を渡りたいと願っている——」

「さようです。だからこそ、長橋を描き上げてください。いつかきっと誰かが、その橋を渡ることができるはずです」

お葉は静かに口を閉じた。


この日の夕刻、亀屋に供を連れた羽織袴姿の武士が訪れた。

小柄で五十過ぎの武士は鼻筋のとおった厳《いか》めしい顔つきをしていた。藤兵衛がすぐにあいさつに出ると、うなずいた。やがて出てきたお葉は、板敷に手をつかえ、

「わざわざお越しいただきまして申し訳ございません」

と頭を下げた。武士はじっとお葉を見つめて、

「どうだ、気はすんだか」

とひと言訊いた。一瞬、目を閉じたお葉は、ゆっくりと目を見開いて、

「すみましてございます」

と答えた。武士は、ふむ、と首肯した。

「ならば、家に戻って参れ。そなたがおらぬでは、わしは何もわからぬのだ」

土間に下りたお葉が武士に従って亀屋を出ていく後ろ姿を、里緒とお文は見送った。

お葉は毅然《きぜん》として、一度も振り向かなかった。

箱崎晴嵐《はこざきせいらん》

一

その男の背中一面には奇妙な刺青《いれずみ》が彫られていた。四角い形をした石塔だった。石塔になにやら文字が書かれているようだが、滲《にじ》んでいて読み取れない。

初夏の日差しが庭の木々に照りつけて、部屋の中を明るませている。亀屋の座敷で、もろ肌脱ぎになって刺青を見せた男は二十七、八歳くらいだろうか。日に焼けて眉が太く頬骨《ほおぼね》が出てあごがはった、いかつい顔だが、目は黒々としてやさしげだった。

「どげんですか。なかなかよかでしょう」

男は精悍《せいかん》な顔に笑みを浮かべて得意げに言った。

「どげんかと訊《き》かれてもなあ」

藤兵衛は返事のしようがないと苦笑した。傍らで里緒とお文も困ったように顔を見合わせている。男は与三兵衛《よさべえ》という名らしい。川端《かわばた》町に住むことから〈川端の与三兵衛〉と呼ばれて、幇間《ほうかん》をしているという。

この日、藤兵衛が里緒に会わせたいと連れてきたのだが、座敷に座った与三兵衛はいきなり着物を脱いで背中の刺青を見せた。

「それはいったい何の刺青なのだ」

訝《いぶか》しげな顔をして訊く藤兵衛に、与三兵衛はにこりと笑った。

「ご覧の通り石塔ですたい。わたしは道楽が過ぎて、親の墓参りにもよう行けんもんやから、背中に墓ば背負うとっとです」

「それはまた罰あたりじゃないか」

藤兵衛が顔をしかめると、与三兵衛は照れ臭そうに顔をつるりとなでて、へへ、と笑った。

「わたしは、もともと上土居《かみどい》町で生まれたとですが、父《てて》なし子で母親もわたしの幼いころに亡《の》うなって孤児になったとです。十二、三歳のころ刃物屋の弟子になって、腕のいい職人になったとやけど、二十歳を過ぎてから博打で身を持ち崩して、博多から姿を消さないけんかったちゅうわけです」

「それで江戸へ行ったらしいな」

「行っとりましたばってん、近頃、また博多に戻ってきよりました」

このころ那珂川《なかがわ》の中洲、中島町の地続きの空き地を〈浜新地《はましんち》〉と称して、遊女屋や料理屋、芝居小屋、酒屋などが軒《のき》を連ねる歓楽地となっていた。

財政難に苦しむ福岡藩は、中洲に遊興の場を作り、西国の財貨を集めようと画した。町には桜の木を植え、馬に乗って、弓を射る遊びをする騎射場なども設けられ、〈筑前の道頓堀《どうとんぼり》〉と言われるにぎわいぶりとなっていた。

五月に入ると浜新地の芝居小屋で嵐平九郎一座による芝居も行われ、近郷近在から芝居見物に訪れるだけでなく、柳町の女郎衆まで芝居小屋に来た。浜新地ではそれぞれ店の軒先に提灯《ちょうちん》を吊《つ》るし、中島町まで軒並みに掛行燈《かけあんどん》を掲げ、文字通り〈不夜城〉の様相を呈した。

言わば、博多がかつてないにぎわいを見せ始めたころ、与三兵衛は江戸からふらりと戻ってきて浜新地に居を構えた。博多に戻って間なしに、与三兵衛は、

「これからは太鼓持《たいこも》ちになる」

と言って、遊女屋や料亭などにあいさつしてまわった。三味線を弾きながら味わいのある声で新内《しんない》を唄い、客あしらいも豪快で面白いことから酒席に呼ばれることも多くなっていた。

新内節を略した新内は、豊後節《ぶんごぶし》から独立した語り物の浄瑠璃《じょうるり》で、美声で人気を呼んだ鶴賀《つるが》新内の名をとって呼ばれるようになった。常磐津節《ときわづぶし》が歌舞伎舞踊の伴奏であるのに比べ、新内節はお座敷で語る素浄瑠璃《すじょうるり》として遊客に喜ばれた。

この日、藤兵衛が亀屋の座敷に連れてきたのも、酒席で与三兵衛を面白いと思ったかららしい。三味線を小脇にやってきた与三兵衛が、新内を披露してくれるものとばかり思っていたら、いきなり背中の刺青を見せたので、その場にいた者たちは呆気《あっけ》にとられた。

しかし藤兵衛たちがいっこうに感心しないのがわかると、与三兵衛は頭をかきながら肩を着物にしまい入れた。気を取り直して、三味線を取り上げようとした時、藤兵

衛が声をかけた。

「新内を聞かせてもらう前にひとつ訊いておきたいことがある」

「どげなことでしょうか」

与三兵衛はよく光る目を藤兵衛に向けた。

「お前が江戸にいた時、杉岡外記《げき》様という絵師の座敷に出たことがあると話していたが、ほんとうか」

唐突に聞かれて、与三兵衛は少し驚いた顔をしたが、里緒にちらりと目を遣《や》ってから話し出した。

「わたしは江戸で新内を覚えて、芸人の真似事ばしちょったとです。そのうちにお座敷がかかるようになって、去年の夏に呼ばれた座敷は、なんでも狩野派の絵師の方々がお集まりだということでした」

お茶を飲んで喉《のど》をうるおし、与三兵衛は話を続けた。

広い座敷に十人ほど、総髪の男たちが羽織袴姿でそろっていた。そのころ与三兵衛は、座敷に呼ばれ出して間もない時だったから、

「わたしは博多から来とりますとたい」

と方言まじりでしゃべって座を取り持ち、客の様子を新内を唄いながら物珍しげにうかがった。すると、さんざめく座のひとびとの中で、ひとり杯に口もつけず押し黙っている男がいるのに気がついた。話しかける者もなく、座に集まった絵師たちと自ら交わろうとする風でもなさそうだった。

ところが、その男は与三兵衛が新内を唄い始めると不意にうつむいた。どうやら涙を流しているらしく、それを見た絵師たちの顔に嘲《あざけ》る色が浮かんだ。

「どうしたのだ外記殿、また博多の女絵師殿を思い出したか」

「未練なことだな」

「それより、無理やり離縁されようとしている御新造を気の毒とは思わぬのか」

男に聞こえよがしに言う絵師たちの言葉の中に、博多とあったのを聞き留めた与三兵衛は、懐かしさも相まってさらに男に注意が向いた。やがて男は顔を上げ、無表情なまま手酌で杯に酒を注いだが、視線を感じたのか、ふと与三兵衛に顔を向けて手招きした。与三兵衛が腰をかがめて傍《そば》に寄ると、外記と呼ばれた男は、

「先ほどの新内は何というのだ」

と訊いた。

「〈蘭蝶《らんちょう》〉でございます」

「そうか。哀切なものだな」

外記は陰りのある声でつぶやいた。〈蘭蝶〉は、どうにもならない男女の関わりを唄ったものだ。

「お客様は、博多に行かれたことがおありなさっとですか」

与三兵衛が三味線を傍《かたわ》らに置いて訊くと、外記は目をそらせた。

「あるには、あるが……」

口ごもる外記の表情は物憂げだった。


「それだけですたい。後で他の絵師の方に杉岡外記様という名だと教えてもろうたとです。亀屋様が〈博多八景〉の屛風絵を女絵師に頼んで描いてもらいよんなさると聞いた時にですな、そう言えば、と外記様のことを思い出したとです」

外記の名を耳にした里緒は、胸のざわめきを抑えて訊いた。

「それだけでしょうか。外記様はそれ以外に何かおっしゃっておられませんでしたか」

　里緒の師である衣笠春崖から、外記は狩野門を追放されたと聞かされていた。宴席で絵師仲間から孤立していたのなら、聞いた時期とちょうど合う気がする。

　外記は、三年たったら戻ってくると言い残して博多を去った。しかし、三年を過ぎたいまも姿を見せてはいない。狩野門を出て束縛を逃れたはずの外記が博多に来ることができないのは、何かわけがあるのかもしれない。

　それを、知りたいと里緒は思った。

「そうですな。あの方は他には何もおっしゃっておられんかったと思いますばい」

　与三兵衛は首をひねりながら手を振った。藤兵衛が渋い顔をして、

「おい、与三兵衛。春香様のお訊《たず》ねなんだ。知っていることはすべて話してくれなくては、わたしが困る」

　と強い口調で言った。膝を乗り出して里緒が訊こうとするのを遮《さえぎ》るかのように、与三兵衛は三味線を抱え直すと、〈蘭蝶〉について口にした。

「〈蘭蝶〉は役者の声色をする芸人やった市川屋蘭蝶にまつわる話が新内に唄われるようになったとです。もとは石山藩の侍だった蘭蝶は、御家の宝を紛失したことから、

芸人に身を落として遊里を探し歩いたということです。ところが、お宮という女房がありながら、遊女の此糸《このいと》と恋仲になってしもうたとです」

妻がありながら好きな女ができたという話に、里緒は胸がつまる思いがした。外記と同じ過ちを犯してしまった自らの過去に話が重なる。藤兵衛は眉をひそめ里緒から目をそらした。

与三兵衛はさりげなく話を続けた。

「蘭蝶の女房、お宮はこのままでは夫が身を誤ると案じて、郭《くるわ》の引けるころ、客を装って此糸に会いに行き、直談判したとです。お宮のひたむきな思いを知った此糸は、女同士の義理を感じて蘭蝶と別れる約束をします。ばってん、蘭蝶はお宮の思いを知って哀れとは思っても、どげんしても此糸と別れる気になれんかった。追い詰められてとうとう此糸と心中をしてしまうちゅう話ですたい。想いに囚《とら》われた男と女の末路は哀れなもんです」

与三兵衛は三味線に撥《ばち》をあて、しんみりとした声で唄いだした。

身はうつせみの薄衣燃ゆる想いをさかき屋へ

「此糸さんえ私しゃ蘭蝶の女房宮でござんす」
縁でこそあれすえかけて約束固め身を固め
「嬉しかろうか良かろうか」
腹が立つやら嬉しいやら
　積もる涙の口説もたきつせ意地もどおりに
　女気のとけて嬉しき今日の首尾

一節、唄った与三兵衛は三味線を弾く撥《ばち》を止め、

「女心は哀れと思いますばってん、男の胸の内もせつなかもんです」

としみじみとした口調で言った。その言葉が他人事ではない、と言われているように里緒には思えた。

二

寝苦しい夜を過ごして、よく眠れないまま翌日の朝を迎えた里緒は、明け方うとう

としながら夢を見た。

外記がうつろな表情をして、夜ひとりで荒野を彷徨《さまよ》っている。薄《すすき》の穂が銀色に輝き、月の光が痛みを感じるほどの鋭さで注がれている。

外記は、薄の間に佇《たたず》んでいる里緒に気づいた。喜色を浮かべた外記が駆け寄ってこようとした時、足元の地面にひびが入って割れ目ができた。亀裂はみるみる広がって、外記は吸い込まれるように奈落へ落ちていく。

里緒は思わず悲鳴をあげて目覚めた。じっとりと汗をかいて、寝乱れた髪がうなじにまつわりついている。

すでに空が白み始めているのだろう、雨戸の隙間《すきま》がほのかに明るんでいる。起き上がろうとした瞬間、与三兵衛が唄った新内が聞こえた気がした。呆然《ぼうぜん》と床の上に座ったままでいると、襖越《ふすまごし》にお文が、

「春香様、お加減が悪いのではございませんか」

と声をかけてきた。

「いえ、大丈夫ですよ」

里緒が答える声を聞いてほっとしたのか、お文は失礼いたしますと言って襖を開け

た。気遣《きづか》うようにそっと部屋に入り、膝をついて、

「昼間来た太鼓持ちさんのことですけど」

と声をひそめて口にした。お文が何を言い出すのだろう、と里緒は黙って続きをうながした。

「あのひと、嘘を言っているような気がします」

「嘘を?」

「ええ、あのひとは、仕草がわたしの父によく似ているからわかります。嘘をつく時、そっぽを向いて鼻の頭をひくつかせるんです。あのひとも同じようにしていました、外記様という方のことをあれだけしか知らないと言ったのは、嘘だと思います」

お文に、三年待った相手がいると話したことはあったが、名前まで口にした覚えはなかった。けれども、与三兵衛の話を傍らで聞いていたお文は、外記が里緒の待つ相手だと察したらしい。お文に言われて、里緒はうなずくところがあった。

胸の奥にそのことがずっとひっかかっていたような気がする。三年たっても外記が博多に戻ってこないのは、何かわけがあるのだろう。そのわけを知ってしまえば悲しい思いをするかもしれないけれど、知りたいと思った。

「あのひとにもう一度会って、話をお訊きになった方がいいような気がします」

お文は真剣な口調で言った。里緒は何も答えず、うつむいて考え込んだ。

その日の昼下がりに、里緒はお文を供にして浜新地へ出かけた。

やはり、与三兵衛に会って話を聞こうと思った。与三兵衛は近頃、人気を集めている幇間だと藤兵衛が言っていたので、浜新地へ行けばすぐに家は見つかるものと思っていた。

真夏のような強い日差しが目に痛くて、道が白っぽく見える。

里緒はひさしぶりに中島町のはずれで、いまでは浜新地と称されているあたりを通り過ぎて驚いた。以前は大根畑しかなかったところが、いまでは、芝居小屋のほかに料理屋などが立ち並び、そこで働くひとたちが住む町屋がひしめくように建てられている。

藩が御救《おすくい》奉行白水養左衛門《しろうずようざえもん》の献策により、商人の力を借りて藩の改革を進めていると藤兵衛から聞いてはいたが、その変わり様を実際に目の当たりにしてみると驚くばかりだった。まるで、手妻《てづま》のように町の様子が変わっているのだ。

里緒とお文は、物珍しげにあたりを見回しながら、与三兵衛の家を訊ね歩いた。なかなか見つからずに困っていたところ、通りかかった大工が、

「ああ、与三兵衛の家なら知っとるばい」

と言って案内を買って出てくれた。与三兵衛は浜新地で名を知られているのだろう、道々、訊きもしないのに大工は与三兵衛にまつわる話をし始めた。

ある時、与三兵衛は日田《ひた》の旦那衆が柳町の遊郭で遊んだおりにお供をした。

その際、興にのった旦那衆から、中庭で素っ裸になって宙返りをしたら一回一両やると言われて、意気込んで素っ裸になり、たてつづけに三回宙返りをした。さらに「おまけだ」ともう一回宙返りをして見せた。ところが、旦那衆は「多すぎる」と文句を言って、四回で一両二分にねぎられてしまった。

また、借金取りとばったり道で出合ってしまい、借金の言い訳に機嫌をとろうと「おごるたい」と言い出して、無理やり近くのうどん屋に連れていった。店の主人に自分にはぬるいうどんを、借金取りには舌が焼けるほど熱いうどんを出してくれとこっそり頼んだ。

借金取りが熱いうどんをふうふう冷ましながら食べている間に、与三兵衛はぬるい

うどんをさっさと二杯も平らげて姿を消し、うどんの代金は借金取りに払わせてしまった。

このほか、仲がいい連中の宴会に出て酔っぱらったあげく、振袖姿で〈汐汲《しおく》み〉を踊ると言い出したのはいいが、なんと肥桶《こえおけ》をかついで踊ったためさすがの友人達も激怒し、与三兵衛は肥桶を放り出して逃げたという。

大工はそんな与三兵衛の噂話《うわさばなし》をしたあげく、

「あいつの家は、かねて出入りしていた旦那から借金の取り立てを頼まれて、金の代わりに取り上げた家に入り込んだらしかばい」

と笑った。そして、里緒の顔をちらりと見て、

「それはそうと、あんたさんのごときれいかひとが訪ねていったら、与三兵衛の女房が気に病むかもしれんたい」

とつぶやいた。

「与三兵衛さんはお内儀《かみ》さんがおられるのですか」

噂話を聞いただけでも与三兵衛が破天荒な男だとはわかるだけに、所帯を持っていると聞いて里緒は驚いた。

「三つになる息子もいるはずばってん、尻が落ち着かんちゅうてお内儀さんは嘆いとんなさるよ」

与三兵衛の家が見えるところまで案内して、大工は足早に去っていった。

浜に近いあたりに粗末な一軒家があった。お文が訪《おとな》いを告げると、風も通らない蒸し暑そうな家の奥から、痩《や》せぎすの二十三、四歳の女が出てきた。細面のちょっと見きれいな顔立ちだったが、里緒を見るなり、おどおどと怯《おび》えに似た表情を浮かべた。

「わたしは、絵師の春香と申します。与三兵衛さんに少しお訊ねしたいことがございまして、参ったのですが、おられますでしょうか」

里緒が訪ねたわけを告げると、女はほっとした顔をした。

「うちのひとは、ちょっと出ていますが、間もなく戻ると思います。上がってお待ちください」

女は与三兵衛の女房のとみだと名のってから、里緒に上がるよう勧めた。里緒が遠慮すると、とみは重ねて勧めた。

なぜだかわからないが、その声にただならないものがあるのを感じて、里緒はやむなく家に上がった。座敷に入ると、襖が半分開いた隣の部屋に小さな布団が敷かれ、

子供が寝ているのが見えた。とみは里緒の視線に気づいて、

「息子の弥市《やいち》が、三日前から熱を出して、うちのひとはいま、医者を呼びに行っているんです」

とみは、心配そうに子供の枕もとに座って布団の傍らにある団扇《うちわ》を手に取り、赤い顔をして横になっている子供にゆっくりと風を送った。

「ご心配ですね」

里緒は声をかけながら、昨日、与三兵衛がどことなくせつなげだったのは、子供が熱を出していたからではなかったか、と思った。

家の中はさしたる家財道具もなく、貧しい暮らしであることは見て取れる。子供が病になれば薬代にも困るのではないか。思いをめぐらしている里緒にとみはうかがうように訊いた。

「うちのひとが、なにかご迷惑をかけたのではないでしょうか」

「いいえ、そんなことは」

里緒が頭を振るのを見て、とみは、

「いつも乱暴なことばかりして困ってしまいますが、根はやさしいひとなんです。で

も、言い出したら聞かないところがあって」

とつぶやくように言った。根はやさしい男だという言葉を聞いて、与三兵衛が昨日、亀屋に来たのは、金を工面したかったのではないだろうか、と里緒は思った。

いきなりもろ肌脱いで刺青を見せたのは、そんな気まずさを隠そうとしたのかもしれない。ところが、里緒の昔の話になってしまい、与三兵衛は金の工面を切り出す機会を失ったのではないか。そんなことを考えつつ、しばらく待つうちに、乱暴に戸を開ける音がした。ばたばた、と足音を荒々しく立てて、与三兵衛が医者の風体をした男の手を引っ張って家に上がるのももどかしげに、

「先生、はよう、診《み》てくんしゃい」

と言った。くわい頭で茶の羽織を着た五十過ぎの医者は、顔をしかめて子供の傍に膝を進めると、額や胸に手を当て、さらに子供に口を開けさせてのぞきこんだ。それから、とみに顔を向けて訊いた。

「ひどい熱だが、物は食べられているのか」

とみは不安げに顔を振った。

「それはいかんな。二、三日熱を出しただけで、この痩せ方では案じられる」

医者は眉をひそめて言った。与三兵衛は身を乗り出した。

「先生、どげんしたらよかとでしょうか」

「熱を下げる薬を出しはするが、体の力が弱っているのが気にかかる。高麗人参《こうらいにんじん》でも飲ませれば、少しは効き目があろうが、何分、薬料が何両もするでな」

「そげん高か薬はとても――」

与三兵衛は辛そうに声をつまらせた。医者はちらりと与三兵衛に目を遣って、

「そうであろうな。精々、生卵を飲ませるといいが、体が受けつけないかもしれんな」

と痛ましそうに言った。与三兵衛ととみは、困り切った表情をして顔を見合わせた。

その様子を見た里緒は、たまりかねて、

「薬料はわたくしがお支払いいたします」

と告げた。医者は驚いて、里緒の顔を見た。

「わたくしは絵師をしております春香と申します。ただいまは亀屋さんのお屋敷で屏風絵を描いております。春香が頼んだとお訪ねくだされば亀屋さんが薬料を立て替えてくださいましょう」

里緒が落ち着いて話すと、与三兵衛は激しく首を横に振った。

「そげなことはできんですたい。春香様からお金ば借りるわけにはいきまっせんたい」

とみが与三兵衛に取りすがった。

「どうして、お頼みしてはいけないんですか。あんなに弥市は苦しんでいるんですよ」

「どげんもこげんも、わけはなか」

与三兵衛はそっぽを向いて口を閉ざした。剣呑《けんのん》な空気を察したのか、医者が、それではわたしはこれで、と言って熱さましの薬を置くとそそくさと帰り支度を始めた。

医者を見送りに立ったとみが戻ってくると、里緒は膝を進めて、

「与三兵衛さん、なぜ、そんなことを言われるのですか。お金はいずれ返してくだされればよろしいことではありませんか」

と声をかけた。与三兵衛はしばらく黙っていたが、やがて絞り出すような声で言った。

「わたしら夫婦は、ひとの道にはずれたことをした不義者ですけん、春香様の助けを

受けたらいけんとです」

　その言葉を聞いたとたんにとみが顔を伏せて肩を震わせた。嗚咽《おえつ》するとみを見た里緒は、胸がふさがれる思いがして、

「わたくしがお助けしてはいけないわけがあるのでしょうか」

　と訊いた。

「わたしらは一緒になりたいばっかりに、ひとを不幸せにしてしもうたとです。だから苦しんでもしょうがなかち思うとります。ばってん、それは春香様も同じですたい」

「わたくしも？」

「江戸でお会いした外記様は、春香様のおられる博多に戻りたい、そう約束したのだからと言っておられました。そげん言うた後に、戻りたくても戻れなくなったのは、ひとを不幸にしたからだ、と言われたとです」

　与三兵衛の言葉が、雷鳴のように里緒の耳に響いた。

　やはり与三兵衛は、外記と交わした言葉のすべてを伝えたわけではなかったのだ。外記が三年たっても戻ってこないわけを知るのは怖いという気がして、里緒は口を

閉ざしてうつむいた。

里緒の様子を見た与三兵衛は大きくため息をついて語り始めた。

三

わたしは博多から江戸へ出て刃物職人になろうとしたとです。腕に覚えがあるもんやから真面目にやりさえすれば、立ち直れると思うとりました。

深川の刃物職人の親方のもとになんとか転がりこむことができて、一生懸命、働きよりましたら、親方にも気に入られ、まわりの職人たちの評判もようなりました。もともと、ひと付き合いはよか方で、面白いことば言うてひとを笑わすっとは得意やったですけんね。

仕事も手を抜かんで精進したから、一年もすると、大事な仕事をまかされるようになり、職人の間では、兄貴と呼ばれて立てられるようになったとです。ばってん、ここで自惚《うぬぼ》れたら、博多におった時と同じになる。そんくらいはわかっとりました。だから、博打の誘いは断っておったとですが、酒のつきあいは断れんかった。

そのうち刃物問屋の旦那に気に入られて、酒席に呼ばれたりするようになったとです。その時、新内を知って、芸者衆に教えられるまま唄ってみたら、自分でもびっくりするくらいうまく唄えたとです。すると新内が面白うなって、榎津《えのきづ》弦之丞《げんのじょう》という浄瑠璃の師匠のところに通い始めたんです。

とみは榎津師匠のお内儀でした。

師匠の弦之丞様は三十過ぎで、もとは旗本の出やと聞いとりました。浄瑠璃を教える時は背筋を伸ばして立ち居振る舞いが厳《いか》めしい師匠でした。

新内の才を見込まれたわたしは、随分と厳しく仕込まれたもんです。ところが、通ううちに師匠が酒癖の悪かことを知ったとです。泥酔すると、旦那衆や弟子にも聞くに堪えない悪口雑言を浴びせかけるということでした。

わたしは通いの弟子でしたから、そんな目にあうことはなかったとですが、あまりにひどかったのか、内弟子がひとり辞め、ふたり辞めして、とうとう誰もいなくなりました。見ておられんごとなったわたしは、刃物職人を辞めて、師匠の内弟子になりました。そのころには新内で身を立てていこうという気になっとったとです。

刃物職人の親方にはたいそう、反対されましたが、それでも師匠の内弟子になろうと思うたとは、とみのことば気にかかったからですたい。

とみは同じ町内の小間物屋の娘やったとですが、両親が流行病《はやりやまい》で一度に亡くなってしもうて、どげんして生きたらいいか当てがなくなった時、師匠が情けをかけて、女房にしたらしかです。普段はやさしか師匠やけど、酒が入るととみを殴ったり、蹴《け》ったりは当たり前やった。それでも内弟子がおる間はなんとか止める者もおったとですが、誰もおらんごとなってからはひどうなる一方やったとば見かねて内弟子に入りました。とみがなぐられそうになる度に、かばうもんやから、師匠は酒を飲めばわたしを殴る蹴るするようになったとです。とみに惚《ほ》れとりましたけん、師匠からどげな目にあわされようが、どうもなかったとです。

小さかころ孤児になって、ひとりぼっちで暮らしてきよりましたから、誰かをかばうとか一度もしたことはなかったとです。気持がとみにも通じたのか、深い仲になったのは間もないことでした。そして子供ができたとわかったので、ふたりそろって師匠に詫《わ》びました。

殺されるかもしれんと思うたとですが、どげんしても黙って逃げ出す気にはなれんかった。師匠は酒乱やったけど、根は気弱でさびしかひとでした。旗本の家に生まれたというても、母親は女中で、いうたら日陰の身たい。それで幼いころからひどくいじめられて育った師匠は、我慢できんごとなって屋敷を飛び出して芸人になったらしか。誰彼なしに乱暴するのは、苦しかことから逃れるためだ、ぐらいはわかっとりました。

　わたしがとみと並んで口にした話を師匠は煙草を吹かしながら、黙って聞いとりました。煙管《キセル》を持つ手がぶるぶると震えとったとを思い出します。しばらくして、師匠が煙管を振り上げたので、なぐられると観念して目をつぶりました。とみとお腹の子を守るためやったら、どんな目にあわされてもしょうがなか、と思うとりました。けれど、師匠は煙管を長火鉢の縁に激しく叩きつけただけでした。煙管が折れ、雁首《がんくび》が畳に転がるのを見た時、わたしは雁首が自分の首のような気がしてぞっとしたのを覚えとります。

　師匠は少しの間、何も言わんかったですが、そのうち、「出ていけ」とひと言ぽつりとつぶやきなさったとです。不義をし出かしたことにお仕置するつもりはなか様子でした。わたしらが思わず泣き出すと、師匠は三味線を手に取り、「出て行く前に最後の稽古《けいこ》をつけてやろう」と言って、端唄《はうた》をさらってくれました。

その声の美しかことというたら、出ていかなならん分際を忘れて聞き惚れてしまうほどやった。こげな風に唄えるひとの胸の内には、どれだけ悲しい想いが詰まっとるとだろうと思わずにはおれんかったです。

わたしととみは師匠の家を出て、ふたりで暮らし始め、その年の秋には弥市が生まれました。子が生まれたことだけでも伝えて、どげんしてもお詫びを言いたかと思って師匠の家を訪ねました。ところが師匠は三日前に自害しておられたとです。胸を脇差で突いたと聞きました。

腰が抜けるほど驚きました。わたしらが家を出てから、何があったんやろうと思いました。師匠は誰にも胸の内を明かさんかったけど、やさしか、思い遣りのあるひとだとわかっとりました。

とみに手をかけた師匠の腕をわたしが押さえつけた時、師匠は尻もちをついて座り込み、「わたしはどうしようもない男だ」とうめくような声で言いました。継母や実の父親から、何かにつけ咎《とが》められたり、けなされたりして生きてきたので、師匠は芸にすがってなんとか一人前になろうとしたのやなかろうかと思うとです。

ばってん、芸の道は厳しか。頼る者は自分だけたい。助けてくれる者はおらんし、褒《ほ》めてくれる客は移り気で、師匠は芸に精進しながら苦しんできたとでしょう。

そげんかひとをわたしは裏切って死なせてしもうて胸が痛むとです。いまでも師匠の端唄が耳に残っとります。引き留めようとする女を振り切って帰る男の心情を唄ったものやけど、わたしにはなぜか命を絶とうとする間際に師匠が想いを込めた唄に聞こえたとです。いま思い出しても涙の出てきよります。こげな端唄やったとです。

悪止めせずともそこを離せ明日の月日が無いじゃなし
止めるそなたの心より帰るこの身は
エーまーどんなに辛かろう

師匠は、どんな思いやったとでしょうか。それを考えたら、わたしらが幸せになったらいけんと思うとです。

話す途中で涙声になった与三兵衛は、語り終えて肩を落とした。隣の部屋で子の看病をしていたとみも袖で涙を拭《ぬぐ》った。

里緒はお文をうながして立ち上がり、与三兵衛の家を後にした。その日の夕刻、里緒は与三兵衛から聞いた話を藤兵衛に伝えて、どうしたものかと相談した。藤兵衛は、

「あの男にも、そんな事情があったのですか」

とうなずいて、高麗人参はわたしの方から届けさせましょう、と言った。

「与三兵衛さんは受け取ってくださいますでしょうか」

里緒が案じると、藤兵衛は自信ありげに答えた。

「与三兵衛は幇間ですから、わたしからの貰《もら》い物を拒みはしないでしょう。子供が助かったら、その礼に春香様に江戸の話をしにくるはずです」

「外記様について与三兵衛さんはわたくしに話していないことがまだあるのでしょうか」

「何もなければ、春香様から借金してでも人参を手に入れたでしょうな。それができなかったのは、春香様に話していないことがあるからだと思います」

藤兵衛が言うことはもっともだ、と思うと同時に、与三兵衛が伝えなかった話は、自分にとって悲しいことに違いないと里緒は感じた。もしそうだとすると、どれほど待とうが外記は里緒のもとに現れることはないのではなかろうか。とうの昔に遠く去

ったひとだとも思うのに冷え冷えとした闇の中に落ちていくような気がするのはなぜなのだろう。

　里緒が思いをめぐらせていると、藤兵衛が何気なくつぶやいた。

「それはそうと、与三兵衛の背中の刺青は亡くなった師匠を弔うためのものかもしれませんな」

「やはり、そう思われますか」

　里緒は眉を曇らせた。与三兵衛の話を聞いた時、里緒もそんな気がしたのだ。背中に石塔の刺青をするなどあまり聞いたことがない。

「江戸を離れる時、師匠を忘れないために墓を背負って生きていこうと考えたのでしょうな」

　藤兵衛はしみじみと言った。すると傍《かたわ》らにいたお文が、たまりかねたように口を挟んだ。

「でも、それではお内儀さんが辛いと思います」

　藤兵衛が怪訝《けげん》な目を向けると、お文は気後れしつつも言い添えた。

「昔、何があったにしても、女のひとは子供のために忘れて生きていこうとするんじゃないでしょうか。それなのに、一緒に暮らす男のひとが思いのこもった刺青を背負ってもいつまでも忘れなかったら辛いんじゃないでしょうか」

里緒はとみのさびしげな顔を思い浮かべた。江戸から博多にまで流れてきて、必死で生きていこうとしている心情が身に沁《し》みた。それとともに、与三兵衛が、

——女心は哀れと思いますばってん、男の胸の内もせつなかもんです
と言っていたのを思い出した。

与三兵衛は、とみの気持をわかり過ぎるぐらいにわかっているのだろうが、師匠のことから目を背《そむ》けることができないでいるのではないか。

(他人を思い遣って心を砕いたりせずにすめば、安穏に暮らしていけるかもしれないけれど、ひとと関わらずに生きることなんてできはしない)

与三兵衛ととみには男と女の行き違うやさしさがあった。だから、ともに生きていくのが辛くなることもあるだろう。

子供が病んだ時、因縁《いんねん》を思ってふたりはどれほどの苦しみを味わったことかと、里緒は胸が痛んだ。

四

六月になって与三兵衛が亀屋を訪れた。奥座敷で里緒と藤兵衛の前で手をついた与三兵衛は、深々と頭を下げた。

「高麗人参ばお世話くださり、まことにありがとうございました」

藤兵衛は手を振って、

「わたしの気まぐれでしたことなのだから、礼なんか言わなくてもいい。それで、子供さんはよくなったのかね」

と訊いた。与三兵衛は顔を上げて、ゆっくりと首を縦に振った。

「それはようございました」

安堵《あんど》する顔をして、里緒は微笑んだ。藤兵衛が薬を手配りしても、与三兵衛が意地を張って子供に与えないのではないかと案じていた。

与三兵衛はほっとした表情で話を続けた。

「一時は熱が下がらず危なかったとです。医者の診立てでは、心ノ臓がもともと弱くて、熱を出したのが祟《たた》ったのだろうということでした。ですが高麗人参を飲ませると少しずつ熱が下がり、どうにか持ち直しました。ばってんわたしの女房はその間、心配のしっぱなしで、やっぱり、ひとを不幸にした者は幸せにはなれない、と悔やんでおりました」

「ですが、子供さんは元気になられたではありませんか」

里緒が言葉を添えると、与三兵衛は大きくうなずいた。

「そげんですたい。それで、きょうはこの間、お話しせんかったことば言いにきたとです」

「杉岡外記様のことでしょうか」

「実はあの方とお話ししたことはまだあるとです。少々ご事情ばうかごうとります」

与三兵衛は小さく咳払《せきばら》いして話し始めた。

外記は博多から江戸に戻ると、舅《しゅうと》である相模屋《さがみや》善右衛門に博多での顚末《てんまつ》を打ち明けた。今後、三年修行した後、博多へ行くつもりだから、離縁して欲しいと話した。

しかし、善右衛門は意外にも一笑に付した。

「それは、旅先での気の迷いというものでございますよ。男なら女とあらぬ関わりを持つことはよくあることで、気になされることはありません」

小柄で福々しい顔をした善右衛門は、にこにこして、何でもないことのように言ってのけた。しかし、外記がなおも離縁して欲しい、と言い募ると、

「その女に、三年後に博多へ行くと約束したのでしょう。でしたら、三年後に離縁するかどうか、決めたらよいではありませんか」

と善右衛門は穏やかになだめるばかりだった。一方、妻の妙《たえ》は外記が明かした話を驚いた顔をして聞いたが、不義を責めはしなかった。

「わたしに悪いところがあったのだと思います。心を入れ替えますから、別れるなどとおっしゃらないでくださいまし」

とかってない、しおらしい言葉を口にした。善右衛門と妙が憤りを見せなかったことに外記は当惑した。許しを得ても、このまま相模屋の世話になっているわけにはいかないと考えた外記は、善右衛門が止めるのを振り切って家を出た。知る辺を頼り、下谷《したや》の興善寺という寺に世話になることになった。

外記が寺に移ってからも、相模屋からはおりおり食物や衣類の届け物があり、妙も

十日に一度は訪ねてきて、なにくれとなく世話を焼いた。外記がその都度、断るのだが、妙は、

「わたしたちは、まだ離縁したわけではございません。三年後にお前様がどうするかお決めになるまでは夫婦なのですから」

と言い張って世話を続けた。相模屋親子が離縁に応じないことに困惑しつつ、外記は狩野派としての絵の仕事に取り組んだ。

狩野派内で博多での一件は特に問題とはならなかった。外記の腕は一門の中で認められるようになっていた。師の命ずるまま、寺社や大名屋敷の屛風や襖に絵を描き続けた。

善右衛門の態度が変わったのは、約束の三年が近づいたころだった。外記が寺から戻ろうとしないことから、どうやら本気で離縁するつもりだ、と初めて気づいたらしく、善右衛門はその不実をなじり出した。

「あんたは絵師として名があがったら、これまで尽くしてきた、わたしたち親子を見捨てるつもりなのか」

厳しい言葉を浴びせたあげく、暮らしの助けとして渡した金をすべて返せと言い出

し、それができなければ離縁は認められないと告げた。

　この間までの温顔が嘘のように、善右衛門は憤怒《ふんぬ》の形相で外記をにらみつけた。

「娘の妙は亭主に不義をされたうえ、かわいそうに三年近くも通うて尽くしてきたのですぞ。それをどうしてくれるのです」

　外記はひたすら謝るしかなかったが、そのうち、離縁の話を気に病んだ妙が寝込んでしまった。食が喉を通らず、痩せ衰えて明日をも知れぬ容態になったと聞いた外記は放ってもおけず、見舞いに訪れた。すると、妙は戻ってきてくれと泣いてかき口説き、善右衛門は怒りの言葉をわめき散らした。

　困り切った外記をさらに追い詰めるかのように、善右衛門は狩野派の師のところにまで押しかけた。その際、善右衛門は外記に対する悪口を言うだけでなく、狩野一門を謗《そし》る言葉を吐いた。

「お上のお抱え絵師は、このようなことを平気でなされるのか。いやはや、呆《あき》れ果てました。お上の目は節穴ですな」

　このことが老中の耳にまで届き、幕府お抱えの狩野一門への罵《ば》詈《り》雑言《ぞうごん》はお上を恐れぬ仕業だとして、相模屋を咎《とが》め立てた。処分は財産の半分を没収するという過酷なもので、このため相模屋はたちまち傾いた。

外記も処分を受けて狩野派を破門となったが、善右衛門は外記の得手勝手からすべては起きたことだと恨んだ。家産が半減し金繰りが苦しくなった相模屋を支えるため、絵の仕事で得た金を入れ、妙の面倒も見ろと迫った。

いままで外記のために用立てた金子がこれだけあると書き付けにして見せられては、知らぬ顔はできなかった。病床の妙の具合は日々、悪くなっていく。表向き夫婦としての縁が切れてはいないのだから、見捨てて逃げる気にはなれなかった。

それで、外記は各地の富商を訪ねては、襖《ふすま》絵などを描くようになったのだという。ひさしぶりに狩野派の門人たちの酒席に出たおりに、浴びせられるのは誹《そし》りの言葉だけだった。そんな席で、与三兵衛の新内を聞いた外記は心を慰められて思わず胸中をもらしたのだ。


「杉岡様はそげな境遇になったと、ご自分ば責めておられました。ひとに不幸を招いた者が、自分だけ幸せになるわけにはいかない、と思われたとでしょう」

与三兵衛が話し終えると、里緒は頭を下げた。

「ありがとう存じます。これで、外記様が博多へ戻ってこられないわけがわかりました。話をうかがい、わたくしも思い切ることができそうです」

目をしばたたいて言う里緒の言葉を聞いた与三兵衛は、激しく頭を振った。

「わたしがお話ししたとは、春香様に外記様のことをあきらめてもらいとうなかからですたい」

どうしてそんなことを与三兵衛が言うのだろう、と里緒は訝《いぶか》しく思った。苦境に落ちた相模屋親子は外記を放しはしないだろう。外記も非情なことができる男ではない。やはり、縁がなかったと思うしかない。

与三兵衛は真剣な眼差しで里緒を見つめた。

「わたしもいままで外記様と同じように、ひとを不幸にした者は自分が幸せになったらいけん、と思うとりました。ばってん、今度、弥市が助かってみて、気のついたことがあるとです」

「どのようなことでしょうか」

うかがうように、里緒は与三兵衛を見返した。与三兵衛は何を言おうとしているのだろうか。

「弥市が助かったのは、高麗人参のおかげだと思うとりますけど、ずっと前から弥市の命は守られとったとやなかろうかとわたしは思いが至ったとです。いまになってみれば、師匠は弥市が生まれるのを待って命を絶ったような気がするとです。わたしととみが出ていった時、師匠はすぐにでも死にたかったとじゃなかでしょうか。でも、師匠が命を絶ったととみが聞けば、お腹の子に障るだろうから、弥市が生まれるまで待ってくれたとでしょう。わたしがとみや弥市と幸せになることをあきらめたら、匠の思いは虚しくなります。ひとを不幸にしたからというて、自分は幸せになれんと思うたらいけんとです。みんな幸せになりたかとです。けど、そうなれん者もおる。だったら、幸せになれる者が懸命に幸せにならんといかんじゃなかですか」

与三兵衛は気強く言い切った。その言葉にはひとを納得させる力があった。藤兵衛がぽんと膝を叩いて、

「いい話を聞かせてもらった」

とうなずいた。里緒は口にする言葉が見つからず黙っていたが、外記は情に阻《はば》まれて身動き取れなくなっているとわかっただけでも心安らいだ。

外記を信じて待つことができるかもしれない、と思ってほっと息をもらした。外記

は懸命に相模屋親子に恩を返すことだろう。外記が返し終えたと思える日がくるのを待とう。それが、いま自分ができるせめてものことのような気がした。

三日後――

里緒はお文を供にして、筥崎浜《はこざき》に出かけた。『石城志《せきじょうし》』にある博多八景のうち、

――箱崎晴嵐

を描くために風景をしっかりと見定めようと思い立ったのだ。箱崎という地名は、神功皇后《じんぐうこうごう》が三韓征伐から帰国し、宇美の地で応神天皇《おうじんてんのう》を産んだ際、その御胞衣《おえな》を箱に入れて浜に埋め、その印に植えた松を筥松《はこまつ》と呼んだことに由来するといわれる。

晴嵐とは晴れた日に吹く山風をいうらしい。

筥崎浜はかつて、外記とともに千鳥の乱舞を見た場所だ。千鳥の群れ飛ぶ様を見て、〈比翼屏風〉の絵はできたのだ。

外記を待つ思いを込めて〈箱崎晴嵐〉を描きたかった。

晴れ渡った日だった。筥崎浜に立つと潮風が涼やかに感じられ、汗が引いて心地よかった。ふと浜辺を見ると、赤銅色に日焼けしたたくましい体つきの男たちが締め込

みひとつの姿で大勢いるのが目に入った。漁師ではなさそうだと、里緒が訝《いぶか》しんでいると、

「春香様、きょうはお汐井取《しおいと》りです」

お文が楽しそうに言った。

夏の博多は、祇園山笠《ぎおんやまかさ》の季節だ。山笠は櫛田《くしだ》神社の祭礼で、聖一国師《しょういちこくし》が疫病を退けようと施餓鬼《せがき》棚《だな》の輿《こし》に乗って祈禱《きとう》の水をまいてまわったのが始まりといわれる。〈流《ながれ》〉と呼ばれる博多の町筋ごとに武者人形などを飾った山笠が立てられる。

山笠をゆっくりと引いて町を練り歩くのがかつての習わしだったが、かねてから仲が悪かった恵比須《えびす》流と土居《どい》流の山笠が、お互いを追い越そうと走ったことが評判になって、速さを競う勇壮な〈追い山〉が行われるようになったという。

〈お汐井取り〉は、山笠の時期に筥崎浜に祭の無事を祈るお浄めの砂、〈真砂《まさご》〉を取る行事で、男たちは小さな竹籠に砂を入れて持ち帰る。日差しの中、締め込みだけの男たちの姿は精悍《せいかん》な空気を漂わせている。

砂を取った男たちが筥崎宮に参り、おいさっ、おいさっ、の掛け声とともに駆け去るのを待って、里緒とお文は浜に出た。すると、それまで気づかなかったが、浜辺に

幼い男の子を肩車している男と寄り添う女が目に留まった。

「与三兵衛さんではないでしょうか」

お文が驚いて言った。確かに与三兵衛ととみのように見える。弥市を肩車した与三兵衛と三味線を手にしたとみが、ゆっくりと浜を歩いている。

「子供さんが元気になられたので、〈お汐井取り〉にみえられたのですね。よかったこと」

里緒は嬉しくなってつぶやいた。

与三兵衛ととみが歩く姿は幸せそうだった。与三兵衛が言った、懸命に幸せにならなければいけないのだ、という言葉が思い出されて胸が詰まった。辛いことを乗り越えていく気持を持たなければ、幸せは寄ってこないと教えられた気がする。

やがてとみが三味線を抱え、歩きながら爪弾《つまび》いた。それに応じて、与三兵衛が渋い声で唄うのが聞こえてくる。

傾城《けいせい》に誠なしとはわけ知らぬ野暮《やぼ》の口からいきすぎの
たとえこの身は淡雪と共に消ゆるもいとわぬが

この世の名残《なごり》に今一度逢《あ》いたい見たいとしゃくり上げ――

たとえこの身は淡雪のように消えてしまうのも厭《いと》いはしないが、せめてこの世の名残に、もう一度、逢いたい、あの方のお顔を見たいと、しゃくり上げ、泣いてしまう、という意味の唄だ。

与三兵衛の唄は、里緒の胸に静かに染み入っていく。その時、空の彼方から、ごおっ、と風が鳴る音が響いてきた。青空に入道雲が立ち昇り、海は輝いている。遠く山から吹き下ろす風が、うなりをあげて海を吹き渡っていく。

(これが晴嵐なのだろうか)

里緒はなぜかしら胸が高鳴るのを感じた。

奈多落雁《なたらくがん》

一

頰に冷たい風が、海面を吹き渡っている。

博多湾と玄界灘を隔てるように細長く突き出た海岸の砂嘴《さし》が長くのび、その先端は海に沈んでいた。干潮になれば、志賀島《しかのしま》へと続く砂州が現れるという。

里緒は次に描く博多八景〈奈多落雁《なたらくがん》〉の下絵を描くためお文を供に奈多海岸を見に来ていた。

島へ通じる道が満潮に伴って沈むことから、このあたりは〈道切れ〉と呼ばれているらしいと教えてくれたのは、清吉という亀屋の若い手代だった。

砂州はおよそ三里ほど続いている。奈多海岸は博多の町からは遠く歩けば半日がかりになるうえ、人通りもまれで女ふたりでは不用心だと、藤兵衛は清吉をつけて送り迎えの舟も手配してくれた。早朝に舟に乗り込み、波静かな博多湾を渡ってきたのだ。

清吉は亀屋で働き始めたばかりで、まだ十九歳だった。ほっそりとした体つきのととのった顔立ちをした清吉は亀屋の女中たちの気受けがよく、

「よか男たいね」

「役者んごたる」

と騒がれていた。もっとも清吉は、そんな女中たちの目を気にする素振りを見せず、陰日向《かげひなた》なく働いていた。

里緒は砂浜に腰を下ろし、画帳に風景を写し取っていく。その間、お文と清吉は小声で言葉を交わしていた。ふと振り向いた里緒は、松の根方で肩を寄せるように話し込んでいるお文と清吉が似合いに見えて微笑んだ。

父親がやくざ者を殺《あや》めて島流しになっているお文は、母親も追放されるという不幸を負っている。しかし、ひとは不幸の渦中にいつまでも沈んでいるものではない。日々を過ごし、少しでも前に進むことができれば、新たな希望も芽生える。

お文に新たな縁がめぐってくると嬉しいのだけれど。里緒はそんなことを思いながら、空を見上げた。筋雲がたなびく澄み切った青空を数羽の雁《かり》が飛んでいくのが見えた。

（初冬の空を渡る雁の姿は、どこか物寂しい）

里緒が物思いにふけっていると、清吉が突然、声をあげた。

「春香様——」

見ると、いましがたまで清吉と楽しげに話していたお文が頽《くずお》れるように清吉に抱きかかえられている。顔色が青ざめ、苦しげに帯のあたりに手をあててあえいでいた。

「どうしました」

駆け寄って訊く里緒に、あわてた様子の清吉が、

「先ほどまで変わりなく話していたのですが、急に苦しみ出して」

と答えた。里緒は屈《かが》み込んで心配そうにお文に声をかけた。

「どこが痛むのですか」

お文は口で息をしながら、

「お腹が——」

とかろうじて答えた。とっさに清吉がお文に背を向けて屈み込み、

「お文さん、ここでは手当もできません。近くの家を探して休ませてもらいましょう。わたしの背に負ぶさってください」

と言った。お文がかすかにうなずくのを見た里緒は、清吉が負う手助けをした。里緒は画帳を手に人家を必死に探した。その後ろを砂に足を取られて難儀しながら清吉がお文を気にかけながら、ついてくる。やがて松林が途切れたところに漁師の家らしい粗末な小屋を見つけた。里緒は、お文を寝藁《ねわら》の上で休ませてもらえないだろうかと、居合わせた漁師の女房に頼んだ。漁師の女房はお文の様子を見て、

「こりゃあ、癪《しゃく》たい。早《はよ》う診《み》てもらうたがよかよ」

と親身《しんみ》に言ってくれた。

「ですが、昼過ぎにならないと迎えの舟は来てくれないのです」

里緒が眉を曇らせると、女房は笑った。

「そげんことは何でもなかよ」

女房はすぐに戸口を出て、近くで網を繕《つくろ》っていた亭主に、舟で博多まで連れていってやんなっせ、と大声で叫んだ。日焼けしてたくましい体つきの亭主は、寡黙《かもく》らしく

何も言わずにうなずいて舟の用意を始めた。清吉はほっとした様子で、

「助かります。ありがとうございます」

と言うと、懐から財布を出して、心ばかりではございますがお礼にと銭を女房に渡した。女房は満面に笑みを浮かべて、

「あんた、早うしんしゃい。もうお礼ばもろたとばい」

と亭主を急《せ》き立てた。清吉はふたたびお文を背に負い、漁師の舟に乗った。里緒たちは今朝早く通った海原を漁師の舟で石堂川の河口へ向かった。里緒に背中をさすってもらいながらも、お文は痛みを堪《こら》えかねてうめき声をもらした。清吉は、

「お文さん、もうすぐ着きますからね。気をしっかりもってください」

と声をかけ続けて励ました。幸い好天で波も穏やかだったため舟はすべるように博多湾を進んだ。石堂川の河口近くの船着場で舟を下り、お文を背に清吉は亀屋へと急いだ。里緒は清吉に先立って亀屋の暖簾《のれん》をくぐると、番頭に医者を呼ぶよう頼んだ。

駆けつけた医者は、離れの部屋で床に横たわるお文を診るなり、

「癪にもいろいろあるが、いままで痛みがなかったのであれば、体内に石ができているのかもしれない」

と言いつつ薬を調合した。痛みを訴えてうめき続けていたお文は、薬を飲まされた後、一刻ほどして里緒に支えてもらい、厠《かわや》へ立ってからようやく痛みが治まったようだ。

お文はまだ血の気が足らぬ顔をして起き上がり、

「急にこんな病になりまして申し訳ございませんでした」

と頭を下げた。

「そんなことはいいのですが、いままでこんな風に痛むことがあったのですか」

里緒に訊かれて、お文は頭を振った。

「いいえ、こんな痛みは初めてです。だから、このまま死んでしまうんじゃないかと恐くて、春香様と清吉さんがいてくれなかったら、どうなっていたかと思うと震えが来そうです」

「ほんとうに清吉さんがいてくれて助かりました。お文さんを背負って一生懸命、近《ちこ》うに家がないかと探してくれたのですからね。そうでなければ、こんなに早くここに戻ってくることはかないませんでした」

「清吉さんは命の恩人です」

言いながら、お文はほんのりと頰を染めた。微笑して里緒は訊いた。

「お文さんは、清吉さんと親しいの」

「とんでもないです。そんなことありません」

お文はあわてて頭を振って言った。

「奈多海岸で仲良さそうに話していたじゃありませんか」

「あの時は清吉さんが身の上話をしてくれていたのです。もともと博多の生まれではなくて、小さいころは寂しい暮らしだったそうです」

そう言えば清吉には博多訛《なま》りがない。お文は思い出すような面持ちで言った。

「清吉さんは、亀屋に来る前は大坂にいたと言っていました。旦那様が大坂に行かれたおり、呉服屋で働いていた清吉さんを気に入られて、博多に連れてこられたそうです」

「寂しい暮らしとはそのことですか？」

「いえ、清吉さんの父さまは体を悪くして早くに亡くなり、母さまは知り合いの後妻に入ったそうです。清吉さんはその家に連れ子として引き取られたのですが、義理のお父さんとの仲がうまくいかなくて飛び出したそうなんです」

お文は同情する言い方をした。清吉のやるせない思いが、身に沁《し》みてわかるのだろう。ひと息ついてお文は話を続けた。

「清吉さんには弟がいたそうなんです。弟さんを残して家を飛び出したので、そのことがいまも気がかりだと話していました」

「そうだったの」

里緒がうなずいた時、清吉が縁側に来て膝をついた。

「旦那様がお見えです」

あわてたお文が身づくろいをする間を見計らうように、藤兵衛はゆっくりと部屋に入ってきた。

「どうだね、具合は」

藤兵衛に訊かれて、お文は両手をつかえた。

「ご迷惑をおかけして申し訳ございません。もうすっかり良くなりました」

「潮風に当たったのが、よくなかったのかもしれない。体の具合がよくなったら春香様の供をして芝居見物でも行ったらいい。気が晴れて病も治るかもしれない」

「お芝居でございますか」

目を丸くしてお文は訊き返した。

「そうだ。七代目市川團十郎の芝居が、中島新地でかかっているのは知っているだろう」

藤兵衛の話を聞いて、里緒はにこやかに言った。

「團十郎の人気は、大したものだそうですね」

福岡藩では景気を盛り上げようと、御救奉行《おすくい》の主催で歌舞伎や相撲の興行をしばしば行っていた。実際の運営にあたったのは福岡、博多の町人たちだ。

今年五月二十三日から行われた御救芝居は、嵐平九郎、坂東荒太郎、尾上鶯助、片岡亀之助などの名だたる役者が出た。

連日満員の大当たりで、六月十日までの興行で木戸銭などの揚がり高は銭五十貫におよび、役者の給金が二十八貫で差し引き二十二貫が収益になった。さらに相撲取りの稲妻《いなずま》富五郎、緋縅《ひおどし》、力弥らを呼んで興行を行い、この興行でも木戸銭、桟敷《さじき》代合わせて九十貫が揚がり、力士たちへの給金を差し引いた十二貫を儲けたという。

歌舞伎、相撲興行の人気は日に日に高まっていた。そこへいまは海老蔵を名乗っている七代目市川團十郎が来るとあって、博多の芝居人気はいやが上にも沸騰していた。

「でも、わたしなどに芝居見物はもったいのうございます」

お文が遠慮すると、藤兵衛は笑った。

「いや、春香様に見ていただきたいのだよ。江戸の看板役者の衣装を見るのも目の肥やしになるだろうと思ってね。おひとりで芝居を見てもつまらないだろうから、お文に供をしてもらいたいんだよ。それに清吉も行ってもらうつもりだ」

急に名を言われた清吉は、驚いたように顔をあげた。

「わたしも芝居見物に参るのでございますか」

「その心積もりでいるが、何か不都合でもあるのか」

訝《いぶか》しげに顔を向ける藤兵衛に、清吉はあわてて頭を振った。

「いえ、何もございません」

そう答える清吉の顔には、不安げな表情が浮かんでいた。

二

七代目團十郎は〈歌舞伎十八番〉を制定した人気、実力を兼ね備えた千両役者だ。

五代目團十郎の次女すみと元同心で芝居茶屋を営んでいた父親の間に生まれ、四歳で初舞台を踏み、六代目が急逝《きゅうせい》したため寛政十二年（一八〇〇）にわずか十歳で市川團十郎を襲名した。幼くして大名跡を継いだ七代目は、懸命に精進して役者としての技量を身につけたという。

江戸の役者は座元と一年間の出演契約を結ぶのが通例で、旅興行に出ることはめったになく、芝居小屋が火事で焼けるなどしたおりに、地方を巡業した。初代團十郎は京に、二代目、三代目は大坂に上ったが、四代目は江戸を出ることがなかった。

これに比べて七代目は文政十二年（一八二九）に大坂、京、伊勢を回って芝居興行を行った後、翌年にも高野山に参詣《さんけい》するという名目で大坂に上った。天保三年には実子の海老蔵に團十郎の名跡を継がせ、自らは五代目海老蔵を名乗っていた。

今年天保五年（一八三四）二月、江戸の神田佐久間《さくま》町から火が出て木挽《こびき》町の芝居小屋三座がすべて焼失すると、海老蔵は他の役者たちとともに上方へ旅興行に出た。三月から大坂道頓堀の角座《かどざ》で興行し、さらに中国地方を回って博多入りしたのだ。

この年四十四歳の七代目は、脂ののった男盛りだった。

黒羽二重《くろはぶたえ》の重ね着に三枡《みます》の定紋が入った柿色の裃《かみしも》、花駕籠《はなかご》に揺られる海老蔵を筆頭に嵐三右衛門、市川升五郎らの花形役者が続き、前後に博多芸者が付き添っての博多入りは見物人でにぎわい、熱気に包まれた。

初日の演目は〈平仮名盛衰記《ひらかなせいすいき》〉〈鈴ヶ森〉〈勢州阿漕浦《せいしゅうあこぎがうら》〉で、二の替りが〈一谷《いちのたに》嫩軍記《ふたばぐんき》〉〈桂川連理柵《かつらがわれんりのしがらみ》〉、三の替りが〈義経千本桜《よしつねせんぼんざくら》〉、〈菅原伝授手習鑑《すがわらでんじゅてならいかがみ》〉だった。

里緒たちが見に行った日の演目は、〈先代萩《せんだいはぎ》〉が上演されていた。早朝から出かけたにも拘《かかわ》らず、この日も芝居小屋は満員で息苦しさにむせ返るほどだった。

「七代目がお出でになるとあって、芝居小屋を広げたらしいのですが、それでも足りないほどいっぱいになるのですね」

清吉が感心したような口振りで言った。芝居小屋といっても屋根は藁《わら》葺《ぶ》き、客席は蓆《むしろ》敷きだった。舞台の間口は八間あった。

里緒は物珍しげに桟敷を見回し、着飾った男女や武家、裕福な町人に目を遣《や》っていた。だが、芝居が始まるとはなやかな舞台に目は釘付けになった。

〈先代萩〉は伊達騒動を舞台に、幼いわが子千松《せんまつ》を犠牲にして若君を守る乳母政岡《まさおか》の苦衷《くちゅう》の物語だ。七代目は二十四歳の時、江戸に役者が少なくなる夏の演目として〈伽《めい》羅《ぼく》先代萩〉の書き換え狂言を演じた。

いわゆる〈伊達の十役〉で、極悪人の仁木弾正《にっきだんじょう》、逆賊赤松満祐《みつすけ》の霊、足利家当主頼兼《よりかね》、執権の細川勝元、乳母の政岡、足利家忠臣の絹川与右衛門、足利家忠臣の荒獅子男之助《しおとこのすけ》、腰元の累《かさね》、傾城《けいせい》の高尾、悪坊主の土手の道哲の十役をひとりで演じ切るという凄まじいものだった。

恥も外聞もなく大汗かきながら顔を真っ赤にして早変わりを演じることから〈慙《はじ》紅葉汗顔見勢《もみじあせのかおみせ》〉と題した。

この日、さすがに十役は演じなかったものの、海老蔵は乳母の政岡と極悪人の仁木弾正の二役を演じた。

若君に仕える政岡の息子千松は、いざという時に毒見をしなければならない。〈飯《まま》炊《た》き〉の場面では食べたくても我慢させられる。武士の子らしく、じっと待つ千松だが、空腹に耐えかね、役目を果たした後には飯を食べさせて欲しいと懇願し、それまでは待っているからと、こんな台詞を口にする。

——明日までもいつまでも、こうきっと座ってお膝に手をついて待っております。お腹がすいても、ひもじうない、何ともないけなげな千松の姿に観客は胸を詰まらせる。さらに悲劇の場面が追い打ちをかける。千松は若君に出された毒饅頭《どくまんじゅう》を身代わりとなって食べ、さらに毒殺を図ったことが露見するのを恐れた敵方によって殺される。この始終を見ていた政岡は若君を守って表情ひとつ変えない。ひとり残った大広間で、政岡は我が子の亡骸《なきがら》を抱きしめて、

――コレ千松、よう死んでくれた、出かしたナ、其方の命は出羽奥州五十四郡の一家中、所存の臍《ほぞ》を固めさす誠《まこと》に国の礎《いしずえ》ぞや

と言いながらも、胸中に沸き上がるものを抑えかね、「とは言うものの可愛やなア」と母親の真情を思わず吐露《とろ》する。政岡の〈くどき〉の場面だ。

――武士の胤《たね》に生れたは果報か因果かいじらしや、死ぬるを忠義という事は何時の世からの習わしぞ

政岡の言葉が胸に沁み入り、泣きそうになった里緒はふと横を見た。傍らに座っているお文が目を赤くして袖を濡《ぬ》らしている。その隣で清吉も、涙を一筋、流していた。

その時、にわかに見物席がざわめいた。

政岡に抱かれている千松の口からたらりと赤い滴《しずく》が垂れている。芝居にしては生々しい。政岡を演じる海老蔵は訝《いぶか》しげに千松の顔に見入った。

やおら千松を抱き上げた海老蔵は、そのまま静々と舞台袖に向かった。幕の陰で千松を下ろして、すぐさま舞台に戻り、何事もなかったかのように芝居を続けた。千松役の子が急に具合を悪くして、海老蔵がとっさの機転で舞台から下ろしたのだろうと思った見物客は芝居を見続けた。舞台の様子に真剣な眼差しを注いでいた清吉が急に立ち上がり、青ざめた顔を里緒に向けて、

「あの子役は毒を盛られたのです。このままでは命が危のうございます」

と震え声で言うと、見物客を掻《か》き分けて楽屋へ向かった。里緒とお文は、何があったのかわからないまま顔を見合わせていたが、放っておくわけにもいかず、後に続いた。

清吉が楽屋口から入ろうとすると、男衆が、

「なんだ、お前は。勝手に入っちゃならねえ」

「出ていけ」

と押し止めようとした。だが、清吉が必死の面持ちで、

「わたしは、いましがた舞台で血を吐いた瀬川豊松の身内の者でございます。お通しください」

と訴えると、驚いた様子で通した。清吉が子役の身内だと聞いてびっくりした里緒とお文は、後ろから恐る恐る楽屋に入った。子役の男の子は寝かされて、顔についた血を手拭《てぬぐい》でぬぐわれていた。清吉は、役者たちを押しのけて枕元に座り、

「豊松――」

と声をかけた。男の子がうっすらと目を開けて、

「兄ちゃん――」

とかすれた声で答えると、清吉は身をかがめて、耳もとで囁《ささや》くように訊いた。

「舞台で口にしたのは、本物の毒入り饅頭だったんだな」

「わからない……」

苦しげに言う男の子に清吉が、

「そうか。でも、わたしが来たからもう心配しなくて大丈夫だぞ。いまからわたしが働いている亀屋という店に連れていって、医者に診てもらおうな」

ときっぱり言うと、まわりにいた役者や男衆が怒鳴り声をあげた。

「おい、どこの誰だか知らねえが、勝手に子役を連れ出すとは、どういう了見だ」

「それも毒饅頭を食わされたなどと、とんだ言いがかりをつけやがって。ただじゃおかねえぞ」

男衆のひとりが荒々しく清吉の腕をつかんで引き立てようとした。とっさに里緒は、止めるように言葉を挟んだ。

「お待ちください。このひとは亀屋という大店《おおだな》の手代をしております清吉さんです。決して怪しい者ではございません。わたくしは福岡藩お抱え絵師、衣笠春崖様の弟子で春香と申す絵師でございます。清吉さんが言い出したのには理由《わけ》があると思われます。聞いてくださいませんでしょうか」

福岡藩お抱え絵師と聞いた男たちは、たじろいだ様子で清吉から手を放した。すると中年の役者らしい男が武家装束のまま進み出て、

「あなた様の身元はわかりましてございます。だからと申して、わたしどもも毒を盛

った濡《ぬ》れ衣《ぎぬ》を着せられては、子役を引き渡すことなどできませんな」

と声を荒らげて言った。里緒が言葉に詰まると、清吉が口を開いた。

「おっしゃる通りではございますが、わたしはこの子の兄でございますし、瀬川音之丞という名で大坂の舞台に立っておりました。いまはこの地で手代をしておりますが、顔を見知っておられる方もいると存じます」
・これを聞いた中年の役者は、うすら笑いを浮かべた。
「お前が音之丞だということは、すぐに気づいたよ。どういうわけがあって博多へ流れてきたか知らないが、以前、役者だったお前なら、なおのこと舞台で毒を飲まされたなんぞと言い触らされるわけにはいかないということぐらいわかりそうなもんだがね」

役者だったと名のったことで、清吉へ向けられる視線は却ってひややかなものになった。黙って聞いていたお文がたまりかねた様子で口を挟んだ。

「そんなことを言わないでください。清吉さんが、その子を連れていこうとしているお店の旦那様は七代目様のご贔屓《ひいき》なんですよ。縁もゆかりもあるところに連れていくのですから、いいじゃありませんか」

お文の言葉に役者たちが、

「何を言ってるんだ」

「その場逃れの出まかせを言うんじゃないよ」

と騒ぎ立てた時、

「いかにも、その通りだ――」

と通りのいい声が響いた。役者や男衆は顔色を変えて平伏した。声がした方を振り向くと、楽屋の入り口に仁木弾正の装束を着た海老蔵が立っていた。

海老蔵はゆっくりと楽屋に入り、豊松の枕元に座った。

「どうだ、痛むか」

と海老蔵に訊ねられて、豊松は緊張した表情でこくりとうなずいた。海老蔵は顔を上げて、皆を見まわし、

「昔、亀屋さんに頼まれて、舞台で博多帯を囃《はや》し伝えたことがある。それで博多帯がたいそう売れたと聞いたが、亀屋さんとゆかりがあると言ったその娘の話は嘘じゃない」

と告げた。海老蔵は清吉に顔を向けた。

「せっかく博多に来たのだから、亀屋さんにはあいさつに出向こうと思っていたところだ。一足先に豊松を亀屋さんに行かせるのは構わない。だが、舞台で毒を盛られたと世間に広まっては、明日から興行を打てなくなる。豊松は食あたりだ。それでよければ連れていけ」

台詞を決める時のように小気味いい海老蔵の声が楽屋に響き渡ると、しわぶきひとつする者はいなかった。清吉は手をつかえ、震えながら海老蔵の話を聞いた。

「ありがとう存じます。食あたりで弱った豊松を連れて参ります」

清吉が頭を下げ、声を詰まらせて言うと、

「そうするがいいや」

海老蔵は仁木弾正の顔でかっと笑った。

三

豊松は亀屋に運ばれ、医者の手当を受けて生色《せいしょく》を取り戻した。中二階の奉公人の部屋で、清吉は豊松を介抱しながら、ぽつりぽつりと身の上を語り出した。

清吉と豊松は角座の囃《はや》し方、藤川勝蔵の子に生まれた。ところがある時、勝蔵が贔屓《ひいき》客の振る舞い酒に酔って川に落ち、溺死《できし》するという不幸に見舞われた。

母親のお峰は、ふたりを連れて瀬川新九郎という役者の女房になった。

清吉は役者になるための稽古《けいこ》をさせられていたが、実子ができたころから、新九郎はつめたく接するようになった。お峰は、新九郎の機嫌を取るのに懸命で、清吉が叱《しっ》責《せき》される時は一緒になって清吉を責め立てた。

初舞台もつとめ、役者としての力量も身についてきていた清吉は、日々我慢を強いられながらも堪えていた。

ととのった顔立ちをしているうえに踊りにも秀でていたため、清吉はしだいに人気も出始めたが、そのころになって同じ年頃の中山七蔵という女形に嫉《ねた》まれるようになった。七蔵は新九郎の甥で常日頃からかわいがられている若手役者だった。

七蔵は、清吉が連れ子でありながら新九郎の子として扱われることや、踊りの技量を比較されることが面白くないらしく、ことごとに清吉に辛くあたった。堪えることに慣れていた清吉だったが、ある時、楽屋で、

「随分と乱暴な物言いをなさいますね」

と口応えしたことがあった。すると七蔵は、色白で細面の顔に冷笑を浮かべた。

「おや、こ奴は、わたしに口応えするよ」

「いいえ、そういうわけじゃございません」

清吉ははっと我に返って謝ったが、すでに遅かった。七蔵の青みを帯びた目が据わり、じっと清吉を見つめていたかと思うと鏡の前に置いていた剃刀《かみそり》に手を伸ばした。

「何をするんです」

清吉が身を反らせた時には、七蔵はさっと剃刀を振り上げた。顔を狙《ねら》ってくると思った清吉はとっさに手で防ごうとした。一瞬、鋭い痛みが二の腕に走った。腕を押さえて清吉が悲鳴を上げると、楽屋は騒然となった。

すぐさま他の役者たちが止めに入ったが、興奮した七蔵は剃刀を振り回して数人の手足に怪我《けが》を負わせた。数人がかりで取り押さえた際、なおも暴れる七蔵ははずみで自分の頬を傷つけた。女形にとって顔はいのちだ。その顔に傷ができたのだ。剃刀の傷は深く、白粉《おしろい》を厚塗りしてつくろおうが、誤魔化しようがなかった。

楽屋で騒ぎを起こしたことはさして咎《とが》められなかったが、顔に傷を負った女形に座元は冷淡で、七蔵は廃業を迫られた。

　役者をやめることが決まった日、七蔵は新九郎にあいさつに来た。清吉は会うのも憚《はばか》られて二階で縮こまっていたが、しばらくしてお峰が呼びにきた。しかたなしに下りていくと、新九郎は長火鉢を前に苦い顔をして座っていた。無表情なまま七蔵は新九郎と向かい合っている。寒気が厳しいころで長火鉢には炭火が赤々と熾《お》きていた。新九郎は憮然《ぶぜん》として清吉に座るように言った。かしこまって座った清吉を、七蔵が睨《にら》み据えた。新九郎がひややかな声で、

「音之丞、お前はまだ七蔵に詫《わ》びを言っていないそうだな」

と言った。

　清吉は驚いて顔を上げた。剃刀で切りつけられたのは自分なのに、なぜ詫びなければならないのだ、と思った。新九郎は清吉を見据えた。

「七蔵は、お前との喧嘩《けんか》がもとで役者を辞めなきゃならなくなったんだ。喧嘩は両成敗のはずだが、お前には何のお咎めもない。これはおかしいだろう。それを詫びろと言っているんだ」

　理不尽な物言いだが、新九郎にしてみれば甥の七蔵が廃業に追い込まれたことが無

念なのだろう。ここは謝るしかない、と清吉は思った。母親に連れられて新九郎のもとに身を寄せてから、いつも謝ってきたのだ。いまさら謝ることなど苦にならないとばかりに、清吉は七蔵に、

「このたびは申し訳ございませんでした。お許しください」

と頭を下げた。七蔵は清吉をじろりと見て、

「それだけか」

と傲慢《ごうまん》な口調で言った。清吉が息を呑んで顔を上げると、七蔵は言葉を続けた。

「口で詫びられただけじゃ、気がおさまらない。詫びの印しを見せてもらおうか」

言うが早いか七蔵は長火鉢の火箸《ひばし》をつかんで炭火に突っ込んだ。

しだいに火箸が熱くなっていくのを、清吉は震えながら食い入るように見た。頃合いを見はからって、七蔵はにやりと笑い、火箸を引き抜いた。

「お前の顔をわたしと同じようにしてやる。それでお互い恨みっこなしだ」

異様な目をして、七蔵は火箸を手ににじり寄ってきた。

「それだけはやめてくれ」

逃げようとする清吉を後ろにまわった新九郎が押さえつけた。あろうことか、お峰

まで清吉の腕をつかまえて動けなくした。

「おっかさん、やめてくれ。わたしは何も悪いことはしていないんだ」

必死にもがいて訴える清吉に、お峰は、

「堪忍しておくれ。こうでもしなけりゃ、うちのひとは勘弁してくれなくて、わたしらは追い出されてしまうんだよ」

と金切り声をあげた。なおも逃げようとする清吉の目の前に、七蔵は火箸を突きつけた。

「自分の不始末でこうなったんだ。恨むんなら自分を恨め」

「そんな、あんまりです。顔だけはやめてください。舞台に立てなくなる」

清吉が泣きながら言うと、新九郎は嗤《わら》った。

「たしかに、こいつが舞台に立てなくなったら給金が減るなあ」

「そうか、叔父さんを困らせるわけにはいかないねえ」

七蔵は嘲笑《あざわら》いながら、火箸をいきなり清吉の太腿《ふともも》に突き立てた。激烈な痛みに、うわっと悲鳴を上げて清吉は倒れた。

清吉が気づいたのはその日の夜だった。二階に寝かされ、太腿はずきずきと痛んでいた。体中が火照《ほて》るように熱く、高熱にうなされてうわ言を言っていたようだ。

「兄ちゃん、大丈夫かい」

七歳になる弟の豊松が話しかけた。枕許に置かれた木桶《きおけ》の水で濡らした手拭を絞って清吉の額の汗をぬぐってくれていた。

「すまないな」

清吉が言うと、豊松は泣きそうな顔になった。

「どうして兄ちゃんだけいじめられるのかなあ」

実の父親が亡くなった時、幼かった豊松は父の顔を覚えていなかった。それに父親が違う弟や妹の面倒をよく見ているためか、新九郎から辛く当たられることが少なかった。横たわったまま清吉は天井を見上げた。

「もしわたしがいなくなったら、豊松はどうする?」

「兄ちゃんは、この家を出ていくつもりなの」

豊松は怯《おび》えたように訊き返した。清吉はしばらく黙っていたが、

「このままじゃ、殺されてしまうかもしれないからな」

とうめくように言った。豊松は泣き声になった。

「そうだね。死んだら何にもならんね」

兄弟ふたりは、寝つけないまま夜を明かした。清吉へのいじめは、七蔵がいなくなってからも楽屋で続いた。七蔵は数人の役者と衆道《しゅどう》の関係にあり、その役者たちが清吉を執拗《しつよう》にいじめたのだ。楽屋から舞台へ通じる廊下に蠟《ろう》が塗られていて、舞台へ急ごうとした清吉が転倒するということがあった。過《あやま》った振りをして鉄瓶の熱湯をかけられたりもした。

一年後、清吉は役者をやめて大坂を出ていこうと決意した。楽屋で口にした茶に苦味を感じて、すぐさま吐き出した。近くをうろつく野良猫に飲み残しを与えてみると、苦しんで泡を吹いて倒れた。

（石見《いわみ》銀山だ――）

鼠《ねずみ》を殺す毒を茶に入れられたとわかった時、清吉は新九郎の家を出ようと思った。新九郎から離れるのであれば大坂で役者を続けるわけにはいかない。贔屓客である呉服屋の主人に相談したところ、ちょうど大坂に来ていた亀屋藤兵衛を紹介してくれた。

話を聞いた藤兵衛は、同情して、博多の店で手代として働いてみないかと勧めてくれたのだ。数日後、清吉は新九郎とお峰が留守をしている間に家を出た。豊松は近く

まで見送って、

「兄ちゃん、大きくなったらきっと会いにいくからね」

と目に涙を浮かべて言った。清吉も涙ながらに別れを告げて、藤兵衛とともに博多へ向かった。


清吉は二、三日かけて里緒とお文に亀屋に来るまでの経緯《いきさつ》を話した。豊松は随分と顔色もよくなって、座敷の控えの間に移されていた。

「豊松が子役になっているとは知りませんでしたが、考えてみれば新九郎というひとは、いつまでも豊松にただで飯を食べさせやしません」

舞台に立った豊松を見た時、思わず涙を流した清吉は、豊松が血を吐いたのを見た瞬間に毒を盛られたのだ、と思ったそうだ。

「ひょっとすると、わたしを憎んでいた者が一座の中にいたのかもしれません。そうだとしたら、豊松には謝っても謝りきれません」

清吉は豊松の寝顔に目を遣りつつ言った。里緒がため息をつきながら、

「子供のころから、こんな苦労をするなんて」

とつぶやくと、清吉は、

「しかたありません。これがわたしたち兄弟の定めだと思っています」

とあきらめたように言った。お文が膝を乗り出して、

「定めなんてとんでもないですよ。清吉さんはこうして博多で一生懸命、働いているじゃないですか。豊松さんと一緒に暮らしたらいいじゃありませんか」

と力を籠《こ》めて言った。

「それでは旦那様にご迷惑が――」

清吉がためらいの表情を見せると、

「わたしは構いませんよ」

藤兵衛がいきなり縁側から声をかけてきた。清吉は目を丸くして藤兵衛を見つめ、里緒とお文はあわてて座りなおした。藤兵衛はにこやかな顔で座敷に入って座った。

「兄弟そろって店で働いてもらっていいと思っているよ。だが、それを決めるのは、いましがたお見えになられた七代目のお考えを聞いてからにしてはどうだろう」

藤兵衛が言い終えると同時に、海老蔵が縁側から悠然と座敷に入ってきた。白襦袢《しろじゅばん》の上に鼠色の紋付、それに浅黄《あさぎ》の博多帯を締めて丹後縞の袴《はかま》をつけている。

海老蔵は特徴のある大きな目で清吉をじっと見て、

「清吉さんと言いなすったね。お前さんに話があって来たんですよ」

と告げた。

庭先の紅葉が風に揺れて、はらはらと葉を落とした。

四

「芝居の世界は嫉《そね》みや憎しみに満ちている。それはお前さんもわかっているだろう」

海老蔵の声は、低いがよく通った。

「わたしは、博多に行ったら〈先代萩〉をやりたいと思っていたのだが子役が足りなくて、どうしたものかと思案していたところ、瀬川新九郎という役者が豊松を連れてきましてね」

新九郎は平伏して、博多での興行に子役として豊松を連れていってくれ、と言い出した。

「わけを訊ねたら、新九郎は苦しげな顔をして打ち明けたよ」

海老蔵は腕を組んで、新九郎が額に汗を浮かべながら言ったという話を、聞いたまま語った。

わたしは、亭主が酔って川にはまって亡くなったお峰という女を女房にしました。亭主は気づいてなかったと思いますが、実は前からお峰とは通じておりまして、豊松はわたしの子なのでございます。

お峰が後家になった時、わたしも女房を亡くしておりましたから、ふたりが一緒になるのはめぐり合わせだと思いました。しかし、清吉と豊松を引き取ってから段々に後ろめたくなったのでございます。

大きくなるにつれて、清吉はお峰の亡くなった亭主にそっくりになってきました。そうすると、なぜだかお峰と通じていたことを責められているような気がしてきたのです。しかも豊松は段々にわたしに似て参ります。豊松をかわいいと思う都度、いつか清吉にお峰との不義を気づかれ、暴き立てられるのではないかと恐れる気持が強くなりました。

清吉は踊りがうまく、役者として名を上げそうでした。名を成した後に、わたしら夫婦は責められるかもしれないと不安を抱いているうち、いつの間にか清吉に辛く当たるようになっておりました。わたしに逆らえないくらい清吉をいじめ抜こうという心持だったのでしょうか。

そんなことを考えている時、甥の七蔵が清吉を妬《ねた》んで憎むようになっていると気づきました。そこで清吉をいじめるよう七蔵を唆《そそのか》しました。清吉が怖気《おじけ》づいて、物も言えないようになればいいと思ったのです。ところが、清吉はおとなしいように見えて、思いのほか芯《しん》が強く、どんなに七蔵に苦しめられようが挫《くじ》けることなく言い返したりもしたのです。

七蔵はかっとなって楽屋で剃刀を振り回し、却って自分が役者を廃業しなければならなくなりました。仕返しをしたいと七蔵が言い出したので、お峰と一緒に清吉を押さえつけました。七蔵が火箸で顔を傷つけようとした際、必死で「舞台に立てなくなるからやめてくれ」と叫ぶ清吉の声を聞いた時、ふっと怖くなりました。

清吉の父親がどこからか一部始終を見ている、という気がして、思わず「たしかに、こいつが舞台に立てなくなったら給金が減るなあ」と言って、顔を傷つけないよう七蔵に目くばせしたのです。七蔵は渋々、顔を傷つけるのをあきらめて太腿に火箸を刺しました。

　後日、詫び料として金を渡したおり、七蔵は、

「わたしがやらなくても、わたしの情人《いろ》があいつを放っておかないでしょうよ」

と嘯《うそぶ》きました。これ以上、清吉に辛く当たるのはやめよう、と決心したのですが、七蔵の言葉通り、その後も楽屋で清吉へのいじめは続きました。いずれ、清吉は家を飛び出すだろう。そうすれば安心して暮らせると思って、清吉が出て行きやすいように夫婦して家を空けたのです。

　思惑に違わず、清吉は出て行きました。これで何もかも心配事はなくなったと心底ほっとしました。ところが去年から豊松が子役として舞台に上がるようになると、清吉をいじめていた連中が今度は豊松を狙ってきたのです。

　楽屋で除《の》け者にされるだけでなく、履物《はきもの》に針を仕込まれたり、上から物を落とされたりして、しだいに豊松は体に傷を負って帰ってくるようになりました。たまりかねたわたしが、子役をやめるよう言い聞かせたのですが、豊松は承知しませんでした。

　わけを訊いたら、役者になって博多にいる清吉に会いに行きたい、そのためにはどんな辛いことも辛抱すると言うのです。

何ということだ、とわたしはびっくりしました。豊松は、実の親であるわたしらよりも清吉を慕っているのです。それで、豊松を博多にやるしかない、と思ったのでございます。

話の中身はさておき、まるで芝居を見ているような心持がする海老蔵の口跡《こうせき》の素晴らしさに居合わせたひとびとは聞き惚《ほ》れた。

「自分の罪業《ざいごう》の報いだ、と言って新九郎は泣き崩れていたよ」

海老蔵は組んでいた腕をほどいて膝に置き、言葉を続けた。

「それでわたしは豊松を博多に連れてきたのだよ。兄弟を引き合わせてやりたかったのでね。だが、お前さんを憎む者が一座に紛《まぎ》れ込んでいたようで、豊松は毒饅頭を食べさせられてしまった。申し訳のないことをしたと思っているよ」

頭を下げる海老蔵に清吉は、

「とんでもないことでございます。どうかお手をお上げくださいませ」

とあわてた様子で口にしながら手をつかえた。

「ともかく、今後は豊松に手を出させないつもりだが、お前さんはこれから、どうするつもりだね」

「亀屋の旦那様にご迷惑をおかけしますが、豊松を引き取り、一緒に暮らしたいと存じます」

「ほう、豊松と父親が違うとわかってもかね」

海老蔵は微笑を浮かべた。

「たとえ何がどうあろうとも、豊松がわたしの弟であることに変わりはございません」

清吉はきっぱりと言い切った。その言葉を聞いて、里緒はほっと安堵《あんど》する思いがした。兄と弟の互いを思いやる絆が切れないことが何よりだと喜ばしかった。お文も嬉しげに、

「よかったですね」

と里緒に囁いた。だが、海老蔵はうなずきながらも清吉に向かって口を開いた。

「その方がいいとは思うが、お前さんは舞台に未練はないのかね」

その言葉を聞いて清吉はどきりとした顔になった。海老蔵は、里緒とお文の顔を交互に見て、

「これまでの話を聞かれて、芝居の世界は修羅場だと思ったのではありませんかな。たしかに役者は修羅の道を歩いております。それだけに一度、この道を歩き出すと抜け出すことができなくなる。清吉さんは顔を火箸で傷つけられかけた時、舞台に立てなくなるから、と助けてくれるよう願ったそうですが、役者にとって一等、辛いのは、舞台に立てないことです。自分が立つことができない舞台に立っている他の役者が憎くてしかたがない。それでいて、巧みな役者の芝居にうっとりと見惚《みと》れるのも嫉《ねた》み心に満ちた役者の性《さが》なのです」

寝ている豊松に海老蔵は目を遣《や》った。わが子を慈《いつく》しむ心をじっと腹に納めた政岡の顔をして清吉に言葉をかけた。

「豊松はいじめにあっても舞台を下りようとはしなかった。お前さんに会いたいばかりに我慢したのだろうが、それだけではなかろうよ。役者としての肝っ玉がすでに据わっているのだ。それはお前さんも同じことではないかね」

清吉は何も言えずにうつむいたままだ。膝に置いた手が震えている。海老蔵は清吉に憐《あわ》れむような視線を送った。

「お前さんたち兄弟はもう大坂には戻れない。では、わたしと一緒に江戸へ出たらどうだね。無論のこと辛くて苦しい暮らしが待っているには違いないが、舞台には立てるだろう」

海老蔵はそれだけを言い残して亀屋を辞した。

数日後、豊松は起き上がることができて亀屋でぼちぼちと小僧の仕事をしていたが、清吉は時おり、ぼんやりと何かを考え込んでいることが多くなった。海老蔵の興行は十一月までひと月余り行われる。もし一座に加わろうと思うのならその間に決めなければならない。

藤兵衛は、どちらでも好きな方を選ぶよう清吉に言った。清吉は藤兵衛の言葉をうつむいて聞いていたが、表情にはしだいに懊悩《おうのう》の色が浮かんできていた。

お文はそんな清吉の様子を見て、ため息をつきつつ里緒に話した。

「清吉さんは役者に戻りたいんでしょうか。わたしは亀屋で奉公を続けた方がいいと思いますが」

ともに亀屋で働きたいと願うお文の胸の内には、清吉を慕う気持があるのだろう、と思った里緒は、

「自分にはこれしかないと思えるかけがえのない道があります。清吉さんにとって、それが役者なのか、それとも亀屋で商人になることかは誰にもわかりません」

お文に諭《さと》すような言葉をかけた。口にして自分が絵師であることは何ものにも替え難い大切な道だと、あらためて気づかされた里緒は、外記も同じ考えでいるのではないか、と慮《おもんぱか》った。だから、離れ離れになって孤独な思いを抱えようが、それぞれの場所で自らが信じる道を進んでいけるのだろう。そうでなかったならば寂しさに耐え切れず江戸の外記のもとへ何としてでも行ったに違いない。

来てくれるかわからない外記を待って博多に留まっているのは、絵師として生きていきたいと願っているからだった。

里緒は様々な思いをめぐらせながら〈奈多落雁〉の下絵を仕上げていった。砂嘴《さし》が海に沈んだ先に島影が描かれ、上空を雁が列をなして飛んでいる構図が少しずつ形をなしてくる。

下絵がほぼでき上がった時、里緒はお文と清吉に見せた。奈多海岸についてきてくれたふたりが、絵をどう思うか聞いてみたかった。

離れの画室でじっと絵を見つめたお文は、

「あの時、お腹が痛くなったからでしょうか。わたしには、なんだか寂しくて悲しい景色に見えてしまいます」

とつぶやくように言った。言われて見直してみると、なるほど、哀しみが浮き上がってくるように見える。なぜだろうと里緒は首をかしげた。すると黙って絵を見つめていた清吉が、控え目に口を開いた。

「砂浜が海に沈んだあたりを地元では〈道切れ〉と言うとのことでしたが、向かう先の道が途切れているところが、ひとを途方に暮れさせ、哀しい思いをさせるのではないでしょうか」

清吉の言葉は、今後の生き方に思い悩んでいる胸の内を明かしているように感じられる。

里緒は清吉に顔を向けた。

「ですが、それは満潮の時だけだそうですよ。潮が引けば、志賀島へ続く砂浜が見えるので〈海の中道〉とも言われていると聞きました」

清吉ははっとして里緒に目を向けた。

「潮が引けば、道が現れるというのですか」

「そうなのです。清吉さんが進む道と同じかもしれませんね。潮が満ちて道が絶えたように見えても、時がたてば、また道が見えてくるのではないでしょうか」

清吉自身も気づいているはずだと思い、里緒は嚙《か》んで含めるように言った。傍《かたわ》らでお文がうつむいた。お文の気持は不憫《ふびん》ではあるけれど、どうしてやることもできない。

「春香様、わたしは博多にずっと住もうと心に決めていました。でも、いまは気持が揺れています」

苦しげに言う清吉に里緒は言葉をかけた。

「それは清吉さんに進むべき道が見えてきたからだと思います。清吉さんが胸の奥に秘めていた道が――」

その言葉を聞いた清吉はあふれる涙を拭いもせずに、うつむいて肩を震わせた。


海老蔵の芝居は十一月八日まで続き、連日、大入り札止めだった。

千秋楽に、藤兵衛は里緒とお文を芝居に連れて行った。すでに清吉は豊松とともに海老蔵に弟子入りを願い、一座に加わっていた。

博多での興行が終われば、海老蔵に従って江戸へ向かうという。終幕近くになって

海老蔵が羽織、袴姿で別れの口上を述べた。連日、多くの客が来てくれたことに感謝しつつ、

「さて、このたび海老蔵は、博多にて役者をひとり拾いましてござる。皆々様とのお別れにあたり、この役者に踊らせてみとうござりまする」

と続けた。出立に際し役者としての清吉を博多のひとびとの目に残してやりたいという海老蔵の心遣いだった。

海老蔵の口上が終わると、白無垢《しろむく》の振袖に黒い帯を締め、頭に綿帽子を被り、傘をさした女形が舞台に現れた。目の縁にさした紅と赤い唇が白い衣装に映えている。女形が鳥の所作を舞った後、さっと衣裳を引き抜くと一瞬で華やかな振袖姿の娘へと早変わりした。

二代目瀬川菊之丞が変化舞踊の一部として長唄で踊った〈鷺娘〉だが、この頃、踊られるのはまれだった。

踊りに合わせた長唄が、恋の妄執《もうしゅう》に苦しむ女心の哀感をそそる。

恋に迷った娘は白鷺となり、地獄の責めの苦しさに羽をはばたかせ苦悩にもだえて、雪が降りしきる中、息絶えてしまう。

妄執の雲晴れやらぬ朧夜《おぼろよ》の恋に迷いし我が心
吹けども傘に雪もって
積もる思いは泡雪の
消えてはかなき恋路とや
思い重なる胸の闇
せめてあわれと夕ぐれに
ちらちら雪に濡鷺《ぬれさぎ》のしょんぼりと可愛らし

女形となった清吉は、匂い立つ美しさで艶《あで》やかに舞い納めた。藤兵衛が思わず、

「ため息が出るほどきれいだ――」

と漏らした。観客は声もなく見惚れるばかりだ。お文の目から涙がこぼれ落ちた。

「清吉さんはやっぱり行ってしまうんですね」

お文にいたわりの眼差《まな》しを向けてうなずいた里緒は、舞台に目を転じた時、群れを離れていた雁が空に戻っていく様を目の当たりにしているのだと思った。

名島夕照《なじませきしょう》

一

冬の海は寂滅《じゃくめつ》とした気配を漂わせている。夕日に波が赤く染まり、涅槃《ねはん》の世界を思わせた。浜辺に打ち寄せる波頭《なみがしら》は、砕けた瞬間に雪の華《はな》が散るように白さが際立つ。

多々良川《たたらがわ》の河口に近い博多湾を望む名島《なじま》の浜に、女がひとり佇《たたず》んでいた。三十八、九のほっそりとした体つきの女だった。どことなくやつれが見える薄幸な面差しだ。

ぼんやりと海を眺めている女の後ろから中年の町人が近づいた。筒袖の羽織にカルサン袴《ばかま》を穿《は》いている。

「どうしました。まだ、心が定まりませんか」

女は振り向いて、声の主に軽く頭を下げた。うなじのほつれ毛が風に乱れて、女に風情を添えている。

「ありがたいんですけど、まだ、何と言い出したらいいのかわからないのです」

「どうして、迷うのです。あなたの娘さんを引き取りたいと言っているだけではないですか」

髪は赤茶けているが、眉は黒々と濃くあごがはった四十過ぎの男は言った。切れ長の目をしたととのった顔を女に向けて真剣な口振りで説いている。

「どんなに言っても、娘は承知しないと思います。わたしはひどい母親でしたから」

女はため息をついて海を眺め続けた。

「実の親子なんだから、会って話せばわかってもらえますよ」

男はやさしく言うが、女は頭を振って砂の上に腰を下ろした。

「わたしは、あの子に合わせる顔がないんです」

うつむいた女の目から涙が流れ落ちるのを、男はいたわしそうに見つめた。

「会いさえすれば、きっと気持は通じます。それが、血のつながりってものですよ」

男がどう説こうが女は下を向いたまま答えない。依怙地《いこじ》に身を硬くして座り込み、膝を抱えて男の言葉に耳をふさいでいる。男はその様子を見て、

「でしたら、わたしが明日、娘さんに会ってきましょう」

「そんな」

「心を籠《こ》めて話せばわかってくれると思いますよ」

男は微笑して言った。

茜色《あかねいろ》の海から冷たい風が吹きつけてくる。巣に戻る海鳥が影となってゆっくりと空を渡っていった。

女は、亀屋で里緒を助けて働くお文の母親のおりうだった。男は弥永小四郎《やながこしろう》という長崎のオランダ通詞《つうじ》だった。


里緒はお文を連れて、湊町《みなとまち》にある加瀬《かせ》屋の主人加瀬茂作《もさく》のもとを訪れていた。茂作から、

「〈博多八景〉を描くとやったら、わたしの家にある水墨画を見たらどげんですか」

と誘いがあったからだ。博多の豪商である茂作は、唐土《もろこし》の水墨画の名品を持ってい

るから見にくるよう以前から勧めてくれていた。里緒は喜んで加瀬屋の誘いを受けて訪れたのだった。奥の座敷で、馬遠《ばえん》や夏珪《かけい》、牧谿《もっけい》、雪窓《せっそう》などの南宋から元までの逸品の数々を見せてもらった後、茶菓が出された。

「結構なものを拝見させていただき、ありがとうございました。眼福《がんぷく》でございました」

感銘を受けた里緒は、いま見た絵を思い浮かべつつ礼を述べた。いずれもため息が出るほど清雅《せいが》な趣のある絵ばかりだった。茂作はうなずいて、

「〈博多八景〉は進んどりますかな」

と顔をほころばせながら言った。里緒が博多の名所を訪れていると茂作の耳に入っているのだろう。

「少しずつですが……」

里緒が言葉少なに答えると、茂作はしばらく黙った後、ためらいがちに口を開いた。

「これは、よけいなこととは思うばってん、もしも亀屋さんで〈博多八景〉を描き続けることができんごとなったら、いつでもうちに来たらよか。そんことば覚えとってください」

亀屋で〈博多八景〉を描けなくなるかもしれないというのは、どういうことだろうか。里緒は、茂作がどうしてそんなことを言うのかわからず、首をかしげた。茂作は頭に手をやって、

「やっぱり、よけいなことば言うたごたる。年寄りはせっかちになってしもうていけんですたい」

と笑った。里緒は、茂作が言いかけた言葉が気になった。

「どういうことなのでしょうか」

「口がすべっただけですけん、忘れてもらいたか」

「お世話になっておりますす亀屋様に関わることでしたら、やはりお聞きした方が」

里緒が微笑を浮かべて重ねて訊くと、茂作は苦笑いした。

「うっかり口にしたわたしがうかつやった。話さんわけにはいかんとでしょうな」

観念した様子で茂作は里緒に顔を向けて話し出した。

「この間、亀屋さんな、上方から千両箱ば運んで評判になったとば、知っとんなさりますか」

里緒は部屋の隅に控えるお文と顔を見合わせた。二人とも藤兵衛の商売の話は耳に

していない。

茂作は思いめぐらすように話を続けた。

「御救奉行《おすくいぶぎょう》の白水養左衛門《しろうずようざえもん》様が財政をあらためるためというて、あれやこれや方策を施されとりますばってん、そのひとつが、いままで御家の蔵元やった大坂の鴻池善右衛門《こうのいけぜんえもん》を他の商人に替えたことだそうで、亀屋さんが持ち帰ったのは新しか銀主からの金ですたい」

そう言われても、里緒にはどういうことなのかよくわからず、首をひねるばかりだった。茂作は、ゆっくりと話を継いだ。

「白水様は中島町で歌舞伎の興行をさせるなど、いろんな手を打って人気を浮き立たせ、博多に金が集まるようになされとります。合わせて大坂の蔵元ば替えなさって、それまでの借財を踏み倒すおつもりですたい。そうすれば、福岡や博多に金が溜《た》まって、皆が裕福になるという算段じゃなかろうかと思うとです。ばってん、これは取らぬ狸の皮算用ですたい。わたしには白水様のお考えはようできた浄瑠璃本《じょうるりぼん》のごと思えるとです」

「浄瑠璃本ですか？」

「はい、つまりは夢物語やと言いたかとです。皆が酒食で贅沢《ぜいたく》ばして芝居や相撲興行を楽しみよったら、そのまま金が集まり、おまけに借金も平気で踏み倒せるなら、こげなよかことはありまっせん。ばってん、これは絵に描いた餅《もち》じゃなかですか。言うたらですな、見るだけで、本当には食べられんで、腹がふくれんというわけですたい」

「白水様がなされていることは、失敗すると言っておられるのでしょうか」

里緒は以前、亀屋にいた白水養左衛門の妻お葉の顔を思い浮かべた。お葉は養左衛門がしようとしていることを、

「夫のすることがうまくいくとは思えません。それなのに、御家は夫の意見をお取り上げになりました。先ではきっとよくないことが起こるに違いないと気がかりでならないのです」

と言っていた。それと同じ話を茂作はしているようだ。茂作は茶で喉《のど》をうるおしてから、

「お上のなされることですけん、その成り行きをわたしがとやかくは言えまっせん。ただ、白水様を商人の立場から助けてこられたとが、亀屋さんですたい。苦しかこと

になられるかもしれんとです。そげんか時に、春香さんに〈博多八景〉ば描いてもらえるとじゃろうかと思うたとです」

と穏やかな口調で言った。まさかそんなことが、と驚いて里緒はお文と顔を見合わせた。しかし、政事《まつりごと》のことはわからないし、藤兵衛が何をしているのか知っているわけでもない。茂作の言葉に戸惑いを覚えるだけだった。


この日の昼下がりに、里緒は亀屋に戻った。帰る早々、手代から藤兵衛が客間に顔を出すように言っていると伝えられた。

「お文さんも一緒にと言っておられます」

お文はうなずいて里緒の後に続いた。茂作の話を聞いた後だけに、ふたりそろって呼ばれるのがどことなく不安な心持がした。

里緒がお文と客間に行くと、見知らぬ客が藤兵衛とともに待っていた。藤兵衛は難しい顔をして座っている。客は四十過ぎの落ち着いた物腰の男だったが、筒袖の羽織を着た様《さま》が普通の商人のようには見えなかった。

「こちらは、オランダ通詞の弥永小四郎様とおっしゃる方だ。江戸から長崎へ戻られる途中で〈長崎聞役《ながさききやく》〉の御用のため藩庁に来られたということだ」

〈長崎聞役〉とは、福岡藩や佐賀藩、熊本藩など西国十四藩が長崎に置いた役職で、長崎奉行からの指示を国許に伝えるほか、貿易品の調達などを行う。

　特に福岡藩は長崎警備を幕府から命じられており、〈長崎聞役〉は長崎での外交官として重要な役目を負っていた。先代藩主の黒田斉清《なりきよ》は海外の情報を知ることを好み、オランダ商館に赴任していた医師のシーボルトとも親交があった。いまの藩主長溥《ながひろ》も斉清に従って長崎へ行き、シーボルトに会っている。

　長崎で情報を収集するには、オランダ通詞の助けを借りなければならないはずだ。小四郎はかねてから福岡藩の〈長崎聞役〉と関わりが深いのだろう。

　小四郎は里緒に会釈をしたが、視線はすぐにお文に向けられた。お文が身をすくめると、藤兵衛が困ったような顔をして言い足した。

「実は弥永様は、お文の母御のことで来られたそうだ」

「わたしの母のことで？」

　お文は驚いて小四郎を見つめた。

「さようです。江戸から戻る途次、わたしは大坂でおりうさんと知り合いました」

「母は大坂へ行っていたんですか」

お文は呆気《あっけ》にとられた様子でつぶやいた。三年前、父親の捨吉は嫉妬《しっと》にかられて、おりうと暮らしていたやくざ者を包丁で刺し殺してしまった。おりうは不義密通者としてさらし者になった後、追放になった。どこでどう生きているのか、お文はまったく知らないで暮らしてきたのだ。

「わたしは、ひと月ほど大坂にいましたが、その間、泊まっていた旅籠《はたご》の女中さんがおりうさんでした。九州訛《なま》りがあるのに気づいて話すようになったのですよ」

お文はうなだれて小四郎の話を聞いていた。

小四郎はややためらった後に口を開いた。

「わたしはおりうさんと親しくなって、身の上話を聞きました。お文さんのお父さんのことや亡くなったひとのこともすべてです。話を交わすうちに、おりうさんを長崎に連れて帰り、女房になってもらいたいと思うようになりました。でも、おりうさんはいまでもお文さんのことを案じていて、長崎に行くならお文さんを引き取りたいというのです」

「母がわたしを引き取りたいっていうんですか」

思いがけないことを言われたとばかりに、お文は目を見開いて小四郎を見つめた。

「いま、おりうさんは名島に来ています。お文さん、一緒に長崎へ行ってもらえませんか」

小四郎の言葉を耳にするなり、お文は顔を伏せた。

肩が震えていた。

二

小四郎は、以前から知り合いである名島の庄屋屋敷におりうを預けていると話した。

「おりうさんは、お文さんを苦しめたことを後悔しているのです。少しでも母親らしいことをしたいと思っているのですよ」

小四郎がどのように言葉を重ねても、お文は頑《かたくな》に口を開こうとはしなかった。里緒が見かねて、

「お文さん、せっかく言ってくださっているのですから、お母様にお会いしたらいかがですか」

と口添えした。しかし、お文は首を横に振るばかりだった。

「三年前、いえ、その前から、わたしには母親はいないものと思ってきました。弥永様がおっしゃってくださるのに申し訳ありませんが、名島にいるひととは、わたしとは何のかかわりもないひとです」

お文は声を震わせて言った。その様子に藤兵衛と里緒は、顔を見合わせた。

「さて、どうしたものでしょうか」

藤兵衛が眉をひそめて、問いかけるように小四郎に言った。小四郎はしばらく考えてから、

「突然、押しかけてこんな話をしたのですから、お文さんが驚かれるのも無理はありません。わたしは、これより長崎聞役のお役方に出向きます。明日、名島に戻りますが、その前にもう一度、お寄りしますので、その時までに長崎に行くかどうかを考えておいていただけませんか」

とやわらかな口調で言った。だが、お文は小四郎に目を向けようとはしなかった。

小四郎を見送った里緒は、部屋に戻り、

「せっかく弥永様がお見えになってくださったということもありますが、いま会って

おかなければお母様には二度と会えないかもしれませんよ」

とお文を諭《さと》した。お文は片意地を張って、

「母は一度、わたしを捨てたんです。いまさら、一緒に行こうと言われても、聞く気になりはしません。父はいまも島流しの身の上なんです。それなのに、自分だけ幸せになろうなんて、許せません」

と言った。そう言い切られると、里緒もそれ以上の口出しはできなかった。お文の母親はいま、どんな思いで庄屋の屋敷にいるのだろうと思うと同時に、博多八景のうちで名島は、
名島夕照《なじませきしょう》
と題されているところだ、と頭を過《よぎ》った。

福岡藩には街道が六筋あり、二十七ヶ所の宿場町が設けられている。長崎街道に属する物を〈筑前六宿〉といい、それ以外を〈筑前二十一宿〉と呼んだ。

名島は関ヶ原の戦で立てた功により筑前五十二万石に入封することになった黒田長政が旧領の豊前中津から筑前に入った際、最初の居城とした城があった地だ。

長政が名島城に入ると、家臣に続いて商人、職人、僧侶たちも筑前に移った。豊前

と筑前の境である七曲峠《ななまがりとうげ》を越えて名島に到着する者や、中津から海路を船で赤間関《あかまがせき》から芦屋灘《あしやなだ》を通り名島に至る者も多かった。

名島に移った長政は家臣に屋敷を割り当て、この年の冬を過ごした。だが、三方を海に面して石垣を波が洗う〈海城〉である名島城は、居城として不便なことが多く移転を考えた。『筑前国続風土記』には、

長政公その年の冬入国されて、この城に住まれた。然るにこの城三方に海があり、一方は山続きである。城下の地域が狭く、永く大国を守り保つ地域ではない

とある。入国した翌年には福岡に城を築き、名島城の石垣、櫓《やぐら》などはことごとく崩して福岡に運ばれた。長政は福岡に移り、名島城は廃城となった。いまはさびれた村だが、名島城があったころを偲《しの》ばせる遺構もあるという。

(夕日が美しい浜辺なのだろうか)

里緒は庭に出て浜に立つ女の姿を思い浮かべ、遠くの空を見渡した。

この日の夜、お文は床についても、なかなか寝つけなかった。闇におりうの顔が浮かんでは消えて、思い出すのも辛いあの出来事が蘇《よみがえ》る。

捨吉が博打にうつつを抜かすのにたまりかねたおりうが家を飛び出した時、お文はともについていきながら母親の身の不幸を悲しんだ。

自分たちが家を出たなら、捨吉は立ち直ってくれるかもしれないと淡い望みも持った。まっとうになってくれさえすれば、また親子三人で暮らせると信じていた。だが、長屋を出て小料理屋の女中となって働くようになったおりうは、しだいに荒《すさ》んでいった。

毎晩、酒の臭いをさせて帰ってくるようになり、お文が嫌がる素振りをする度に口汚く罵《ののし》った。やがて、朝まで帰ってこない日が多くなり、二、三日家を空けるようになった。

ある日、おりうが勤めを休んだ時、遊び人の男が昼間に訪ねてきた。顔は男前だが、目つきが鋭く、堅気には見えない男だった。

おりうは酒の支度をしてふたりで飲み始め、そのうち媚《こ》びた目をして、男にしなだれかかった。男はにやけた顔で、お文をちらりと横目で見て、おりうにわざとらしく耳打ちした。

おりうは物憂げにお文に目を向け、外に行ってろ、と邪険な口振りで言った。男は、

「すまねえな。じきに終わるから」

とへらへら笑って言った。お文は耳をふさいで外へ飛び出した。家に戻ったのは日が暮れてからで、男の姿はすでになく、おりうは酔いつぶれて、着物の裾《すそ》も乱れたままだらしなく寝ていた。

お文はおりうに布団をかけてやりながら、こんなところにいつまでもいてはいけない、と思った。

ひと月ほどして、また男がやってきた。昼間だというのに、すでに酒臭い息を吐いていた。ちょうどおりうは外に買い物に出て留守だった。お文がそう言うと、男は入り口の戸を閉めて下卑《げび》た笑いを浮かべ、家の中に上がり込んだ。そして、いきなりお文に抱きついてきて押し倒し、着物の裾に手をかけた。お文は力の限りにあらがいもがいて男を突き飛ばした。その時、おりうが帰ってきた。

ふたりの様子を見るなり、おりうは血相を変えてお文を怒鳴りつけた。

「出ていけ、この泥棒猫」

お文は耳を疑った。幼いころ、お文はおりうの怒鳴り声など聞いたことはなかった。いつもやさしそうな目を細めてお文を大事に育ててくれた。それなのに、いまのおりうは男を奪われそうになって若い女に嫉妬する浅ましさを露《あら》わにして目を吊《つ》り上げている。

泣きながらお文は家を出て捨吉が住む長屋に向かった。その日の夕暮れ、長屋に着いたお文を見た捨吉は、びっくりしたように目を瞠《みは》った。会わない間に痩せて頬がこけ、見る影もないほどやつれていた。

「おりうも一緒か」

捨吉はお文の後方を見遣りつつ嬉しそうに訊いた。お文が頭を振ると、捨吉は見るがっかりした顔になった。

(わたしより、母さんに戻ってほしかったんだ)

お文は胸の奥が痛み、おりうに男がいることを話せなかった。

お文が捨吉のもとに戻ってしばらくたったころ、どこからか、捨吉はおりうの噂を聞き込んできた。長屋に戻るなり、

「おりうは、やくざ者とできているらしいな」

とお文に訊いた。捨吉の目が血走っているのを見て、お文は体に震えが走った。何も言えずに黙っていたが、しつこく訊かれてたまらずに、おりうが留守の時、男に襲われそうになったと話してしまった。

「なんだと」

ぎらぎらした目で捨吉はお文をじっと見つめていたが、ふいに顔を真っ赤にして、

「野郎」

とわめいて立ち上がった。そのまま捨吉は長屋を飛び出していった。

捨吉が何をしに出て行ったのか、お文にはわからなかった。ただ、恐くて部屋の隅で震えていた。やがて、雨が降り出した。

夜になって町役人がやって来て、お文を遠い町の番所に連れていった。そこには縄で後ろ手に縛られ、顔に返り血を浴びた捨吉がいた。

「父さん」

お文は捨吉に取りすがろうとして、町役人に引き戻された。捨吉はおりうの相手のやくざ者の家に怒鳴り込んだが、逆にさんざん殴られたあげく放り出されたらしい。

それが悔しくて魚屋の出刃包丁を持ち出してやくざ者を刺してしまったという。

驚くあまりお文は涙すら出なかった。間もなく捨吉は島流しとなり、おりうは不義密通の咎《とが》で十日の間、辻《つじ》でさらし者にされて所払《ところばら》いとなった。

お文は、さらされているおりうを一度だけ見に行った。立札が立てられたさらし場の地面に座っているおりうに声をかけようとしたが、髪を振り乱し、汗と垢《あか》に汚れた姿を見ると言う言葉が見つからず、逃げるように長屋に戻った。

その後、親戚や知り合いの家を転々としたお文は、二年後に亀屋で働く場を得て、ようやく気持が落ち着いた。だが、両親のことはいつも頭を過《よぎ》り、胸に重くのしかかっていた。

わたしは、人殺しの父親と密通の咎《とが》でさらし者になった母親の娘なのだ。まっとうに生きようとしても、そのことはついてまわるに違いない。

一生、幸せになどなれるはずがない、と思っていた。

だが、きょう亀屋を訪れたオランダ通詞の弥永小四郎は、おりうを長崎に連れて帰り、女房にするという。

（あんな母親がどうして、またひとの女房になんかなれるんだろう）

お文は眠れぬままに起き上がった。胸がざわめいていた。

自分はこんなに辛い気持を抱いて生きているのに、母親がひとの女房になろうとしているのは許せない気がする。捨吉はいまも島で苦しい暮らしをしているのだ。それを平気でおりうはオランダ通詞の妻になるというのか。

お文は立ち上がった。のどが渇いて、台所で水を飲もうと思った。真っ暗な廊下を壁を伝って歩きながら、

どうして、どうして

という言葉が頭の中でぐるぐるとまわり、悔しくて涙が出てきた。

また母親に捨てられるのではないだろうか。自分を引き取りたいと言ったのは、おりうのおためごかしに決まっている。長崎へ向かう途中で博多の近くを通るついでに、ちょっと声をかけただけなのだ。一緒に行きたいとお文が言えば、きっとまた迷惑そうな顔をするのではないか。

台所の格子窓から月の光が薄く差し込んでいた。お文は土間に下りて、水瓶《みずがめ》から柄《ひ》杓《しゃく》で水を汲んで飲んだ。

何気なく目を遣ると、かまどの傍《そば》に残った熾《おき》を入れておく〈火消し壺〉や火吹き竹、まな板や二、三の包丁がかけてあるのが目に留まった。

包丁の刃が月光に鈍く光った。恐る恐るお文は細身の刺身包丁を手に取った。捨吉はこんな包丁でやくざ者を刺したのだ。思ったとたんに包丁を持つ手が震えた。刃が血に染まって真っ赤にぎらついているように見えた。

お文は小さく悲鳴をあげて包丁を戻すと、足早に部屋へ戻っていった。

三

翌日の昼下がり、小四郎はふたたび、亀屋を訪れた。藤兵衛と里緒がきのうと同じ客間で応対した。小四郎は穏やかな表情で、

「お文さんはいかがお考えでしょうか」

と訊いた。里緒は眉を曇らせて、

「きのう話してはみたのですが」

と答えながら、藤兵衛を見た。

「何分にも若い娘のことですから、まだ気持が落ち着かないのではありますまいか」

藤兵衛が答えると、小四郎はため息をつき、

「やはり、さようですか。おりうさんには、きっとわかってもらえると言ってきたのですが」

とおりうを思い遣る口振りで言った。里緒はうなずいて言葉を添えた。

「いまは無理でも時をかければ、お文さんもわかってくれると思います」

「それを待つしかないようですな」

小四郎がやむを得ないと帰る素振りを見せた時、お文が敷居際に膝をつき、頭を下げた。

「お文さん」

小四郎が驚いて声をかけると、お文はゆっくりと顔を上げた。里緒はお文の顔を見てはっとした。お文は、日頃にない青ざめた顔色をしている。

「きのうは、わからないことを申しまして、すみませんでした」

お文はかすれた声で言った。

里緒はお文の顔を見て胸が痛んだ。一晩中、寝ることができずに泣き通していたのだろう、瞼《まぶた》を赤く腫《は》らしている。

小四郎は喜色を浮かべた。

「それでは長崎に一緒に行ってもらえるのですね」

「いえ、そのことはまだ、決心がつきません。でも、母には会っておいた方がいいと思ったんです」

昨日と変わりない様子を見て、藤兵衛が案ずるように、

「無理をすることはない。気持が落ち着いてから長崎へ行ったらいい」

と声をかけた。

「でも、せっかく母が名島で待ってくれているのですから」

消え入るような声でお文は答えた。小四郎は何度もうなずいて、

「まず会ってみて、どうするか心を決めればいいですよ」

と言うと、藤兵衛に顔を向けた。

「こちらにおりうさんが来ることができるといいのですが、何分にも所払《ところばら》いの身で、お奉行所に憚《はばか》りがあります。お文さんに名島まで来ていただかねばなりませんが、よろしいでしょうか」

「それは、かまいませんが」

言いかけて藤兵衛は里緒を見た。里緒は思いをめぐらす表情をしてお文の横顔を見

つめていたが、藤兵衛を振り向き、

「わたくしもお文さんと名島に参ろうと思います」

と言い出した。

「春香様もご一緒にですか」

藤兵衛は怪訝《けげん》な顔をした。母親に会いにいくだけのお文に、どうして里緒が同行するというのかわからない、と首をかしげている。

「はい、名島は〈博多八景〉のひとつです。いずれ行くつもりでおりましたので、お文さんについて行くのが都合がいいように思いまして」

「なるほど」

うなずきながらも、藤兵衛は里緒の顔をうかがう眼差しで見つめた。

里緒は何か気にかかることがあって、名島に出向くと言い出したと察した面持ちをしている。〈博多八景〉を描くためというのは、あつらえ向きの口実だと思われた。

藤兵衛はちらりとお文に目を遣ってから膝を叩いた。

「それは好都合ですな。〈博多八景〉の下絵のために行かれるのでしたら、いつものことです。遠慮なく行っていただいて構いませんよ」

笑顔を向ける藤兵衛に、小四郎は頭を下げた。

「ありがとう存じます。さぞや、おりうさんが喜ぶことでしょう」

おりうの名を聞いて、お文は膝に置いた手を握りしめた。

藤兵衛は名島へ向かう三人のために駕籠《かご》を呼んだ。小四郎はしきりに遠慮したが、藤兵衛は笑って言った。

「駕籠で行かれた方が何かと安心でございましょう」

含みのある藤兵衛の言葉に、小四郎は少し考える風だったが、すぐに、

「ありがたくお受けします」

と礼を述べた。里緒とお文は部屋に戻って身支度をした。お文は手鏡を入れている小さな木箱の前に座った。取り出した手鏡に映った自分の顔を見て、

（わたしは母さんに似ているのだろうか）

と思いながら、木箱の中に手を差し入れ、ひやりと冷たい手ざわりの物を取って袂《たもと》に入れた。

髪をととのえてから廊下に出て、店の表で駕籠に乗ったおり、お文の顔は血の気を

失い、強張っていた。里緒や小四郎に声もかけず、思い詰めた目をしている。

駕籠に揺られていく間中、里緒はお文のことが気がかりだった。お文が母親に会いに行くと言いだした時、里緒は不安を感じた。

（いつものお文さんじゃない。何かに憑《つ》かれている様が見受けられる）

博多から名島までの道のりはおよそ二里ある。途中、霰《あられ》が降り出して、駕籠の屋根でぱらぱらと音をたてた。駕籠かき人足は六人とも若く、頑丈そうな体つきをしており、威勢のいい掛け声を合わせて駆けていった。

時おり、木枯らしが吹きつけ駕籠の中で里緒は寒さに身を縮めた。博多の町を出たあたりの道沿いに竹垣があった。風が吹き抜けて寂しげに笛のような音を発した。

虎落笛《もがりぶえ》だ。

冬の烈風が垣根などに吹き寄せて鳴る音を虎落笛というと、里緒は亡くなった父から聞いたことがあった。

同行するお文の胸中にも虎落笛のような寂しい響きが吹き通っているのではないだろうか。物悲しい風の音に包まれて駕籠は進んでいく。

三人が名島の庄屋屋敷に着いたころ、すでに日は傾き始めていた。いったん屋敷に

入った小四郎が出てきて、

「おりうさんは浜にいるそうです」

と告げて、先に立ち、ふたりを案内した。五町ほど歩くと松林の先にある浜辺に出た。

海は黒ずみ、波が白く泡立って押し寄せている。どんよりと低く垂れ込めた雲の間から夕日がのぞき、あたりの雲を茜色《あかねいろ》に染めていた。

小四郎の後をついていくうちに、砂地に腰を下ろして海を眺めている、ほっそりとした女の後ろ姿が見えた。

――おりうさん
小四郎が呼びかけると、おりうは振り向いて立ち上がった。小四郎の後ろから女がふたり歩いてくるのを見て、一瞬、驚いた仕草をした。

「お文」

近づいてくるお文を見たおりうは、信じられないという面持ちでつぶやいた。小四郎はおりうの傍《かたわ》らに立ち、

「お文さんが来てくれましたよ。じっくり話せばきっとわかってもらえます」

と笑顔で言った。

お文は能面のように硬い表情をしたまま近づき、ふいに左の袖に右手を差し入れた。

その動きを見た里緒が、

「お文さん、何をするんです」

と叫び声を上げた。その声に息を呑んだ小四郎は、素早くお文に近づき、袖に手を入れた。お文の腕を片方の手で押さえ、もう一方の手を袖から出した時、小四郎の指の間から血が滴《したた》り落ちた。

「小四郎さん」

おりうが真っ青な顔をひきつらせた。

小四郎は、お文が持とうとしていた剃刀《かみそり》を刃ごと握って、もぎ取ったのだ。懐紙を取り出し、剃刀をくるんで懐に入れた後、血に染まった手をゆっくりとぬぐい、手拭《てぬぐい》でしばった。落ち着いた表情のままだ。

お文は蒼白《そうはく》な顔をして茫然と立ち尽くしていたが、わっと泣き声をあげてその場に膝をついた。里緒は駆け寄ってお文の肩を抱いた。

「お文さん、さぞや苦しかったんでしょう。何も気づかず、ごめんなさいね」

やさしく言いかける里緒の言葉を聞いたお文は、しゃくり上げながら途切れ途切れに話した。

「父さんが、知ったら、どんな気持になるだろうかと思うと、どうしても母を許せなくなって」

肩を震わせ続けるお文を気遣いつつ、里緒はおりうに顔を向けた。

「お文さんはとてもやさしい娘さんです。こんなことをしでかすひとではないのですが、悲しすぎて、思い余ってしまったのだと思います」

おりうは浜に座り込んで、

「わたしが、悪かったんだ。戻ってきたりしちゃあいけなかったんだ。みんなわたしが悪いんですよ」

と言って、嗚咽《おえつ》した。すると、お文はたまりかねたように、

「わたしはね、母さんが博多に戻って、島から戻ってくる父さんを一緒に待って欲しかった。それなのに、長崎に行ってしまうなんて、それもこのひとの女房になるなんて、あんまりだ」

と悲鳴のような声で叫んだ。お文の傍らで小四郎は片膝をついて語りかけた。

「お文さんは、苦しい思いをされましたね。親を恨むのも無理はありません。その気持はわたしもよくわかります。わたしも親を恨んで生きてきましたから」

小四郎のしみじみとした言葉に、お文は涙に濡《ぬ》れた顔を上げた。小四郎はやさしくうなずいてから口を開いた。

「わたしは唐人の商人が長崎の遊女に産ませた子なのです。生まれてこの方親の顔を見たことはありません。しかも、唐人の子だというだけで、幼いころよりいじめられて育ちました。この世に生まれてよかったと思うことは、何ひとつなかった」

小四郎の声は凍《い》てつく北風にのって浜辺を渡っていった。

おりうが痛ましげな目をして小四郎を見た。

四

「長崎にはオランダ商館がある出島とは別に、唐人の居留地の〈唐人屋敷〉があるのです」

と淡々とした口調で小四郎は話した。

清国との交易は長崎一港に制限されており、来航した清国人たちは長崎市中に投宿していたが、幕府は密貿易を取り締まるため、十善寺郷《じゅうぜんじごう》の薬園跡に唐人屋敷を建てた。

およそ九千四百坪の広さがあり、周囲を練塀《ねりべい》で囲み、その外側に堀をめぐらした。さらに周りを空地にして竹垣で囲った。

門の脇には番所が設けられ、無用の出入りを改めた。内部には長屋数十棟が建ち並び、二千人が暮らすことができた。

〈唐人屋敷〉は長崎奉行所の支配下に置かれ、町年寄などの地役人が管理した。唐人たちは寺参りが認められるだけで、みだりに外出することを許されなかった。それでも丸山町の遊女が〈唐人屋敷〉に出入りするのは許されていた。

丸山遊女は、交易品の生地で仕立てられた衣装と、べっ甲細工の櫛《くし》やかんざしの豪華な装いで江戸にまで知られていた。

唐人と遊女の間に生まれた子は、長崎奉行所に出生を届けたうえで、母の実家の籍に入り、日本風の姓名を名乗るしきたりだった。これらのひとびとの中には、趙陶《ちょうとう》斎《さい》や芝屋勝助《しばやかつすけ》など学者、文人として名を成した者もいた。

「ですが、それは母親の実家がしっかりしていたおかげです。わたしは〈名付遊女《なづけ》〉が産んだ子でしたから」

〈名付遊女〉とは、もともと遊女ではなかったが、唐人の相手をして暮らしを立てようと、遊女の名義だけを借りて〈唐人屋敷〉に通った女なのだという。

小四郎の母親は〈名付遊女〉として〈唐人屋敷〉に通い、やがて身籠《みごも》った。だが、実家には戻らず、遊女屋の世話になってひとりで小四郎を産んだ。父親の唐人商人は、間もなく交易船に乗って故国に戻り、小四郎の顔を見に来ることもなかった。母親も小四郎が三歳の時に、いずこともなく姿を消してしまった。

「唐人を客にすれば金になりますから、それが目当てだったのでしょう。ですから、わたしは生まれながらに厄介者で、あちらこちらをたらい回しにされて、大きくなりました」

唐人屋敷からは時おり、養い金が届けられたが、やがてそれも途絶えると小四郎は行き場を失った。幸い地役人の中に世話をしてくれるひとがいて、オランダ通詞か唐通詞のもとで働きながら言葉を学ぶよう勧めてくれた。

「それでオランダ語を学んで通詞になったのですが、唐人の言葉だけは覚えようとは思いませんでした」

　それほど自分を産み捨てにした親を憎んでいたのだ。オランダ通詞になってから、父母のことを知ろうと訊《たず》ね歩いたが、何もわからなかった。父が若い商人で母を大層気に入って、他に客をとらせない〈仕切《しきり》遊女〉にしていたということを後で知った。だが、遊女との間に生まれた子を唐人屋敷で育てることは認められていたのに、父がどうしてそうしなかったのかはわからない。

　訊ね回るうちに、〈唐人屋敷〉を古くから知る地役人のひとりが、小四郎の父は若く、身分ありげで何らかの理由があって日本を去らねばならなかったらしい、と教えてくれた。父は長崎を去る前、母によく笛を吹いて聞かせていたという。その笛の哀調を帯びた音色を、なぜかいまも覚えているということだった。

　これらの話は、小四郎にとって何の縁《よすが》にもなりはしなかった。

　四十過ぎになるまで妻帯しなかったのは、子ができても悲しい思いをさせるかもしれないと、危惧《きぐ》を抱いていたからだと小四郎は話した。

　寒さにかじかむ両手を抱きつつ、お文がふと思いついたように訊いた。

「母さんは、弥永様にとって心を打ち明けられるひとなのでしょうか」

小四郎は力強くうなずいて話を続けた。

大坂の宿で熱を出して寝込んだことがあったおり、親身になって世話してくれたのが、おりうだったという。やがて親しくなったふたりは、どちらからともなく身の上話を語った。おりうは博多であったことを隠さずに話して、泣き伏した。

「わたしには、おりうさんが背負いきれないものを引き受けてしまったひとだとわかりました。日がたつうちに、おりうさんはわたしに心を開いてくれました。ですが、どんなに長崎に行こうと誘っても、おりうさんはなかなか承知してくれませんでした」

「どうしてですか」

おりうが、すぐに長崎に行くことを決めたのだろうと思っていたお文は驚いて訊いた。小四郎は身を乗り出した。

「お文さんのことが気がかりだったからです。おりうさんは、あなたに謝りたくて大坂から戻ってきました。そして、あなたが許してくれるのなら、一緒に長崎に連れていきたいと思ったのです。許してもらえなかったら、大坂に戻り、長崎には行かないつもりなのです」

「そんな」

「お文さんは、お父さんを一緒に待ってもらいたいと思っているのでしょうが、あなたのお父さんとおりうさんの間のことでは、ひとが亡くなっています。ですから、元通りに戻ることは許されないと思ったおりうさんは、あなただけでも幸せにしたい、と願っているのです」

小四郎は諄々《じゅんじゅん》と諭すように話した。お文はうなだれて聞いていたが、やがて、

「どう言ったらいいのか、わたしにはわかりません」

とか細い声で答えた。里緒が寄り添って、

「お文さんが心を定めるには、もう少し時がかかると存じます。お待ちいただくわけにはいかないでしょうか」

と言うと、小四郎は微笑を浮かべて口を開いた。

「わたしは博多から長崎まで船で参ろうと思います。それまで十日ほどでしたら、こちらに留まることができます。その間に考えていただければ、十日後にわたしがまたご返事をうかがいに参ります」

傍らでおりうが、悄然《しょうぜん》とした面持ちで目を閉じた。

この日の夜、里緒とお文は亀屋に戻った。

お文はその後、おりうのことは口にせず、黙々と働いた。里緒も特に話を向けることはなく、〈名島夕照〉の下絵に取りかかった。

これまでは水墨画のように墨一色で描いてきたが、この絵は紅色を差そうと思った。墨で描いた上から、紅色を置いていくと、名島海岸の鮮やかな夕景が浮かびあがってくる。時おり、茶を持ってきたお文は、その都度、座り込んで絵に見入った。

一応の下絵ができると、里緒は藤兵衛を呼んで、〈名島夕照〉を見せた。傍らにお文が控えた。

「まだ、仕上げねばならないところはあるのですが、おおよそ、このような絵になります」

里緒が示す絵を眺めた藤兵衛は、大きく嘆息を漏《も》らした。

松林を控えた海岸が薄く朱に染まり、それはそのまま海に広がり、棚引く雲をも染めている。それでいて、墨の色が滲《にじ》むように浮き出て、風景を力強く描いている。

「いままでの景色に比べて、何とも艶《あで》やかですな」

と言った藤兵衛は、お文に視線を遣《や》って、言葉を継いだ。

「この絵の中にはお文の心も描かれているようですが、違いますかな」

里緒は、静かにお文に顔を向けた。

「お文さんはこの絵をどう思われましたか」

お文は唇を湿らせて、ためらいがちに答えた。

「とてもはなやかできれいだと思いましたが、この絵には何となく温かいものがあるような気がします」

答えてなお、お文は絵に見入った。里緒はそんなお文を気遣う風に、

「夕日の朱色は美しく、哀しい気がしますが、お文さんは名島で夕景とは違う赤い色を見てしまいました。弥永様の手から流れた赤い色です」

小四郎が剃刀で傷を負ったことを言われると、お文は辛そうにうつむいた。剃刀を握った小四郎の手から血が滴《したた》り落ちる光景が脳裏から消えることはなかった。

「血の赤は酷《むご》い色に見えたでしょうが、わたくしはあの時、血の色に温かなひとの思いを感じました。弥永様はおりうさんの娘であるお文さんを、身内同様に思っておられるのではないでしょうか。ですから傷つくことも恐れず剃刀を握られたのでしょ

う」

里緒の言葉に、お文はわずかにうなずいて、
「どうすればいいのか、いまも決心がつかないのです。弥永様がおやさしい方なのはわかります。でも、わたしは」

と言って口ごもった。それに構わず里緒は言葉を続けた。
「おりうさんを弥永様に取られてしまうのが恐いのではありませんか」

しばらく考えた後、お文は泣き顔になった。
「そうだと思います。母が遠くへ行ってしまうのは嫌なのです。わたしはどうしたらいいのでしょうか」

お文は子供に返ったような言い方をした。
「わたくしもお文さんがどうすればいいか言ってあげることはできません。ただ、わたくしが名島の海岸で見た夕景色は、あなたを思うおりうさんと弥永様おふたりのお気持が映ったかのように温かくあざやかでした。それだけを伝えておきたかったのです」

お文は涙ぐんだままうつむき、傍らで藤兵衛は大きくうなずくのだった。

翌日は昼過ぎから、白い花が舞うに似た雪がちらついた。

亀屋の前で、小四郎は肩先についた雪を払って訪《おとな》いを入れた。客間で待つほどに、藤兵衛がお文を連れてきた。里緒が寄り添っている。

出された茶をひと口飲んで小四郎は微笑した。

「お文さん、心は定まられましたか」

訊かれたお文は手をつかえて頭を下げた。寒さのためか指の先が赤くなっている。

「何度もご足労をおかけして申し訳ございません。どうか母のことをよろしくお願いいたします」

「それでは」

小四郎が息を詰めて見つめると、お文は顔を上げた。

「わたしは長崎に参ることはできません。わたしまでいなくなったら島から帰る父を待つ者がいなくなります。だけど、母には長崎に行って幸せになってもらいたいと思います。わたしたちはどんなに離れたところにいても、母と娘であることに変わりありません。母が幸せになって生きていてくれれば、わたしも幸せなのだとようやく気がつきました」

目に涙をためながらも、お文は微笑《ほほえ》んでいた。

お文の言葉を聞いた小四郎は、何も言わずに目を閉じた。その様子を見たお文は不安な目を里緒に向けた。里緒は黙ってうなずいた。

小四郎の目には涙が滲んでいた。うつむいて気を落ち着かせた後、小四郎は顔を上げてお文を見た。

「お文さんのいまの言葉を、何よりうれしいものと聞きました」

お文はほっとした顔になった。

「お話ししたように、わたしは父母の顔さえ知りません。ですが、親であり子である限り、どれほど離れていようが、そのことは変わらないのだ、とお文さんに教えられた気がいたします」

と告げる小四郎に、お文は真剣な表情で訊いた。

「母を長崎に連れていってくださいますか」

「無論のことです。お文さんが一緒でなければ、おりうさんは寂しい心持がするでしょうが、まだまだ先があるのです。いつの日にか必ずと願い、一日一日を大事に過ごしていれば、きっと思いはかなうとわたしは信じております」

小四郎は力強く言い切った。里緒が安堵《あんど》したように、

「おりうさんが出会えたのが、弥永様でまことにようございました」

と言うと、小四郎は手を振って苦笑した。

「いえ、わたしは、父母に捨てられたと恨んで生きて参った男です。そんなわたしでも、いつも心の中で詠《うた》っている歌がひとつだけあるのですよ」

唐人屋敷で唐人が無聊《ぶりょう》を慰めるために吹く笛の音の物寂しさを詠《よ》んだ漢詩に呼応して、江戸の文人、大田南畝《なんぽ》が詠んだ歌だという。


故郷をしのびしのびの笛の音にみぬもろこしのつてぞ聞ゆる

「わたしは父の故郷である唐土を知りません。時々、この歌を口ずさみながら、どんなところなのだろう、と思い浮かべてしまうのですよ」

里緒は小四郎が抱いてきた孤独の深さを思って胸が詰まる思いがした。

小四郎の胸中にはいつも虎落笛が吹いていたに違いない。その寂しさがおりうによ

って埋められるならば、それは、やがてお文の幸せにもつながっていくだろう、と里緒は思った。

庭では雪が霏々《ひひ》として降り始めていた。

香椎暮雪《かしいぼせつ》

一

数日来の大雪がようやく小降りになった日、里緒の兄弟子の春楼が亀屋を訪れた。笠をかぶり、合羽を着るという雪に備えた姿の春楼は、店先で肩の雪を払った。

「やれやれ、こんなに降り積もった雪の中を歩くとは思わなかった」

とぼやいて、春楼は雪に濡れた頬《ほお》を手拭でぬぐった。店先に出てきた里緒は、春楼が相変わらず小太りのずんぐりした体つきで変わった様子がないのを見て、ほっとした心持になった。

「ずい分と寒そうですが、お上がりになりませんか。奥でお茶を差し上げましょう」

里緒が言うと春楼はあいまいな笑いを浮かべて頭を振った。

「いや、ゆっくりしてもいられないのだ。これを先生にお届けしなければならないのでな」

春楼は腰に紐《ひも》で吊った竹筒を指差した。

「それは——」

「不老水だ。今朝方、早くに出かけて香椎宮《かしいぐう》でいただいてきた」

「どうして先生に不老水を？」

里緒は不安な面持ちで訊いた。香椎宮は博多から東へ三里ほど行ったところにある神社で、熊襲《くまそ》征伐の際にこの地で没した仲哀《ちゅうあい》天皇の霊を神功《じんぐう》皇后が祀《まつ》ったのが始まりとされる。

元来は神社ではなく廟《びょう》で、〈香椎廟〉と称されたらしい。古来より朝廷の崇敬が厚く、伊勢、石清水《いわしみず》などとともに本朝四所の一つとされている。

〈不老水〉は香椎宮そばの山中にある湧水《ゆうすい》で、仲哀天皇に仕えた武人武内宿禰《たけのうちのすくね》が天皇と皇后に献上する飯を炊くために利用した水だと伝えられる。

宿禰自らもこの湧《わ》き水を食事や酒造りに用いた。このため宿禰は三百歳を越える長寿を保ったという言い伝えがあることから〈不老水〉と名づけられたそうだ。

〈不老水〉は文字通り、不老長寿の御利益があるとして病人に飲ませることがあると耳にしたことがある。ひょっとして師の衣笠春崖の具合が悪いのだろうか。そう言えば去年、屋敷を訪ねた時、春崖は咳《せき》をして顔色もすぐれなかった。

「春楼さん、もしや先生は病に臥《ふ》せっておられるのでしょうか」

里緒に訊かれた春楼は困ったような顔をした。

「先日から、寝ついてはおられるのだが」

「それでは、わたくしも一緒にお見舞いにうかがわせていただきます」

里緒が言うと、春楼は少し考えてから、

「やはり、話しておいた方がいいかもしれないな」

とつぶやいた。里緒がもう一度奥に来るよう勧めると、春楼は黙って下駄を脱いだ。

店にあがり、奥に進んで里緒の居室に入った春楼は、お文がいるのを見て、

「すまないが、ふたりだけで話したいことがあるのだが」

と申し訳なさそうに言った。気をきかせてお文が下がると、春楼は里緒の前に座ってため息をついた。

「どうなさったのですか。先生はそんなにお悪いのでしょうか」

眉《まゆ》を曇らせて言う里緒に、春楼は重々しくうなずいて腹のあたりをなでた。

「どうも、胃ノ腑《ふ》に腫物《しゅもつ》ができておられるようで、それが悪いのではないかという医師の診立《みた》てだ。すっかりお痩《や》せになられて、半年はもたないかもしれない、と医師は言っている」

「そんな――」

春崖は里緒にとってかけがえのない師だ。女である里緒を他の弟子たちと分け隔てなく教え、導いてくれた。外記とのことがあって破門されたものの、絵師の道に戻れるよう慮《おもんぱか》ってくれたのも春崖だった。里緒が絵師として生きてこられたのは春崖あってのことだ。

「春楼さん、先生にもしものことがあったら、わたしはどうしていいかわからなくなりそうです」

里緒が涙声で言うと、春楼は怒ったような顔をしてうつむき、

「わたしだって、そうだ」

と言いながら膝《ひざ》に置いた拳《こぶし》を握りしめた。そして、低い声でつぶやくように言い足

した。

「だが、いまはそんなことは言っていられない。先生の最後の願いをかなえてさしあげたいのだ」

「最後の願いがあると先生は言っておられるのですか」

「そうなのだ。ある女のひとにひと目だけでも会いたいとおっしゃるのだよ」

言い難そうに春楼は口ごもった。何かわけがある話になりそうだと思った里緒は、部屋の外に誰かいないか様子をうかがってから声をひそめて訊いた。

「どのような方なのです」

「それが、先生が三十年ほど前に知っておられた方で、お雪様と言われるそうだ」

里緒が黙って先をうながすと、春楼は話を続けた。

「御家中の身分ある方の奥方様だったらしい」

「縁付いておられる方ですか」

里緒は眉をひそめた。春崖は妻を娶《めと》らず、永年《ながねん》、独り身を通しており、親戚から迎えた養子に跡を継がせることにしていた。春楼は、ごほんと咳払いしてから、

「先生はどうもその方に恋焦《こいこ》がれて奥様を迎えられなかったらしい」

「そうだったのですか」

　里緒がため息まじりにうなずくと、春楼はあわてて付け加えた。

「もちろん先生のことだから、不義密通などなさらなかったと思うが、いまになるまで忘れかねておられるところを見ると、おふたりはお互いを思い合っていたのに、許されぬ恋だとあきらめられたのではないだろうか」

「余命を覚《さと》られた先生は、いま一度その方にお会いになりたいと思われたのですね」

　春崖は今年、五十九歳になる。三十年ほど前の話だとすると二十八、九歳のころに出会ったお雪というひとはいま何歳なのだろう、と里緒は思った。春楼はそれを察したらしく、

「お雪様は先生より、七、八歳年下であったそうな。そうだとすると、いまは五十を過ぎておられようか」

と言い及んだ。里緒は五十路《いそじ》の品がよい武家の女人を思い浮かべた。絵師である春崖が恋したというのなら、姿形も美しい人だろう。

「先生が想いをかけた方なら、わたくしも一度お目にかかりたいです」

　何気なく里緒が言うと、春楼は頭に手をやって打ち明けた。

「実は、きょう香椎宮まで行ったのは、そのお雪様に会おうと思ってだ」

「香椎宮の近くにお住まいなのですか」

「そうだ。武家の奥方だったが、御子はおられず、御主人が亡くなられた十年ほど前から香椎宮の近くで庵《いおり》を結ばれ、家中の子女に茶の作法を教えておられるそうな」

「では、お会いになって、先生のことを話されたのですね」

「いや、それができなかったのだ」

　春楼は困惑した表情で話した。

　この日の早朝、福岡にある春崖の屋敷を出た春楼は、昼には香椎宮に参拝して、〈不老水〉を竹筒に汲《く》んだ。雪が降りしきる中を、庵を探し回ってようやくたどり着いた。

　下僕らしい老爺《ろうや》がいたので訪《おとな》いを告げると、造作なく客間に通してくれた。だが、客間で待つうちに現れたのはふたりの尼僧《にそう》だった。ふたりはそれぞれ、

　――湖白尼《こはく》
　――恵心尼《えしん》
と名のった。いずれも五十過ぎに見受けられたが、衰えを知らぬ素顔が若々しい女

人だった。春楼は、衣笠春崖の弟子でお雪様というひとを訪ねてきたと話したが、ふたりは驚いた様子もなく黙って聞いている。

「お雪様はどちらの方でございましょうか」

春楼が恐る恐る訊くと、ふたりの尼は顔を見合わせ、やがて湖白と名のった尼僧が微笑して、

「わたしどもは仏門に入ったおりに俗世での名を捨てました。お話があるのでしたら、ふたりそろってうかがいましょう」

と言った。

そう言われた春楼は重ねて問う言葉を呑《の》み、すごすごと帰ってきたという。

春崖とお雪の間に不義はなかったと信じてはいるが、仮にも人妻であったひとに想いを寄せたなどと大っぴらにできる話ではない。まして春崖の余命がいくばくもない、と他人の前で言う気にはなれなかった。

「お心持はよくわかります」

師の恋に関わることを迂闊《うかつ》に言えなかったという春楼の気持は痛いほどわかる。しかし、春崖の末期《まつご》が旦夕《たんせき》に迫っているとするなら、そのまま放っておくわけにはいか

ない。

きょうは突然の訪問で言いかねたにしても、あらためて訪ねて事情を話した方がよさそうだ。

里緒がそう言うと、春楼は首を横に振った。

「ところが、話はそう簡単じゃないのだ」

春楼は庵から戻る道すがら、近くの茶店で庵に住む尼僧のことを訊いてみた。茶店を営む老夫婦が、ふたりは福岡藩の大身の奥方と側室だったらしいという噂《うわさばなし》話を教えてくれた。

奥方と側室が同居しているのか、と驚いたが、主人が亡くなった後、ともに子がなく、寄る辺もないふたりは身を寄せ合うようにして暮らしているのだという。

「そんなことが……」

話を聞いて、驚きの声をあげそうになった里緒は口を押さえた。

「わたしもまさかと思ったが、道々考えているうちに本当のような気がしてきた。そうなると、どうやって先生の願いをかなえられるのかわからないので、春香に相談しようと思って寄ったのだ」

もしふたりが奥方と側室だったとしたら、なおさら春崖のことは軽々しく口にできない。奥方であるお雪に春崖が思いを寄せていたなどと言えば、それを聞いた側室が何を言い出すかわからなかった。

「困りましたね」

里緒がため息をつくと、春楼は膝《ひざ》を乗り出した。

「そこでだ、春香が庵を訪ねて、どちらの尼僧がお雪様なのかを見極めて、先生にお会いしていただくよう頼んではもらえないだろうか」

「おふたりを並べて、どちらがお雪様かと見定めるなどわたくしにはできそうにありません」

「いや、春香ならできると思って頼んでいるのだ。どうしてかというと、お雪様は昔、先生の絵のお弟子で、女絵師として知られたおひとだったそうだからだ。同じ女絵師である春香ならきっとわかるだろう」

——女絵師

という言葉が里緒の耳に残った。

二

翌日、里緒はお文を供にして春崖の屋敷へ向かった。

いまにも雪がちらつきそうな曇天《どんてん》で、雪でぬかるんだ道は歩くのに難渋《なんじゅう》した。歩みを進めながら、ほどなく師との別れがくるかもしれないという思いにとらわれた里緒は気持を沈ませた。

屋敷について訪いを告げると、すぐに春楼が出てきて奥に案内した。里緒はお文に玄関に近い小部屋で待つように言い置き、春楼に続いて奥の部屋に入った。

春崖は画室として使っていた部屋に床をとり、臥《ふ》せっていた。枕の近くには画帳や巻物が置かれ、そのまわりに屏風《びょうぶ》が立てまわされている。

病床の春崖は痩せて顔色もすぐれなかったが、傍《かたわ》らに座った里緒にわずかな笑みを見せた。

「よく来てくれたな」

「お加減が悪いのも知りませず、お見舞いが遅くなり、申し訳のうございます」

里緒は涙をこらえて手をつかえ、深々と頭を下げた。

「なんの。きょう、顔を見せてくれて何より嬉しいぞ」

春崖はかすれた声で言い、

「お雪殿のこと、春楼から聞いていてくれたか」

と付け加えた。里緒はうかがうような目を春楼に向けた。春楼がうなずくのを待ってから答えた。

「はい、お聞きいたしました」

「この年になり、あと、どれだけ生きられるかわからぬと思うようになったとき、昔、心に思うたひとに会いたい気持が湧《わ》いてくるのは不思議だな。愚かなことだが、この世の名残に顔を見たいという心持が募るばかりでな」

話しながら春崖が苦しげに咳き込むのを見かねて、里緒は、

「ご安心なされてくださいませ。わたくしがきっとお雪様をお連れいたします」

と励ますように言った。春崖は肩で息をしつつ嬉しげにうなずいて言葉を継いだ。

「したが、お雪殿がいまなお、側室の方とお暮らしであるとは思いも寄らなかった。

かつてお雪殿は百合という側室との妻妾《さいしょう》同居の暮らしに苦しんでおられた。それゆ

え、わしのもとへ絵を学びに来られたのだ」

「わたくしもそのお辛さはよくわかります」

「そうか、お雪殿はよく石堂丸のことを話しておられた」

しみじみと春崖は言った。

「刈萱道心《かるかやどうしん》のお話でございますね。お雪様はさぞや胸の内でお苦しみだったのでございましょう」

春崖が疲れないようにと里緒は気を配って話した。刈萱道心とは、謡曲《ようきょく》、浄瑠璃《じょうるり》などになっている説話だ。

筑前の武士加藤左衛門繁氏《しげうじ》は太宰府《だざいふ》の入り口にあたる刈萱関の関守をしていた。屋敷に妻と側室をともに住まわせて暮らしていて、妻と側室は日頃から仲が良かったが、ある日、そろってうたた寝をしているのを見た繁氏は、ふたりの髪が蛇となってそれぞれ相手を嚙《か》み殺そうとしていたのに仰天《ぎょうてん》した。

繁氏は世の無常を感じ、出家して高野山に上った。繁氏の子、石堂丸は母親とともに高野山まで父を訪ねて行く。だが、父は厳しい仏門の掟に従って石堂丸と会っても名のろうとしないという哀話だ。

繁氏が幼い時の名も石堂丸という。繁氏の父は子が生まれないことを嘆いて香椎宮に参籠《さんろう》したところ、満願の日に霊夢を見て、

「箱崎の松原の西、石堂川の岸に玉のような石がある。この石を妻に与えれば子が生まれる」

と告げられた。お告げに従い、父親が石を持ち帰るとはたして男子が生まれた。このため石堂丸と名づけたのだという。

春崖の話を聞いて、石堂丸の話をしていたお雪が、刈萱道心の説話と関わりのある香椎宮のそばに住むことになったのは、どのような因縁《いんねん》があるのだろう、と里緒は思いをめぐらせた。

天井を見上げたまま春崖はゆっくりと話し続けた。

「うわべでは仲良さそうに見えても、奥方と側室の心は蛇となって争っていたのだ。お雪殿はそのような暮らしを耐えがたいと思われて絵に打ち込んでおられたのであろう。しかし、わしと心を通い合わせてほどなく訪れなくなった」

「お雪様は、どのような方だったのでございますか」

里緒は香椎の庵に行ったおりに、お雪を見分ける証《あかし》を得たいと思って訊いた。春崖

は布団から痩せた手を出すと、枕もとにめぐらされた屛風を指差した。

「そなたに見てもらおうと思うて、春楼に出してもらったのだ。その屛風絵はお雪殿がわしに届けにきたもので、それ以来、わしのもとに現れることはなかった」

里緒ははっとして、あらためて屛風を見た。描かれているのは藪椿《やぶつばき》だった。金箔《きんぱく》地《じ》に根を張った大きな藪椿が枝を広げ、緑濃い葉の間に鮮やかな紅色の花がのぞいている。

椿の赤い色が何とも艶《なま》めかしく、描いたひとの心根が映し出されているように思える。

「見事でございます」

思わず里緒はため息をついた。

お雪は女絵師として名をなしていたと春楼が話していたが、これほどの画力がある絵師だとは思いも寄らなかった。

「わたくしはとても及びませぬ」

里緒が正直に言うと、春崖は微笑んでかすかに頭を振った。

「いや、さようなことはない。技量はおそらく伯仲《はくちゅう》しておろう。あとは絵にどれだけ思いをかけられるか、その深さの違いだけだ」

「この鮮やかな藪椿には描いたひとの情が込められております。それも恐ろしくなるほど深くて激しい恋情のように思います」

「わしもこの絵を見たおり、そう思うた。すぐにお雪殿を訪ねて行こうとしたのだ。だが、どうしても一歩が踏み出せなかった。わしは何より絵師としてのおのれを守りたかったのであろうな。いまにして、あのころの怯懦《きょうだ》さが恥ずかしく思えてならぬ」

春崖の声は細かく震えていた。

「先生、さようにご自分をお責めにならないでくださいませ。女人は思い人を心に秘めて生きて参ることができるものでございます」

「そなたを見ていると、さようなものかとも思えるが」

心の内にあった思いを伝えたと安心したのか、春崖は疲れ果てたように目を閉じた。

その様を見た春楼はそっと里緒に目くばせした。里緒がうなずいて、

「先生、お疲れと存じますので、これにて失礼いたします。お雪様を必ずお連れいたしますゆえご安心ください」

と声をかけると、春崖はかすかにうなずいて眠りに入った。

里緒は春楼に従って別室に退いた。春楼は里緒と向かい合って座るなり、懐から書状を取り出した。

「実は、昨日、先生のお名前でお雪様へ宛《あ》てて、門人の女絵師が香椎宮を写生に訪れるので便宜を図ってもらえないかとの手紙を出しておいた」

「なぜ、そのような」

「正面切って、お雪様を訪ねてはどんなご迷惑をかけるかわからない。それよりも春香が絵師として身を寄せれば、お雪様も打ち解けて名のってくださるのではないかと考えたのだ」

言われてみれば、それしか手立てはないように思える。かつての奥方と側室がともに暮らしている庵で迂闊《うかつ》な話をすれば、お雪と春崖が不義をしていたかのように藩内に伝わりかねない。春崖の体面に傷をつけてしまうかもしれないのだ。

「これが今朝方、届いた返事だ」

春楼は手にしている書状を里緒に渡した。開いて目にした手紙の筆跡は流麗で、お待ち申しております、とだけ書かれていたが、末尾に、

――雪

と署名が記されていた。

お雪は得度したからといって、尼僧の名で春崖に返事を書きたくなかったのだろう。これを見る限り、春崖に対して昔ながらの気持を抱いているものと思われもする。

「この手紙を持ってお訪ねすれば、ひと晩くらいは泊めていただけるだろう。その間にゆっくり話をうかがえば、どちらがお雪様なのかわからないだろうか」

春楼は自分に言い聞かせるのか声を落とした。

「そうだとよいのですが」

相づちを打った里緒は、一緒に暮らしているというかつて側室だった尼僧が気にかかった。手紙に雪の名を記すほどの思いを抱いているにも拘《かかわ》らず、春楼に名のらなかったのは、側室だった尼僧がそばにいたからではなかろうか。

ひょっとしたら、かつて奥方と側室だったふたりは、ともに暮らしながらも心の底では相手を疎《うと》ましく思っているのかもしれない。そのことは春楼も気になるらしく、

「何事もなくお雪様をお連れできればよいのだがなあ」

とつぶやくように言った。

その日、里緒は亀屋に戻ると藤兵衛に香椎へ泊まりがけで出向かねばならないわけを話した。事訳《ことわけ》をすぐに呑み込んだ藤兵衛は翌朝、駕籠《かご》を呼んでくれた。絵の道具一式と身の回りの品をまとめた包みを抱えたお文とともに二挺《ちょう》の駕籠で香椎宮へ向かった。

先日までの雪が嘘のように朝から青空が広がっていた。

古式ゆかしい香椎宮に参拝した後、春楼から聞いた山道を少し登ると、あたりはまだ雪が残っていて木々を白く覆っている。息を切らすほど歩かないで、山道沿いに小さな庵があるのが見えた。

「春香様、あの庵でしょうか」

お文が指差す方を見ると、周りを藪で囲まれてわずかに切り開いた土地に茅葺《かやぶき》の家があった。近づくにつれ、家を取り囲んでいる藪は椿だとわかった。こんもりと葉が茂った中にぽつんぽつんと赤い椿が咲いている。

(春楼さんはなぜ、この椿を目印に教えてくれなかったのだろう)

椿の花に気がつかないほど、張り詰めて庵を訪ねたのだろうと思いつつ、歩み寄った家の軒《のき》近くにも椿の木が植えてあるのが目に入った。どうやら庵の主は椿を好み、庵の周りの生垣替わりに植えたようだ。

「きれいな花ですね」

お文がうっとりした声で言った。

「そうですね。庵に住まう方の風流な嗜《たしな》みがうかがえます」

言いながら里緒は、この椿に春崖の屋敷で見た〈藪椿図屏風〉と同じ情が込められているのを感じ取っていた。

お雪はこの庵に住みながらも心の内に春崖への想いを抱き続けていたに違いない。しかし、それほど心にかけながら、お雪は恋に奔《はし》ることはかなわなかったのだ。

お雪が不義の名に怯《おび》えて恋をあきらめたとするなら、自分とよく似ているという気がして、あるいは二十数年後の自分の姿を垣間《かいま》見させられるのではなかろうか、と里緒は胸をしめつけられる思いがした。

三

「ようこそ、お出でなされました」

湖白尼と恵心尼は庵を訪れた里緒を座敷に迎え、そろって挨拶《あいさつ》した。

里緒は頭を下げてから、まず詫《わ》びを言った。

「初めてお目にかかりますのに、かように不躾《ぶしつけ》なお願いをいたしまして、申し訳ございません」

「とんでもございません。お抱え絵師の衣笠様からのお頼みでございます。わたしどもがお役に立てますのなら、喜んでお世話をさせていただきます」

湖白尼が落ち着いた声で言い、傍らの恵心尼が微笑みながらうなずいた。湖白尼はほっそりとして目鼻立ちもととのい、ゆるぎのない物腰が見て取れる。これに対して恵心尼は目が大きく、ふくよかなあごをして明朗な気配が漂っていた。里緒が挨拶を述べ、頭を上げると湖白尼は、

「描かれるのは〈香椎暮雪《ぼせつ》〉だそうでございますね」

と確かめるように訊いた。

春楼が手紙に記したとは聞いていた。〈香椎暮雪〉は、鎌倉時代に聖福寺《しょうふくじ》の禅僧鉄《てっ》庵道生《あんどうしょう》が博多の景色を七言絶句に詠《よ》んだ〈博多八景〉のひとつだ。

「さようでございます。雪が残っている間に香椎宮とあたりの風景を見ておきたいと存じまして無理なお願いをいたしました」

答えてから、里緒はさりげなく言葉を続けた。

「博多八景を湖白尼様はご存じでございましょうか」

唐突に訊かれたのが意外だったらしく、湖白尼はわずかに目を大きくしたが、すぐに、

——いいえ
と短く答えた。すると、傍らで恵心尼が、

「わたしは存じておりますよ」

とさばさばした口調で言った。里緒が顔を向けると、恵心尼は笑顔で言い添えた。

「八景とはよい景色をいうのでございましょう。ですからよい景色は、みな八景と言ってもよいのです。いえ、八つどころか、十も二十も景色のよい場所をわたしは知っ

ております。合わせると八十景ほどになりましょうか」

湖白尼は苦笑した。

「恵心様はまたさような戯言《ざれごと》を」

「そうは言われますが、八つなどと決めずに百、二百と言った方がにぎやかでよいのではありませんか」

恵心尼はおかしそうに、くすくすと笑って、お文にひょうげた目を向けた。お文もそんな恵心尼がおかしかったのか、くすりと声を立ててしまった。

それが嬉しかったのか、恵心尼が、

「さあ、きょうの夕餉《ゆうげ》が楽しみでございますね」

とはしゃいだ口調で言い足すと、湖白尼は困ったような素振りを見せた。

「慎みのないことを申されては、尼らしゅうございませんよ」

「いいえ、いつもは面白くも何ともない精進料理ばかりですが、きょうはお客様がおいでなのですから、腕によりをかけましょう。それに般若湯《はんにゃとう》も少しはよろしいでしょうから」

恵心尼は素知らぬ顔をしてにこりと笑った。般若湯とは酒のことだ。恵心尼は里緒たちを相手に酒を飲むつもりなのだろうか。

里緒がびっくりしていると、湖白尼はあきらめたように言った。

「このひとはいつもこうなのですよ」

その言葉に、恵心尼への遠慮が含まれているように里緒は感じた。


夕餉までのひと時を、里緒は湖白尼と連れ立って、香椎宮の周辺を散策した。ゆったりと歩みを進めながら湖白尼は近辺の案内をしてくれるつもりなのか、

「香椎の名は、境内に香ばしい匂いがする椎が立っていたことに由来するそうですね」

とさりげなく教えてくれた。さらに『万葉集』に大伴家持《おおとものやかもち》が香椎廟を参拝した時につくった、

いざや児等《こども》香椎の潟《かた》に白妙《しろたえ》の袖さへぬれて朝菜《あさな》つみてむ

という和歌があると話した。湖白尼がわずかなりとも様々なことを教え導いてくれ

ているような気がして、里緒はふと母親と肩を並べて歩んでいるような心持がした。

湖白尼がお雪様であってくれたらいいのだけれど、と思いつつ、

「恵心尼様は面白いお方ですね」

と何気なく口にした。湖白尼は笑みを浮かべて、

「昔からずっと変わられません。大きな苦しみを抱えていらっしゃるのに、哀しみが深いほど明るく振る舞われるのです」

と応じた。恵心尼の陽気さの裏には哀しみがある、という言葉に里緒は胸を突かれた。妻妾同居していたふたりの女が、年を経て尼僧としてともに暮らしているのだから、その心の内が平穏であったはずはない。あるいは、いまも波立つことがあるのではないか。

ふたりの尼僧が経てきた年月に思いを致し、里緒は香椎宮の境内にそびえる杉を見上げた。この杉は神功皇后が仲哀天皇の没後、身籠《みごも》ったまま新羅《しらぎ》を攻略して降伏させ、帰国した際、

「永遠に本朝を鎮護すべし」

との誓いを立てて鎧《よろい》の袖の杉枝を植えたところ、巨木になったと伝えられ、〈綾杉《あやすぎ》〉

じた。

と呼ばれているという。枝葉に雪が残る杉は、さながら生きていくことの辛苦を負って健気《けなげ》に千年を生き抜いた証《あかし》に見えて、里緒は胸に熱いものが込み上げてくるのを感じた。

この日の夕餉は恵心尼の言葉通り、精進料理ながら味わい深い趣向の椀《わん》が膳に並べられ、燗《かん》をした酒までつけられていた。

里緒は恵心尼に勧められるまま、杯を口にした。恵心尼は酒を好むらしく、湖白尼にも注いだ後は自ら杯を重ねた。

しだいに酔いが回ってきた恵心尼は、日々の暮らしや香椎宮で見聞きしたこと、自分の失敗談などを面白おかしく語って聞かせた。

「湖白様は何ひとつ落ち度がないのですが、わたしはしくじりばかりしてしまうのです」

恵心尼は言いながらころころと笑った。湖白尼は杯を置いて里芋の煮ころがしに箸《はし》をつけて、

「はて、言われるほど、恵心様がしくじりをなされたとも思えませぬが」

と言うと、恵心尼は、それ、その里芋でございます、と手で差す仕草をした。

「これがどうかしましたか」

湖白尼が首をかしげるのを、恵心尼は思い出し笑いして、

「先日、近くのお百姓から法事の経をあげてくれと頼まれておうかがいしましてね。そのおりに御膳が出て、出されたのが里芋の煮ころがしでした。わたしは箸でつまみそこねて、ころころと転がって縁側から庭先まで行ってしまったのです」

とおかしそうに言った。里緒とお文は思わず吹き出してしまった。

湖白尼は箸を置いて笑いをこらえて訊いた。

「それで、その里芋はどうなりました」

「さあ、どこへ参りましたものやら」

恵心尼はとぼけた表情で返事をして、さほど冷えないようですからと障子を開け放った。月が皓々《こうこう》とあたりを照らしている。湖白尼が、

「よい月でございます」

と感に堪《た》えないようにつぶやくと、恵心尼は呂律《ろれつ》が怪しい口調で言った。

「わたしは月を見る度にかぐや姫を思い出します」

恵心尼が言い出したお伽噺《とぎばなし》の姫の名にお文は目を丸くして訊いた。

「かぐや姫でございますか」

「ええ、そうです。かぐや姫は立派な殿方たちに妻にと望まれながら、いずれの方にも嫁がず月へと帰っていきます。そこがよいのです」

「嫁いだ方が、お幸せだったのではないでしょうか」

お文が考え込んだように言うと、恵心尼は笑い声をはじけさせた。

「いいえ、嫁がない方が幸せなのですよ。殿方のもとに参れば苦しいことばかりです。それよりも月にいた方が幸せなのです。ちょうど、いまのわたしどものように——」

里緒は月を見上げてしみじみと言った。

「この庵は恵心尼様にとって月の世界なのでございますね」

「わたしだけではありません。湖白様にとってもそうではなかろうかと存じております。これ以上、悲しい思いをしたくない女は、月に帰りたいと願うのではないでしょうか」

そう言った後、恵心尼は声をひそめて笑いつつ、つけ加えた。

「先日、庵に見えた衣笠様のご門人は、お雪という名の女人をお訪ねのようでしたが、わたしどもはともに名のりませんでした。俗世の縁を引きずって生きるのは、もう嫌です。悲しみが増すばかりですから」

恵心尼の言葉は聞く者に哀切な感を抱かせる。里緒は胸が詰まり目頭を押さえたが、ふと思い出して懐から書状を取り出した。

「これは、おうかがいしてすぐにお見せするつもりでしたが、衣笠先生のもとに届けられた返書でございます。手紙を書かれた方は雪と記しておられますゆえ、いまも昔を忘れられたわけではないと存じます」

湖白尼は里緒が差し出した手紙を受け取って開き、中をあらためた。

「たしかに、差出人は雪とありますね」

ひややかに感じ取れる言葉つきで言ってから湖白尼は手紙を恵心尼に渡した。恵心尼は手紙を見つめた。

恵心尼の目が涙に潤《うる》んでいる。湖白尼は恵心尼の表情をじっとうかがっている。恵心尼はぽつりと言った。

「わたしは三歳の息子を病で亡くしてしまいました。ほんの少し気をつけてさえいれば助かったはずです。わたしが死なせたようなものでした」

先ほどまでの明るい声と打って変わった沈んだ声音だった。そんなことがあったのか、と同情を覚えつつ里緒はどう言葉をかけてよいものかと戸惑った。身じろぎして湖白尼が口を開いた。

「もうご自分を責めるのはおやめになったらいかがですか。恵心様のせいではなかったのです。このようにふたりして亡くなられた御子の菩提《ぼだい》を弔《とむろ》うているのではありませんか」

湖白尼の声には、悲しげな中にも凜然《りんぜん》とした思いが込められているようだった。恵心尼は頭を振って顔をそむけた。

「湖白様はいつもそのようにおっしゃいますが、心から口にされておられるのでしょうか」

「わたしの心底をお疑いなのですか」

「あの子が亡くなったおり、湖白様はわたしを慰めてくださいました。でも、わたしには湖白様が心の中で喜んでおられるように思えてなりませんでした」

恵心尼の辛辣《しんらつ》な言葉に、湖白尼は目を閉じて顔を曇らせた。思わず里緒は身を乗り出した。

「何も存ぜぬわたくしが口を挟むのはおこがましゅうございますが、恵心尼様のお言葉は――」

「口が過ぎるというのでしょう。わかっています。湖白様がさような方でないことはよくわかっているのですが、つい口から出てしまうのです。思うたままを口にできるからこそ、わたしたちはいつまでも、こうしてふたりで暮らしていけるのでしょう」

気を鎮めるように恵心尼は袖を目に当てた。ふと軒先を見上げた湖白尼がつぶやいた。

「女は月を見ると、物の怪に憑《つ》かれるなどと申します。今宵《こよい》のわたしたちはそうなのかもしれませんね」

里緒はこの庵を訪ねたことを悔やんだ。

自分が来なければ、恵心尼が心の内を露わにすることはなかったのではないかといたたまれない思いがした。

座敷に差し込む月光が四人をほのかに照らしていた。

四

翌日の朝、里緒は早目に床を抜け、ひとりであたりを散策した。ひと渡り見て回り、庵に戻ってから道具を広げて絵を描き始めた。

「春香様――」

お文が手を休めてもらおうと茶を用意して声をかけても、里緒は振り向かなかった。湖白尼が、

「絵を描かれる邪魔をされぬがよいと思います」

とお文に告げた。そのまま里緒は一室に籠《こも》り、昼餉も摂《と》らずに描き続けた。傍《かたわ》らに、二日にわたり見て回った香椎宮周辺の景色を描いた画帳を広げ、そのひとつひとつに目を遣《や》りながら丁寧に描き出す。

香椎宮の屋根、参道に降り積もった雪を置く。これまで描いてきた〈博多八景〉と違い、風景は雪に覆われ、その輪郭《りんかく》は空に溶け込んだかのように間《あわい》がぼかされている。

やがて夕刻になった。日が沈みかけるころ、あたり一面は茜色《あかねいろ》に染まった。夕日

が庵にも差し込んで畳を赤く染めた。

里緒は筆を置き、詰めた息を吐いて、

「できましてございます」

と襖《ふすま》越しに声をかけた。湖白尼と恵心尼、お文が静かに部屋に入ってきて絵のまわりに座った。

「〈香椎暮雪〉ですね」

湖白尼が落ち着いた口調で言った。

「見事なできばえだこと」

恵心尼は真剣な表情で絵に見入った。香椎宮とまわりの山々に積もった白銀はかすかに緋色《ひいろ》を滲《にじ》ませて、はなやかさを添えている。恵心尼はため息をついて、

「お浄土の清らかさが描かれているように思います」

と讃《たた》えた。だが湖白尼は眉をひそめて顔を曇らせた。

「綾杉が描いてありませんね」

すでに気づいていたらしい恵心尼は、にこりと応じた。

「そうなのです。春香様には何かお考えがおありなのでしょう」

里緒は深い眼差しをして頭を下げた。

「この絵に欠かせないはずの綾杉を、おふたりに描き足していただきたいと存じまして」

「わたしどもがですか?」

湖白尼は怪訝《けげん》な顔をして訊いた。うなずく里緒を恵心尼はじっと見つめて口を開いた。

「何かを確かめられたいのでしょうが、わたしどもはふたりとも武家の奥にあった女子として絵の嗜《たしな》みはあるのですよ」

茶や香道に加えて和歌や俳諧《はいかい》、書に絵画は武家の夫人として必要な素養とされている。お雪であるかどうかを絵心で確かめようとしても無駄だと恵心尼はほのめかしているのだろう。里緒は微笑を浮かべた。

「絵筆をとってくださるだけでも、よろしゅうございます」

恵心尼と湖白尼は訝《いぶか》しげに顔を見合わせてから、

「さようならば」

と、まず恵心尼が里緒の傍らから絵筆と絵皿を引き寄せて膝元に置いた。しばらくの間、厳しい顔つきをして絵を見つめる。口もとを引き締めて素早く絵筆をとった。

香椎宮の〈綾杉〉があるとおぼしきあたりに、一気呵成《いっきかせい》に筆を走らせた。里緒は恵心尼の筆使いを見つめる。描かれていく杉を見てお文が息を呑んだ。わずかに筆を動かしただけで雄渾《ゆうこん》な大杉が浮かび上がっている。

恵心尼の目は鋭い光を宿していた。見事な杉を描いて恵心尼は筆を置いた。絵の感想は言わず、里緒は湖白尼に顔を向けた。

「湖白尼様もお願いいたします」

声をかけられた湖白尼は、はっとして顔を上げた。里緒が描いた絵に心を奪われていたらしい湖白尼は、絵筆をとろうとした手をふと止めて訊いた。

「春香様はどのような思いを込めてこの絵を描かれましたか」

「師であります衣笠春崖様を思い浮かべながら描きました」

里緒が答えると、湖白尼は大きく息を吸って目を閉じた。しばらくしてゆっくりと息を吐き、目を開いて絵筆をとった。しかし、恵心尼が描いた大杉に筆を添えようとして、絵を見つめるうちに顔が青ざめてきた。筆先が震えたと見えた時には墨が滴《したた》り落ちて絵を汚した。

「不調法をいたしました。わたしにはとても描けそうにありません」

と言って絵筆を置いた湖白尼の様子を、恵心尼は瞬《まばた》きもせず見つめている。

里緒は絵に目を向けて、恵心尼が描いた大杉と湖白尼が落とした墨の跡をしばし見入った後、膝を正して片方の尼僧に頭を下げた。

「あなた様がお雪様でございますね」


「どうして、おわかりになりました」

お雪と呼びかけられた湖白尼はおもむろに口を開いた。

里緒が頭を上げて、

「恵心尼様は見事に大杉を描かれましたが、春崖様が学ばれた狩野派の絵とは違うようにお見受けしました。四条派の流れを汲《く》まれていると思われますが、いかがでしょうか」

と言うと、恵心尼は黙ってうなずいた。

「そしてなにより、わたくしはこの絵に師への思いを託しました。湖白尼様はその心を受け止めてくださったように感じられたのでございます。湖白尼様は、わたくしの思いをおわかりになられたからこそ手が震えられたのだと存じました。絵に落ちた墨の跡が、わたくしには涙の滴《しずく》に見えたのです」

　里緒の言葉を聞いて、湖白尼は絵に目を凝《こ》らした。

「暮れ方に降り積もった雪が、深い悲しみを伴って描かれています。恵心様が言われたように十万億土の彼方にあるお浄土のようです。あなたがおっしゃった師への思いを託したとのお言葉を聞いてわかりました。春崖様は重篤《じゅうとく》の病なのですね」

「医師のお診立《みた》てでは、余命いくばくもないと」

「さようでございましたか」

　湖白尼は悲しげにうつむき、春崖とのなれ初《そ》めを訥々《とつとつ》と語り始めた。

　妻妾同居の暮らしを耐え難いと思ったわたしは絵を学ぶうちに、春崖様の清廉で温厚な人柄に惹《ひ》かれていきました。思いが通じたのか、春崖様も目をかけてくださるようになりました。お互いに胸中を打ち明けることもなく、それでも、少しずつ親しく話すようになっていきました。このまま絵を習い続ければ、自分の心を抑えられなくなりそうだという思いが募ってきたある日、画室でふたりだけになりました。

その日の朝、絵の稽古に出かける日が多すぎると夫からひどく叱責《しっせき》され、

「妻としての務めも果たさず」

と罵《ののし》る言葉に傷ついておりました。夫との間に子を生《な》していなかったわたしは、側室の百合様が身籠ったと聞いたばかりでした。

夫に手をつかえてひたすら詫びを言い、逃げるように春崖様のもとに参ったのです。絵筆を持ったまま、わたしが悔し涙を流しているのに気づいた春崖様は、静かに傍に寄り添って、肩を抱きしめてくださいました。

どのくらいそうしていたでしょうか、春崖様は不意に我に返ったように身を離し、わたしは胸を押さえてその場に体をうつ伏せました。体が焼けるように火照《ほて》り、胸が苦しいほど高鳴りました。このまま地獄に落ちてもいいとすら思い、

「春崖様——」

と息を弾ませた声で囁《ささや》きました。手を差し出せば触れるところにおられた春崖様は、ためらいがちに、

「お雪殿」

とかすれた声で言いました。わずかでも動けば、ともに何もかも失うことになると

息詰まるような時が流れ、ふたりの息遣いだけが聞こえました。

もう一度、もう一度、声をかければ春崖様はまた抱きしめてくださる。わかり過ぎるほどお互いの気持を伝え合っていても、体が震えて声が出ませんでした。喉《のど》がからからに渇き、動くこともままならない時が過ぎていくだけでした。

その日、魂の抜け殻のようになって屋敷に戻ったわたしは思いのたけを籠めて絵を描きました。三日三晩、ほとんど眠らずに〈藪椿〉の屏風絵を描き上げました。繁った葉の間に見え隠れしてひそやかに咲いている椿に自分の姿を見たような気がしたのです。

花の紅は命を燃やす色なのだろうか、それとも心の傷から流れ出る血が花を赤く染めたのだろうか。

思い惑いながらも時を忘れて絵を描き続けていると、時おり、夫がのぞきに来て、乱暴な言葉を吐き捨てて去るのですが、何を罵っているのかすら耳に入りませんでした。虚《うつ》ろな眼差しで見返すわたしを夫は気味悪く思ったようです。

この絵を一刻も早く仕上げて春崖様に見てもらいたいという思いだけで描いていました。去り状をもらって屋敷を出られたら春崖様が目指しておられる道をともに手を携えて歩んでいけるのではないか、とはかない望みを抱いてひたすら絵に向かいました。

屏風絵が出来上がった時、下僕にかつがせて春崖様の屋敷に届けに参りました。春崖様は驚いて〈藪椿〉の屏風を見ておられましたが、しだいにお顔の色が変われ、やがてわたしを見つめた目から涙があふれ落ちました。春崖様は苦しんでおられる、とわかりました。わたしとともに生きていく道を選べば藩のお抱え絵師を辞めなければなりません。江戸にでも出て町絵師になるしかないのです。

(春崖様は迷っておられる)

そう気づいた時、辞去の挨拶をして、すぐさま春崖様の前から立ち去りました。戻る道々、体を焼きつくさんばかりの劫火《ごうか》の炎に胸を焦がし、心が頽《くずお》れてしまいそうでした。

春崖様の生涯を誤らせてはいけないという思いだけで、どうにかいままで生きて参れたのでしょう。

「あの時の想いはまるで、埋《うず》み火のようにわたしの胸の奥に消えずに残っています。

思いを寄せるだけでも不義だと言われればそうかもしれません。心は春崖様のもとにありましたゆえ」

湖白尼は諦観《ていかん》したような面持ちで言った。

「この庵のまわりに植えられた椿は湖白尼様の想いそのものだったのですね」

「さように思うて植えたわけではありませんが、いつとなく、わたしの心が出ていたのかもしれません」

黙って聞いていた恵心尼が身を乗り出して口を挟んだ。

「それほどの思いを寄せておられたのに、衣笠様のご門人が訪ねてこられたおり、湖白様が名のられなかったのは、わたしに気兼ねなされたゆえでございましょう。わたしは春崖様とのことを察しておりましたから」

「恵心様――」

湖白尼は悲しげに頭を振った。

「さように湖白、恵心と呼び習わしても、わたしたちがかつての奥方と側妾であることに変わりはないのです。ともに愛おしいひとを失い、悲しい思いを抱いて暮らして参りました。いまになってあなた様が愛おしく思うてこられた方にお会いになるのを嫉《そね》むとお思いですか」

せっせつと訴える恵心尼の言葉をうなだれて聞いていた湖白尼の目に、いつ知れず涙が滲んでいた。

「あなたがさように思ってくださっているのはわかっておりました。ですが、ともに暮らしてきたあなたを残して、わたしだけが昔の想いに立ち戻るのは憚《はばか》られるような気がしました」

「さようなことはありません。わたしどもも、もう心のままに生きてもよろしいのではありませんか。どうか春崖様とのお別れを心置きなくなさってくださいませ」

涙ながらに言う恵心尼の言葉に、湖白尼はかろうじてうなずいた。

里緒はふたりの様子を見遣りつつ涙を堪《こら》えることができなかった。お文も袖で顔をおおい、肩を震わせている。

湖白尼はやさしい笑みを浮かべて里緒を見た。

「わたしは先ほど絵が描けませんでした。春崖様を思い起こして心を乱したからではありましたが、それだけではなかったと存じます」

「ほかにも理由があるとおっしゃいますか」

里緒は涙に濡れた目を向けた。

「わたしは絵師になりたいと思い、春崖様のもとで修行いたして、ひとからもそれなりに褒められる絵を描けるようになりはしましたが、春崖様とのことがあったおりに絵師への道はあきらめました。それ以来、絵筆にふれたことはありませず、いましがた春香様が描かれた〈香椎暮雪〉を見た時、いまのわたしはとても春香様に及ばないとわかり、手が震えて筆を加えられなかったのです」

かける言葉もなく、里緒は黙って湖白尼を見つめ続けた。

「わたしがあきらめた道をくじけることなく歩み続けておられる春香様が、わたしは心底羨《うらや》ましい」

湖白尼の言葉は、里緒の胸に染み入っていった。


翌日――

湖白尼は里緒とともに連れ立って福岡の春崖の屋敷を訪れた。着いてすぐに、湖白尼は春崖の部屋に向かい、ふたりだけで語り合う時を過ごした。

里緒は部屋に入るのを控えたが、お文が茶菓を持っていった際、部屋の外にひそやかな笑い声が漏れていたという。

その日から、湖白尼は屋敷に留まって、春崖を看病した。春崖が湖白尼に看取られて逝《い》ったのは、桜の花が咲き始めるころだった。

横岳晩鐘《よこたけばんしょう》

一

衣笠春崖の葬儀を終えて三か月が過ぎ、日差しが強さを増している。そのころになっても、里緒は体調がすぐれず、近頃では絵筆をとることができないでいた。寝込むほどではないにしても、どうにも体が気怠《けだる》くて熱っぽい。絵筆を手に画面に向かおうという気力が湧《わ》いてこないのだ。

お文が心配して精のつく食べ物を膳《ぜん》にのせて勧めたり、外歩きに誘ったりするのだが、何をする気にもなれず、画室に閉じこもって、これまで描きためた〈博多八景〉の下絵を眺めるばかりだった。いままでに描いた下絵は、

濡衣夜雨
長橋春潮
箱崎晴嵐
奈多落雁
名島夕照
香椎暮雪
の六景だった。
（残りは二景だけ――）
とは思うのだが、下絵とはいえ、渾身《こんしん》の力を込めて本絵と変わらない絵に仕上げようと描いてきた疲れが出たのか、体も気も萎《な》えたように根気が続かない。
（わたしはどうしてしまったのだろう）
師の春崖が亡くなったことで、心の支えをなくしたからだろうとわかっていたが、それでもこのまま八景を放っておくわけにはいかない。博多八景図屏風を何としてでも仕上げたいという思いに駆られるものの、行き惑う心情ばかりを見つめる日々が続いた。

そんなある日、ひとりの僧がふらりと亀屋に入ってきた。七十は越していると見える老僧だった。小柄で干からびた猿のような顔をしており、粗末な墨染めの衣を着て痩せた素足に下駄を履いている。

「この店に〈博多八景〉の絵があるそうじゃが、見せておくれ」

老僧はのんびりと声をかけてきた。若い手代が眉《まゆ》をひそめて、

「それは見せるようなもんとは違いますたい。商売の邪魔になりますけん、土間から出てくれんね」

とぞんざいな口を利いた。しかし老僧は平気な顔をして、

「そう言わずに見せておくれ。減るもんじゃなかろう」

にこにこしながら言葉を継いだ。やわらかで丸みを帯びた声に手代が戸惑って番頭と顔を見合わせた。ちょうどそこへ奥から藤兵衛が出てきて、老僧の顔を見るなり、あっと声をあげた。

「これは仙厓《せんがい》和尚様――」

藤兵衛はあわてた様子で足袋のまま土間へ飛び降り、深々と頭を下げた。

「よくお出でくださいました」

丁寧な言葉遣いを聞いた手代や番頭たちが驚いて藤兵衛にならい、急いで頭を下げた。老僧は博多の禅寺聖福寺《しょうふくじ》住職を務め、いまは隠居して同寺の虚白院《きょはくいん》に住んでいる仙厓だった。すでに八十六歳になっているはずだ。

「〈博多八景〉を見たいと思うてな。見せてはくれまいか」

仙厓は気取りのない口調で言うと、藤兵衛が答えるのも待たずに、下駄を脱いでひょいと上がり框《かまち》にあがった。藤兵衛は少し驚いた素振りを見せたが、断るわけにもいかないと思ったのだろう、離れの里緒のもとに向かうよう女中に言いつけて、仙厓を客間へと案内した。しかし客間に入った仙厓は、

「ここには絵はないいな」

とつぶやいたかと思うと藤兵衛が止める間もなく、奥へ向かってすたすたと進んでいった。

高名な仙厓が〈博多八景〉の絵を見たいと訪れていることを女中から知らされた里緒は驚いた。この春に亡くなった春崖は、仙厓と交流があった。仙厓に深い尊崇の念を抱いていたことを里緒は聞き知っていた。

仙厓は美濃国《みののくに》のひとで農民の子として生まれたが、十一歳の時に美濃国清泰寺《せいたいじ》で仏門に入り、十九歳のおり、武蔵国東輝庵《むさしのくにとうきあん》の月船《げっせん》和尚に師事した。

十三年後に月船が亡くなった際、東輝庵を辞して諸国を行脚《あんぎゃ》し、三十八歳の時に博多の聖福寺住職である盤谷紹適《ばんこくしょうてき》の弟子となり、翌年寺に招かれた。

聖福寺の僧たちは丁重に迎えるため郊外まで出向いた。ところが、いくら待っても高僧らしいひとの姿が見えない。待ちわびてすっかりくたびれたころに、貧しい身なりの小柄な坊主が通りかかった。僧たちは、その坊主に途中で仙厓和尚という高僧に出会わなかったか、と訊ねた。すると坊主はしばらく黙った後、

「仙厓ならわしだが」

と穏やかに答えた。出迎えの僧たちは仙厓があまりに貧相な身なりをしていることに、しばし言葉を失った。

四十歳から六十二歳に至る二十三年間を聖福寺の住職として過ごした仙厓は、狂歌や絵を得意とし、その奔放で洒脱《しゃだつ》な生き方から、博多のひとびとに、

――仙厓さん

と親しみをもって呼ばれている。仙厓には多くの逸話《いつわ》があった。

先代藩主黒田斉清《なりきよ》は学問を好んで和漢、蘭学を修めたが、特に本草学《ほんぞうがく》を熱心に学んだ。金に糸目をつけず広大な薬園や花畑を設けて研究し、中でも菊の栽培に心を傾けていた。ある日、犬が菊花園を荒らし、菊の枝を折ってしまった。斉清はひどく怒り、園丁を手打ちにしようとした。この話を聞いた仙厓は、

「愚かな殿様だ」

と憤《いきどお》った。このころ、福岡藩は飢饉《ききん》に見舞われ、領民の暮らしは苦しくなっていた。斉清は領民の困窮を顧《かえり》みずに菊花を愛《め》でて、菊見の宴を開こうと思い立ち、招かれた客の中に仙厓もいた。

宴の前夜、激しい風雨を物ともせず、仙厓は夜中に蓑《みの》を着て笠をかぶり、鎌を手に菊花園へ忍び込んで、斉清が大切にしていた菊花を残らず刈り取った。

翌朝、菊花園に来るなり無残な有様を見た斉清は、

「何という狼藉《ろうぜき》――」

と怒り心頭に発した。すかさず斉清の前にまかり出た仙厓は、

「この菊を刈ったのは拙僧でございます」

と言い放った。斉清が驚いて目を瞠《みは》ると仙厓は静かに言葉を継いだ。

「殿は惜しむべきものを惜しまず、惜しむべからざるものを惜しんでおられる。いま領民は飢饉に苦しんでおりますぞ。藩主は民の親、民は藩主の子でございましょう。子の命より菊の命が惜しゅうございますか」

仙厓の直言に斉清は恥じ入り、領民の救済を行った。だが、仙厓にまつわる話はこのように剛直なものばかりではない。

隠退した仙厓はのんびりと畑仕事を楽しみつつ、自己流で墨絵を描いて余生を楽しんでいた。

ある時、仙厓の隠居所である虚白院に泥棒が入って蚊帳《かや》を盗んだことがあった。困っている仙厓を見かねた近所の年寄りが小銭を出しあい蚊帳を作ることになった。仙厓が、

「どうせなら白地の蚊帳にしておくれ」

と頼むので、言われた通りに縫って持っていくと、仙厓は白蚊帳に幽霊の絵を描いて、

「これならもう誰も持っていかんだろう」

と笑った。

仙厓は近所の子供たちとも仲が良かった。その子供たちがいたずら心から度々虚白院の竹藪《たけやぶ》に生える竹の子をこっそり取りに来るのを見かけた仙厓は、猿がかがみ込んで股《また》から竹の子をのぞいている絵を描き、

——またから竹の子取らさるな

と書き添えた。「またから」とは博多の方言で、二度と、という意味だ。子供にも「さるな」が猿にかけてあることはわかった。子供たちはこの絵を見て大笑いし、二度と竹の子を取らなかったという。

仙厓にまつわる話には温かみとおどけた面白みがあった。同じ時期、越後にいた良寛に通じるような味わいを持った人柄が偲《しの》ばれた。

里緒は春崖が所蔵していた仙厓の絵を見たことがある。天衣無縫な筆で剽軽《ひょうきん》な人物が描かれていた。

「わたしらごとき絵師には到底描くことのできぬ画境だ」

春崖がため息まじりに言ったのを里緒は覚えている。その仙厓が突然、廊下を通って部屋に入ってきた。藤兵衛が珍しくあわてふためき、続いて入ってくるなり女中たちを指図して座をしつらえた。

　里緒は内心うろたえながらも仙厓が見たいと所望する〈博多八景〉の画帳と下絵をそろえた。仙厓は、ほう、ほう、と言いながら絵を眺めていったが、やがてつぶやくように言った。

「見事な絵ばかりだが、〈横岳晩鐘《よこたけばんしょう》〉がないな」

「さようでございます。いまだ、描いておりません」

「描かずにいるのは何か理由《わけ》があるのか」

　仙厓はやさしげな目を里緒に向けた。

「いいえ、特にございませんが、崇福寺《そうふくじ》はすぐ近くですので、いつでも描けると思い、後回しにしてしまいました」

　里緒は、仙厓がどうしてそんなことを訊くのだろうと不思議に思いつつ答えた。

〈博多八景〉のひとつ〈横岳晩鐘〉とは、崇福寺の鐘の音が響き渡るあたりの風景をいう。

　崇福寺はもともと太宰府の横岳にあった。戦国時代の末期に戦火で焼かれてしまい、黒田長政が入国して後、菩提寺《ぼだいじ》として博多に移したのだ。このため崇福寺の山号は横《おう》岳山《がくざん》で、八景の横岳はこの山号にちなんでいると言われる。

「それなら、こんど〈横岳晩鐘〉を描いておくれ。崇福寺には幽霊が出るらしいので、それを描いてもらいたいのう」

「幽霊を、でございますか」

里緒は驚くあまり思わず問い返した。

「ああ、若《わこ》うて美しい女の幽霊らしくてな。男の絵師だと、美しさに目が眩《くら》んで道を踏み迷うかもしれんが、あんたなら幽霊より別嬪《べっぴん》じゃろうから、何の心配もないのう」

面白そうに、仙厓は、ほっほっと声をあげて笑った。幽霊を描けという思いがけない話に、里緒は心がざわめいた。藤兵衛が傍《かたわ》らから、

「しかし、御家の菩提寺である崇福寺様に幽霊が出るというのは穏当な話ではございませんな」

と口を挟んだ。菩提寺に出るからには黒田家に怨《うら》みを持つ者の幽霊かもしれない、と藤兵衛は恐れたようだ。そんな幽霊の絵を描いていいものだろうか。里緒は不安を覚えた。体調もすぐれないこの時期に幽霊の絵を描きたくはなかった。

「なに、案ずることはない。幽霊の身元はわかっておるのじゃからな」

仙厓は事もなげに言った。里緒と藤兵衛が顔を見合わせるそばで仙厓は淡々と告げた。

「〈綾《あや》の鼓《つづみ》〉の幽霊らしい。年寄りの男に思いをかけられ、めぐりめぐって呪《のろ》い殺されるように死んだ女の幽霊じゃ」

二

崇福寺の幽霊を描いて欲しいと頼んだ仙厓は飄々《ひょうひょう》とした様子で帰っていった。

「どうすればよいでしょうか」

相談するともなしに里緒がつぶやくと、藤兵衛は苦笑した。

「博多の者なら、仙厓和尚様の頼みは断れませんからな」

「さようでございますね」

里緒はため息をつく思いでうつむいた。

仙厓は権威を嫌い、本山の妙心寺から僧侶《そうりょ》として最高の位を示す紫衣《しえ》を与えると三度も伝えられたが断り続け、墨染めの衣で通している。

権勢のある者には反骨を露《あら》わにするが、庶民にはやさしい目を注いだ。仙厓の絵や書は高い値で売れるため、町人の中には描いてくれるよう頼みに来る者が大勢いた。桶屋町に住んでいた長右衛門という男が、貧乏な子沢山で、日頃、好きな酒も飲めないでいた。そんな長右衛門がどうにも一杯やりたくなった時、頼りにするのが仙厓だった。

日暮れ時になって酒代が欲しくなると紙を持って仙厓を訪ねた。仙厓の絵や書を持っていけば、酒屋は酒を飲ませてくれるのだ。

仙厓は長右衛門が来たのを察するとすぐ雪隠《せっちん》に隠れ、様子をうかがった。長右衛門は仙厓の姿が見えないので肩を落として帰ろうとした。その落胆した様を雪隠の窓から見ていた仙厓は、かわいそうになって窓から、

「長右衛門、わしはここにおるぞ」

と思わず声をかけてしまった。すると長右衛門は満面に笑みを浮かべて、

「和尚様はそんな所におられましたか。なんとか一枚頼みます」

と雪隠の窓に紙を差し出した。やむなく受け取った仙厓は、部屋に戻って長右衛門から受け取った紙に、

　　――うらめしや　わが隠れ家は雪隠か　来る人ごとに紙おいていく

　とひと筆で書いた。長右衛門は喜び勇んで家に駆け戻った。絵や書を書いてくれと度々押しかけるのにたまりかねて手軽に書いたものだったが、これが評判を呼び、長右衛門はたらふく酒が飲めたという。

　それらの挿話《そうわ》に事欠かず、博多のひとびとから親しまれている仙厓の頼みを断るわけにはいかない。しかも、仙厓は里緒の画室で筆をとると三枚の絵を描き残していた。いずれの絵も仙厓自身と思われる人物が立ったり座ったり、寝転んだりして、手を合わせている。

「〈仙厓三拝の図〉じゃ」

　と大笑いしながら言い置いていった。この絵も好事家が高値で欲しがるのは間違いない。それだけに、いまさら仙厓の頼みを断りようはないのだ。

「それにしても、〈綾の鼓〉の幽霊とは何をおっしゃりたかったのでございましょうか」

里緒が訊くと、藤兵衛もさて、と考え込んで腕組みをした。

「〈綾の鼓〉とはどういうものでございますか」

首をかしげて問いかけるお文に、藤兵衛は、

「そうか。お文は知らなかったのだね」

と言い、わかりやすく説いて聞かせた。

〈綾の鼓〉は世阿弥元清《ぜあみもときよ》の作と伝えられる謡曲で宝生《ほうしょう》流の秘曲とされていた。

斉明天皇は新羅《しらぎ》との戦いのために筑前に出陣し、朝倉に橘 広庭宮《たちばなのひろにわのみや》を造られ、桂《かつら》の池で船遊びの宴を催したと伝えられる。〈綾の鼓〉は、この池を舞台にした橘広庭宮で仕える女御《にょうご》と庭掃きの老人源太の悲恋の哀話を題材としている。

源太はある日、館に行き、橘姫という美しい女御が舟遊びをする姿を見て恋心を抱いた。庭掃きの老人が恋してもかなうはずはないが、源太は身分や年の差も忘れて橘姫に何度も恋文を出した。

文は家来が止めたのか手もとまで届かなかったが、そのことを聞き及んだ橘姫は哀れに思い、池の畔《ほとり》の桂の枝に鼓を掛けて老人に打たせ、その鼓の音が御殿にまで聞こえたなら望みをかなえよう、と伝えた。源太は喜んで池に置かれた鼓を必死に打つが、

鼓には皮ではなく綾絹が張られており、鳴るはずもなかった。

「この恋は成らぬ（鳴らぬ）」

という橘姫からの言伝《ことづて》だった。しかし、源太は幾日も鼓を打ち続け、ついには絶望のあまり池に身を投げてしまった。橘姫もまた源太の霊によって綾の鼓を打てと責められ、池に投身する。

藤兵衛から〈綾の鼓〉の話を聞いたお文は、

「源太も橘姫もかわいそうでございますね」

と涙ながらに言った。老人の恋とそれを憐《あわ》れんだ若い女の間には鳴らない綾の鼓があった。音の出ない鼓の非情さが時を超えて聞く者の心を打つ。

藤兵衛はうなずいて、

「朝倉は福岡から東南へと下る朝倉街道を先に行った奥まったところにある。途中に太宰府があるから、ひょっとすると、桂の池には横岳のお寺で打つ鐘の音が届いていたかもしれない。それで、橘姫の幽霊が博多の崇福寺に出るのだろうか」

とつぶやいた。里緒は仙厓が描き残した絵を見つめつつ口を開いた。

「和尚様は、幽霊を憐れんでおられるのかもしれません」

絵に描かれた老人が手を合わせて拝む姿は、橘姫に恋の成就を願う源太のように見えていた。

翌日の昼下がりに里緒はお文を供にして崇福寺を訪ねた。

雲が厚く重なり、夕立が降りそうな蒸し暑い日だった。

崇福寺に行けば、智照《ちしょう》という僧がどんな幽霊が出るか話してくれると、仙厓が帰りしなに言っていた。山門をくぐった際に出会った小僧に訊いて、里緒が寺内の瑞雲庵《ずいうんあん》という塔頭《たっちゅう》に訪《おとな》いを入れると、智照は気軽な様子で出てきた。二十代の若々しい僧だった。

仙厓から訪ねるよう言われてきたのだ、と告げると、智照は里緒とお文を招じ入れ、庭に面した小さな部屋に通した。細面で鼻筋のとおった智照は、得度して六年が過ぎたばかりだという。

もともとは博多の呉服問屋に生まれたが、流行病と思いがけない事故で家族が相次いで亡くなり、気がつけば天涯孤独の身になっていたのをはかなみ、仏門に入ったらしい。そう語ってから、最初は青蓮寺《しょうれんじ》で修行した、と智照は告げた。

「青蓮寺におられたのでございますか」

思わぬことを聞いて、どきりとした里緒は智照の顔に目を向けながら訊いた。青蓮寺は里緒が外記とともに〈比翼屏風〉を描いた寺だ。

智照はととのった顔に血を上らせ、恥ずかしげに、

「さようでございます。わたしはまだ修行の身でありましたから、絵師の方々の前に出ることはなく、見覚えはないかと存じます」

里緒はうなずきつつも、智照を見知っている気がしてはっとした。青蓮寺で屏風絵を描いていたある日、仕事を終えて寺を出たものの、忘れ物に気づいて戻ったおり、画室で絵を食い入るように見ていた若い僧侶がいた。

里緒が戻ったのに気がついてあわてて部屋から出ていったが、あの僧が智照だったように思える。その後も、何度か、ひとがいないはずの画室で見かけたことがある。

「智照様は絵がお好きなのでしょうか」

里緒の問いに、智照は耳まで赤くして、実は幼いころから絵が好きで、できれば店を継がずに絵師になりたかったのだ、と答えた。

そして、町絵師の師匠について絵を習い、自分でもそこそこの腕前になれたと思っ

たころに、両親が相次いで亡くなり、いまさら絵師になりたいという気力もなくなったのを機にあきらめたのだと話した。

「それでもやはり絵がお好きで、青蓮寺でわたしどもが描いていた絵をご覧になっていたのですね」

「ご存じだったのですか」

智照は面目なげな顔をして盆のくぼに手をやった。

「仏門に入ったからには煩悩を捨てねばなりませんので、何かを好きだなどという思いは捨てたはずなのですが……」

後の言葉を口ごもり、里緒の顔をじっと見つめた。

雷が鳴り始め、遠からず夕立が降りそうなほど蒸し暑さが増してきた。智照の額に汗が滲《にじ》んでいる。智照は手で額の汗をぬぐい、

「やはり、好きなのです」

と告げた。智照の言葉に深い気持が籠《こも》っているのを感じ取った里緒は胸が騒いだ。

ひさしぶりに身の内が温まるような心持だった。これほどまで絵が好きだという思いを抱き続けているひとがいる。自分は絵師として絵を描くことができるのは幸せなこ

とだ、と里緒はあらためて思った。

　智照は絵師になりたかったとの思いを告げたことを恥じるかのように話柄《わへい》を変えて、崇福寺の幽霊について話した。

「どうやら、昔から幽霊のことは語られていたようなのですが、わたしが近頃、何度となく見ると話すものですから、僧として修行が足りないとご住職様からお叱《しか》りをいただきました。そのことを仙厓和尚様が耳にされたらしく、どうせ出る幽霊なら絵に描いてもらえ、と仰せになられたそうなのです」

　そんなわけで、仙厓は亀屋に行ったのだという。里緒は聞くうちに智照が見たという幽霊に興味が湧いてきた。

「仙厓様は幽霊が〈綾の鼓〉の橘姫だろうとおっしゃっておられましたが、なぜ、さように思われたのでしょうか」

　里緒に訊かれて、智照は話し出した。

　崇福寺は山門から入り、唐門《からもん》をくぐると本堂の前に出るあたりには経蔵や禅堂、庫裡《くり》があり、藩主の墓所はもっとも奥まった場所にある。本堂と禅堂の間に鐘楼《しょうろう》があり、そこで鐘楼で鐘が突かれる頃合に、寺のまわりに女の人影が出るという。

「よく晴れた日の夜でした。戌《いぬ》ノ刻（午後八時ごろ）の時を告げる鐘の音が聞こえて間なしに、塀の外にぼんやりと白い影が浮かび、まるで鐘の音に耳を傾けているように見えるのです」

智照が語ると同時に、どしんと近くに雷が落ちて篠《しの》突く雨が降り始めた。部屋の隅で聞いていたお文はおびえて身をすくめた。

「その日、わたしは使いに出ていまして、ちょうど戻ってきたところでした。山門をくぐろうとした時、かすかに鼓の音が聞こえた気がしました。聞き取り難い音でしたが、鼓の音だったのは確かだと思います。訝《いぶか》しく思って振り向くと、女が塀のそばに立っていたのです。この話をすると、寺に永年いる僧が、〈綾の鼓〉の幽霊が出るという言い伝えがあると教えてくれました」

時おり雨の音にかき消されながらも、智照はゆっくりと話を続けた。

女は白っぽい着物を着ていたが、顔ははっきりと見えた。女の姿が見えている間中、鼓の音が時に高く響き、やがて闇に消え入るように小さくなっていったと語った智照は、ごくりとつばを飲み込んだ。

「その女のひとを他の方もご覧になられたことがおありでしょうか」

里緒はより一層、興味を引かれた顔をして訊いた。

「それが、見たのはわたしひとりだけらしくて、鼓の音も聞こえた者はいないようなのです」

智照は不審そうに言った。そして、

「誰も信じてくれませんので、わたしは幽霊の姿を思い出して、その女の顔を絵に描いてみました」

と言い足し、違い棚に置かれた木箱をそっと下ろして蓋《ふた》を開け、中から一枚の紙を取り出した。

「これが、その女の顔です」

智照が差し出した紙を見て、里緒は息を呑《の》んだ。

髪を結わずにたらした若い女の顔が描かれていた。目鼻立ちはととのっているが、どことなく悲しげな表情をしている。横合いから覗《のぞ》き込んだお文が、あっと小さな声をあげた。

「春香様にそっくりでございます」

お文の言う通りだった。紙には、里緒によく似た憂え顔の女が描かれていた。

三

日が沈むころ、里緒はお文を連れてまた崇福寺へ向かった。

一昨日と違ってよく晴れてはいたが、暑さが厳しい日だった。今夜、幽霊が現れる気がしてならなかった。本当に自分そっくりの幽霊が出るのか確かめずにはいられず、藤兵衛に許しを請うて亀屋を出てきたのだ。提灯《ちょうちん》を手にしたお文は緊張した顔で、

「どなたか、男のひとと一緒の方がよくはございませんでしょうか」

とおどおどと言った。藩主の墓地がある寺に女ふたりで行くのは不安だった。里緒は安心させるように告げた。

「智照様に手紙を差し上げて、今夜行くとお伝えしてあります。もし何かあっても寺に逃げ込めば大丈夫でしょう」

だが、時が進むにつれて、お文の心配も無理からぬことだとわかった。ひと通りが絶えて物音ひとつしなくなると、ふたりは闇に包まれた。月が昇ってはきたが、道を青白く照らすだけで気味が悪い。

里緒とお文は崇福寺のまわりを囲っている塀に沿って山門に近づいた。山門の前に提灯の明かりが見えた。ぼんやりと智照の姿が浮かび上がっている。里緒が小走りに傍に寄ると、智照は微笑して、

「さっそく幽霊を見に来てくださったのですね」

と言った。里緒はうなずいて答えた。

「晴れた日には出るとうかがいましたから」

智照はあたりをうかがい、夜空を見上げた。

「本当にいつもこんな夜なのです。蒸し暑くて、いたたまれない心持になるような日に見るのです」

言われてなおさら、暑さが増したような気がして、背筋がじっとりと汗ばむのを里緒は感じた。智照にならって夜空を見上げると、この夏を春崖は迎えることなく逝《い》ってしまった、というはかない思いがこみあげてきた。江戸に去った外記はいまだに博多に戻ってこない。

〈博多八景〉を描くことで心の張りを保ってきたが、師を亡くしたいま、自分はひとりぼっちなのだとひしひしと感じられて寂しさが湧いてくる。

〈綾の鼓〉の源太は年を取るにつれて、ひとりでいる空しさや寂しさに耐えられなくなり、橘姫への恋に身を焼いたのではないだろうか。かなわぬ恋だとは誰よりも源太自身が知っていたに違いない。だからこそ綾絹でできた鼓を懸命に打ち、音が出ないと知って生きる望みを失ったのだ。その辛さがわかりすぎるくらいに身近に思える。

里緒はあれこれ思いをめぐらせながら、耳をそばだてた。そろそろ戌ノ刻が近い。やがて、静かな鐘の音が時を告げた。ゆっくりとした荘厳な響きが伝わってきた。

里緒が鐘の音に耳を立てた時、智照が不意に後ろを振り向いて、あっと声をあげた。つられて里緒たちも智照の視線の先を目で追ったが、塀が続くばかりで月に照らされた道には誰もいない。

「どうされましたか」

恐る恐る里緒が訊くと、智照は緊張した声で答えた。

「いま、何か見えたような気がしたのです」

「わたしには何も見えませんでしたが」

そうですか、とうなだれた智照の耳に、再び鐘の音が聞こえた。さらに間を置いて鐘の音は鳴り続け、智照は耳に手を当てた。

「鼓の音が聞こえます」

里緒とお文は困惑して顔を見交わした。ふたりは何も聞こえないと互いに首をかしげ合った。ところが、鐘の余韻を聞いているうちに、どこからか音が響いてくるような怪しい気配を感じた。里緒は耳を澄ませた。

ぽん

ぽんぽん

ぽーん

かすかに音がしている。気のせいだろうか。智照に言われて、音が聞こえると思い込んでいるだけなのか。

(幻の音で、本当に聞こえるわけがない)

そう思った矢先に、また鐘の音が、

ごーん

と夜の静寂《しじま》に響いた。すると、お文が泣きそうな声で、

「何か聞こえてきます」

と言った。お文が言い終える前に里緒は、

ぽーん

という高い調子の鼓の音を聞いた気がした。里緒は頭を振った。音を耳から振り払いたかった。だが、音は執拗《しつよう》に響きを募らせてくる。

「女がいます」

智照が声をひそめて言い、塀の先を指差した。何も見えなかったが、見えると言われれば白い物が浮かんでいるようにも見える。

「女が逃げました」

智照は青ざめた顔を里緒に向けた。目には何も映らなかったと思いはするが、智照の言葉に操られるように里緒は、塀の角を白い着物を翻《ひるがえ》して女が消えたのを見た気がしてきた。

「追いかけましょう」

智照はいきなり里緒の手を握り、お文に顔を向けて言った。

「すぐに戻ってきますから、あなたはここで待っていてください。何かが起きたら寺に助けを求めに行けばいい」

有無を言わさぬ強い物言いに、お文がどう応じていいか戸惑って立ち尽くしていると、智照は里緒の手を引いて走り出した。里緒は引きずられるままふらふらと智照についていく。闇を走る白い着物姿の女を脳裏に浮かべた里緒は、その女の顔が自分にそっくりなのだと思ったとたんに急に恐ろしくなった。

足を止めようとすると、智照は手を離さず強い力で引っ張って角を曲がった。路地は真っ暗で人影など見えなかったが、智照は提灯の明かりを頼りに先へと進んでいく。

「何もいません。追うのはやめましょう」

里緒が叫ぶように言うと、智照は足を止めた。いきなり手を離して振り向き、提灯を持ち替えて里緒の顔に突き付けた。

「何をするのです」

里緒は驚いて後ずさった。提灯の明かりを挟んでふたりは睨《にら》み合った。智照は目を無気味に輝かせて近寄った。里緒は恐れを抱いて二、三歩下がった。背中が塀について、もう下がれないとわかり、ひやりとした。

「今夜は幽霊など出ていません」

智照は目に冷たい色を浮かべて言った。

「では、いまわたしを引いてきたのは」

「言うまでもないでしょう。あなたを連れていきたいからです」

「どこへです？」

恐ろしさに震えながら里緒は訊いた。

「どこでもいい。あなたと夫婦になれるところなら」

「そんな――」

何を言っているのかわからず、里緒はあえいだ。気が変になったのではないか、と思った。

「あの女の絵を見た時にわかりませんでしたか。わたしがあなたに以前から恋焦《こいこ》がれていたというのを」

「青蓮寺にいた時からだというのですか」

怪しい物を見るような目で里緒は智照の顔を見た。先日来のおとなしやかな僧侶の面差しはなかった。思い詰めて憑《つ》かれたような目をしている。

「そうです。やっと思いがかなうのだ」

智照は目をぎらつかせさらに近寄り、里緒の肩に手をかけた。里緒は顔を寄せてくる智照を突き飛ばそうともがいたが、智照の力は強く、身動きがとれない。智照の荒

い息遣いが頬にかかるのを感じて、

「やめて――」

と悲鳴をあげた。智照は手にしていた提灯を投げ捨てると、片手で里緒の口をふさぎながら抱きしめた。捨てられた提灯は路上で燃え上がり、あたりを明るく照らしている。里緒が激しく抗《あらが》うのを物ともしないで智照は帯に手をかけた。その時、

――慮外者《りょがいもの》
大声がするや否や、びしり、と智照の頭を叩く音がした。智照は仰《の》け反《ぞ》るように里緒から離れ、そのまま尻餅《しりもち》をついた。地面に手をついた智照は、燃え残る提灯の明かりに浮かんだ顔を見て、

「仙厓和尚様」

とうめき声をあげた。仙厓は手にしていた警策《きょうさく》を智照に突きつけ、

――カァーッ
禅宗で金剛王《こんごうおう》の宝剣の如く、あるいは踞地金毛《こじきんもう》の獅子の如くと言われる大喝《だいかつ》を浴びせた。智照は見る見る青ざめ、地面に倒れて気絶した。

お文が寺に助けを求め、駆けつけた僧たちによって引き立てられた智照は、問われるままに話した。

四

絵に惹《ひ》かれたのが始まりでした。

絵師の春香様が青蓮寺で鳥十種の屛風絵を描かれていたおり、わたしはその見事さに目を奪われました。杉岡外記様という江戸から来られた絵師の方が描かれる鳥の図は、ため息が出るほど見事なものでした。

勤行《ごんぎょう》が終わり、夕暮れ時になって絵師の方々が帰られた後、こっそりと絵を見にいき、その美しさを堪能《たんのう》しました。こんな絵を描く絵師になりたかったという思いが蘇《よみがえ》りました。しばらくして群舞する鳥の中に数羽のやさしい鳥が見受けられるようになりました。

鷹《たか》、鷲《わし》、雁《かり》など外記様の描かれる鳥はどれも厳しい激しさを内に秘めていましたが、それに従う数羽の鳥は優美であでやかなのです。それに気づいた時、わたしが惹かれているのは、なによりこのやさしい鳥なのだ、と思い知ったのです。

鶯《うぐいす》、白鷺《しらさぎ》、鶴《つる》、どれをとっても鮮やかな鳥の姿が心に染《し》み入るようでした。これらの鳥を描いているのは、女絵師の春香様だということはすぐにわかりました。それ以来、わたしは、寺にお見えになる春香様の姿をいつも目で追うようになりました。

あのひとが優美な鳥を描いておられるのだと思うと、いつも絵筆を持つしなやかで白い手を思い浮かべてしまいます。

修行中の身で女人を想うなどとんでもないことでしたが、ただ美しい絵に惹かれているだけなのだ、と自分の心に言い訳をしておりました。やがて絵ができ上がれば、絵師の方々はこの寺に来られません。それでも屏風絵が残っているのですから、それを眺めるだけで満足できるだろう、と考えていました。そんな思いが変わったのは、千鳥の屏風絵が描かれ始めた時です。

一双の屏風には九種の鳥が描かれていましたが、もう一双には千鳥だけでした。浜辺で舞い飛ぶ千鳥の絵です。睦《むつ》み合い、労《いた》わり合い、時に競い合いながら千鳥が一陣の風とともに飛翔《ひしょう》している様が描かれておりました。

千鳥の屏風絵が仕上がっていくのを見るにつけ、妬《ねた》ましさを抑えることができませんでした。絵の素晴らしさは言うまでもありませんが、力を合わせ描いていく外記様と春香様のお互いをいとおしむ心が見て取れて、まるで男女の秘め事を垣間《かいま》見ているような気さえしたのです。

このころになって春香様を恋い慕っている自分の心に気づきました。春香様と手を携えてこの絵を描くのは、自分でなければならない。そう思い至ったわたしは寺の外で春香様を見かけると、ひそかに後をつけるようになったのです。ある日の夕方、春香様と外記様が連れ立って浜辺に行かれるのを見かけました。

ふたりが暮れ方の浜辺で親しげに話すのを見たおりは目のくらむような思いがしたものです。やがて春香様の下駄の鼻緒が切れたらしく、外記様が里緒様を背負って帰っていきました。

後を追いませんでしたが、その後、何が起きるのか手に取るようにふたりが睦み合う姿が頭の中にはっきりと浮かんでいたのです。屏風の上で渦巻く風に乗って舞い飛ぶ千鳥の群れが、さながら激しく求め合って惑乱する女体のように見えてみだりがましい思いに捕らわれました。

矢も楯《たて》もたまらず、ふたりが不義密通を働いているという噂《うわさ》を振りまきました。この噂を耳にした青蓮寺の清照和尚様は激怒されて、屛風絵を描き続けることを止めるよう厳しく言い渡し、六曲二双の屛風のうち、九種の鳥が舞う屛風はそのまま残されましたが、千鳥の屛風は「不浄である」として破却なさいました。清照和尚様にそうするよう勧めたのはわたしです。

千鳥の屛風が破却された時、胸中で快哉《かいさい》を叫びました。これで外記様と春香様が寄り添うような千鳥の絵を見なくともすむとほっとしたのです。ふたりの噂を流したのは、この屛風絵を見たくなかったからかもしれません。

その後、外記様は江戸に戻られ、春香様は衣笠家から破門され、絵師として立てなくなったと知りました。春香様が不遇の身になられたと知って心が痛みました。そのまま青蓮寺で修行を続ける気になれず、崇福寺に移ったのはこのころです。春香様のことは忘れようと修行に励んでおりましたところ、破門から三年たったからと許されて、再び絵筆をとられたと聞いて、心が波立ってきました。

春香様にお会いしたいという慕る思いを、どう抑えたらいいのかわかりませんでした。そのころから、寺のまわりで女人の影を見るようになりました。ひとに話しても信じてもらえませんでしたが、わたしには鼓の音とともに悲しげな女人の姿が浮かぶのが見えたのです。

それで女人の顔を描いてみようと思い立ちました。絵にしてみて、顔が春香様にそっくりだとわかり、驚くあまりあの女人は春香様の生霊《いきりょう》に違いないと思い込んだのです。いつか必ず春香様はわたしのもとに来てくださる、と信じたのです。

その考えは間違っておりませんでした。幽霊の絵を描きたいと崇福寺に来られた際にお会いして、わたしは、春香様がどこか遠くへ連れていってくれと訴えておられるように感じて、そうしなければならない、と思いました。

幽霊の顔を描いた絵を見せれば、春香様が幽霊を直《じか》に見たいと思うようになるかもしれない。はたして、春香様が幽霊を見るため夜中に寺を訪れたいとの手紙を目にしたわたしは、躍り上がりたい気持がしたものです。

日暮れから山門で春香様を待っている間も胸が高鳴っていくばかりでした。やがて春香様の提灯が見えた時、足の震えが止まりませんでした。それでもできるだけ落ち着いているように振る舞い、女の人影が見えた、と告げました。

夜の闇の中で言われれば、そんな気がしてきます。鼓の音が聞こえると申しましたら、春香様は何かが聞こえている気になっているのがわかりました。一緒に来た女中さんが、自分も何か聞こえると言い出しました。もうこれで大丈夫だ。幽霊がいると言えば春香様は信じるに違いない。そう思った時、怪訝《けげん》なことに、わたしの耳にも、ぽーん、という鼓の音が聞こえました。

それが合図だと思ったわたしは、女を見たと告げて春香様の手を引き、駆け出しました。春香様はまるで操り人形のようについてきました。

ふたりして、そのままどこまでも行くつもりでしたが、そうはなりませんでした。仙厓和尚様の喝によって、わたしが陥った禍々《まがまが》しい夢は呆気《あっけ》なく消えました。それはそうと、いまも不思議なのは、あの時、鳴った鼓の音です。

あれは何だったのでしょうか。

里緒は、駕籠《かご》を呼んでもらい、亀屋に戻った。思いも寄らぬ衝撃を受けたためか、その夜は熱を出して寝込んでしまったが、数日後には不思議なほど体が軽くなっていた。

十日ほどした後、仙厓が亀屋を訪れた。

夏雲が空高く昇り立ち、中庭で蟬《せみ》が喧《やかま》しく鳴いている。

里緒は藤兵衛とともに仙厓を客間に迎え入れ、先だっての礼を述べた。客間は庭に面しており、涼やかな風が吹き込んでくる。

仙厓は、ほほ、と笑って頭を振った。

「謝らなければならないのは、わしの方だよ」

温厚な物言いは変わらないが、恐縮した表情をしているのはなぜだろうと里緒は訝《いぶか》しく思った。手をつかえて藤兵衛は頭を下げた。

「滅相もないことでございます。和尚様がお出でくださらねば、どのような次第になったかと思いますと冷や汗が出ます」

「いや、いや、それがな——」

仙厓は頭に手を遣《や》り、申し訳ないという顔をして、

「実は、智照が屏風絵を描きにきた女絵師に懸想《けそう》しておるとは青蓮寺で知らぬ者はなくてな。それで、清照住職は頭を冷やさせようと智照を崇福寺に移したのだ。ところが近頃になって、寺で幽霊を見たと言い出しおった。しかも、その幽霊の顔を描いたと言って女の絵をまわりに見せてまわってな」

と話し始めた。智照が自分への想いを抱いていたことを寺の僧たちは皆、知っていたと聞いて、里緒は恥ずかしさに顔を赤らめた。

「このままでは修行の妨げになると困った住職から相談を受けたゆえ、それならいっそのこと、その女絵師と会わせてしまえ、とわしが焚《た》きつけたのだ」

里緒は小さく息を吐いて、

「さようでございましたか」

と言った。仙厓の企みを怒る気にはなれない。青蓮寺で屛風絵を描いていたおり、すぐそばにそんな思いを抱いた僧がいたのだと知って、あのころの自分を振り返る縁《よすが》になると思った。

外記に心を奪われ、まわりが見えなくなっていたからこそ、智照の想いを引き起こしてしまったのかもしれない。そう考えると省《かえり》みなければならないのは、自分だとも思える。

仙厓は戸惑いを見せる里緒に目を向けて頭を下げた。

「智照は怪しからぬ振る舞いをしたゆえ、崇福寺では本山に修行に出すことにしたそうだ。あのように煩悩に塗《まみ》れた者ほど、その業を乗り越えれば、よい僧になるものでな。どうかこらえてはくれまいか。わしらも見捨てるわけには参らぬのだ」

「滅相もございません。わたくしは智照様が幽霊を見たというのは作り話ではないように思います。お陰様で〈横岳晩鐘〉を描く際に心得ておかなければならないことがわかったような気がいたします」

里緒が応じると、仙厓はようやく笑顔になった。

「そのことじゃがな、わしがそなたに崇福寺の幽霊を描かせようと思いついたのは、ほかにもわけがあってな」

何も言わず首をかしげる里緒に、仙厓は言い添えた。

「四十九日に春崖殿の屋敷へ焼香に行ったのだ。そのおりに春楼という門人が、そなたが春崖殿が亡くなってから元気がなくて絵筆もとれぬそうだと案じておった。ひとは、親しき者が亡くなると、知らず知らずのうちに心が萎えて、生きる力を失《うしの》うてしまうのだ。そなたが気落ちせぬよう、智照のことも考え合わせて幽霊の絵を描かせようと思うたのじゃ」

「もったいのうございます」

里緒は深々と頭を下げた。胸を詰まらせる里緒を慮《おもんぱか》って藤兵衛は言葉を添えた。

「春香様のことはわたしどもも案じておったところでございます。仙厓様にお救いいただきありがたいことでございます」

「なんの、救うたなどと言うほどのことではない。されど、なにゆえ、ひとが葬式を行うかと言えば、亡くなった仏が親しき者を道連れにせず、ひとりで成仏してもらうためじゃ。ひとりで成仏するのは寂しかろうゆえ、皆でにぎやかに見送ってやるのが、葬式じゃ。親しい者が逝ったからというて、自らの生きる力を失うては亡くなった者がこの世へ未練を残して成仏の障《さわ》りになろうぞ」

仙厓の言葉は、里緒の胸の奥にじわりと沁み透った。黙って、部屋の隅に控えていたお文が身じろぎした。仙厓はお文に顔を向けて、

「なんぞ、聞きたいことがあるようじゃな」

と声をかけた。お文は藤兵衛をうかがうように見た。藤兵衛がうなずくと、お文はおずおずと口を開いた。

「亡くなった方は親しいひとを道連れにするというお話でございますが、旦那様から〈綾の鼓〉の話をうかがいましたところ、源太というお年寄りが橘姫という若い女の方を好きになったけれど、思いがかなわず、池に身を投げて亡くなったとお聞きしま

した。その後で橘姫は源太の霊に祟《たた》られて、やはり池に身を投げたそうですが、源太の霊はなぜ、そんなことをしたのでしょうか。思いをかなえてもらえなかったから、橘姫を道連れにしたのでしょうか。もしそうだとしたら橘姫があまりにかわいそうです」

こんなことをお訊きして、申し訳ございません、とお文は恥ずかしげにうつむいた。

お文に訊かれて、仙厓は深く考える顔をした。

「まことに、そうじゃな。源太はなにゆえ、橘姫に祟ったのであろうか。せっかく恋い慕ったというにのう」

首をひねった仙厓は、ふと里緒に目を向けた。

「そう言えば、そなたは鼓の音を聞いたと言うておったな」

「はい、不思議でございますが、たしかに耳にしたように思います」

あの夜、聞いた鼓の音がいまも耳に残っている気がする。高く、寂しげな音だった。

あの音をたしかに聞いたという覚えがなければ、智照から手を引かれても振り切って動かなかったかもしれない。

だが夜空から降ってきたような鼓の音を聞いた時、魂を抜かれたような心地がして、何者かに操られるかのように智照に引きずられるまま、足を運んだのだ。「智照めも、鼓の音を聞いたと申しておった。ふたりして空耳であったとも思えぬのう」

考え込んだ仙厓はやがて、ぽん、と膝《ひざ》を叩いて言葉を継いだ。

「そう言えば、わしにも訝しいことがあったな。そなたが智照に襲われるのを見たおり、どうしたことか、腸《はらわた》が煮えくり返るほどの憤りを覚えてのう。それでわしは手にしていた警策で智照の頭を叩いたのじゃが、思わぬ勢いでひっくり返りおった。そしてわしの口から、これまで発したこともない大喝が出た。これはどうしたことかと内心、びっくりしたのだ」

淡々と話す仙厓の言葉を聞いて、里緒もうなずいた。

「わたくしも和尚様の喝をお聞きした時、肝をつぶす思いがいたしました」

「あのおり、わしの体に源太の霊が宿っておったのかもしれぬな。橘姫を守ろうと、必死になって智照めを懲《こ》らしめたのであろうかな」

楽しそうな声で仙厓は言った。

里緒は〈綾の鼓〉の源太を思い浮かべた。源太は橘姫を恨んだにしろ、死なせたくはなかっただろう。何とかして助けたいという思いを抱き続けたのではないだろうか。

「源太は寂しいひとだったような気がいたします」

しみじみと里緒が言うと、仙厓はゆっくりと頭を振った。

「わしほどの年になると、ひとを恋うのはまことによきものじゃ、と思うようになる。ひょっとして、そなたの前世は橘姫で、わしの前世は橘姫に恋した源太であったのかもしれぬな」

仙厓が微笑《ほほえ》むと、里緒は頬を染めてうつむいた。

博多帰帆《はかたきはん》

一

木枯しが吹き荒《すさ》ぶ年の暮れを迎えた。

里緒は気力を振り絞って夏に〈横岳晩鐘〉の下絵を描いた後、また絵筆をとれなくなっていた。続けて描けると思っていたのだが、絵筆をとって画紙に向かおうとすると、胸苦しくなって手が震え、悲しみが胸にあふれてくるのだった。

どうしてそうなるのだろうと自らの胸に問うた時、おのずからわかるところがあった。〈博多八景〉を描こうと巡り歩いたそれぞれの景勝地で出会ったのは、さまざまな哀しみだった。

兄弟子の春楼が思いをかけた遊女の千歳《ちとせ》は、男と冬の海に身を投げて生を終えた。若いころ駆け落ちしたいと思い詰めた男の最期を看取《みと》り、夫のもとへ帰ったお葉、新内の師匠の幸薄い生涯を見つめながら懸命に生きる与三兵衛ととみ夫婦、役者として辛い宿命を生きる清吉と出会った。自分のために亭主が人殺しをしてしまったおりう、師である春崖の想い人であり、武家の奥方として忍従を強いられたお雪たちと巡り会い、誰もが、せつなさを胸に納め、懸命に自らの道を求めて歩んでいるのを知った。

里緒が描く〈博多八景〉には、出会ったひとびとの哀しみが込められていた。下絵を見る度に、胸にこみ上げるものがあった。

筆をとろうとする際、女たちの顔が目に浮かび、心が千々《ちぢ》に乱れて気持が落ち着かなくなるのだった。しかし、絵筆をとる手を重くさせているのは、それだけではないことも里緒にはわかっていた。

いつの日か外記は博多に戻ってくれるかもしれない、とひそかに心待ちしていた。だが、その望みはかなわないのではないか、と近頃では思うようになっていた。

それならそれで女絵師としてひとりで生きていけばいいのだからと思いを定めていたはずなのに、虚ろな風が吹き抜けていく胸の内をどうにも埋められず、里緒は自分の心を持て余していた。

〈博多八景〉の最後の一景となる、

――博多帰帆《はかたきはん》
に、里緒はわずかではあるが、期するところがあった。

（この絵を描き上げれば、外記様は博多に戻ってきてくれるような気がする）

とはいえ、今もって何の便りもなく、外記が江戸へ去ってすでに五年の歳月が流れた。〈博多帰帆〉を描き上げてしまえば、外記を待つ縁《よすが》は永遠に帰ってこないようで不安な心持になるのだった。

白帆をあげた船が博多の湊《みなと》に入ってくる光景を描きさえすればいいのだとわかってはいる。

目を閉じれば、その景色はすぐに里緒の瞼《まぶた》の裏に浮かんでくる。そして、その景色の中に外記がいて欲しいと切実に願った。博多に戻ってきた外記を実際に目にしなければ〈博多帰帆〉は描けないと思った。

そんな惑《まど》いを抱きつつ、ぼんやりと画紙に向かい合っている里緒を見かねたのか、藤兵衛が珍しく画室に顔を出して話した。

「春香様、〈博多八景〉の仕上げを焦ることはありません。ゆっくりお描きくださって結構です。〈博多八景図屏風《びょうぶ》〉をお頼みした時、博多の名勝を描いた屏風ができあがれば、多くのひとに見てもらい、博多を活気づけられるだろうとわたしは考えておりました。しかし、春香様が下絵を描いておられる様を見るうちに〈博多八景図屏風〉は博多のひとたちの幸せを祈る心願の絵にほかならない、と思い至りました」

「心願の絵だと……」

「さようでございます。ですから、心ゆくまでゆっくり仕上げてこそ祈りは通じるのではありますまいか」

藤兵衛がしみじみと言う言葉を聞いて里緒はふと思いついたように口を開いた。

「亀屋様が、御救奉行《おすくいぶぎょう》の白水養左衛門《しろうずようざえもん》様のお手伝いをされているのも、博多のひとたちを幸せにしたいと願っておられるからでしょうか」

唐突に問われて、藤兵衛は盆のくぼに手をやって苦笑した。

「さようでございますが。ひとの欲がからみますと、苦労ばかりでなかなか思うようにはいきません」

白水養左衛門の献策による藩政改革で、中洲にある中島町では毎日のように芝居興

行が打たれるようになり、夜店を出すことも許されて、

――灯火《とうか》家々表に出し其《そ》の賑《にぎ》わい大坂の順慶町《じゅんけいまち》にことならず、すさまじき賑わいなり

と記録されるほどだった。さらに藩が発行した大量の銀札が市中に出回り、時ならぬ好景気をあおっていたが、それだけに博多の風紀が浮薄《ふはく》に流れていると反発する声も出ていた。

春香は、加瀬茂作が白水養左衛門の改革に苦言を呈していたのを思い出した。そのことを藤兵衛に伝えてこなかったのは、絵を描く苦しみに気を取られていたからだろう。

「そう言えば加瀬茂作様が、白水様のなされ様は浄瑠璃本《じょうるりぼん》のようだ、と申されたことがございました」

里緒が何気なく口にすると、藤兵衛は、浄瑠璃本ですか、と繰り返しつぶやいた後、

「なるほど、加瀬様でしたら、さように申されるでしょうな」

といくらか肩を落としたような素振りを見せて言った。里緒は好ましくないことを言ってしまったのか、と気にかかり、

「加瀬様はわたくしに冗談を言われたのでございましょう」

と、取り成すように言い添えた。藤兵衛は手を振って、

「気になさらずともよろしゅうございます。加瀬様のおっしゃる通り、わたしどもは浄瑠璃本に書かれているような夢を見ようとしているのかもしれません」

と笑った。黒田藩では、これまで大坂の蔵元である鴻池善五郎《こうのいけぜんごろう》や広岡久右衛門《ひろおかきゅうえもん》、長山作兵衛《ながやまさくべえ》などの富商から多額の金を借りていたが、この返済を凍結して天王寺屋忠次郎《てんのうじやちゅうじろう》やかざり屋六兵衛、近江屋休右衛門《おうみやきゅうえもん》らを新たな銀主として四万両を借りた。藩が発行した銀札を金に換える用意のためだと、藤兵衛は話した。

「当然ではございますが、鴻池ら蔵元の怒りを買い、福岡藩の米を売り捌《さば》くのは御免こうむると言い出しましてな」

全国の藩は大坂に蔵屋敷を持ち、運び込まれた年貢米は蔵元により堂島で売り捌かれる。蔵元に手を引かれると堂島で売ることができない〈納屋物《なやもの》〉になり、売値も安くなってしまうという。

「それは困ったことでございますね」

里緒が眉《まゆ》をひそめると、藤兵衛は笑って膝《ひざ》をぴしゃりと叩いた。

「とはいえ、改革はすでに始まっております。何事もうまくいくよう願うしかありません」

「それも心願なのでしょうか」

「さようです。博多の繁盛を願う心願でございます」

藤兵衛はきっぱりと言った。


数日後——

師走であわただしい亀屋に春楼《しゅんろう》がひさしぶりに訪ねてきた。

「秋口の旅ならたいして疲れないだろうと思って行ってきたが、やはり江戸はずい分と遠くてくたびれ果てた」

春楼は疲れが残った声で言いながら、お文に案内されて画室に入ってきた。すっかり日焼けして、鼻の頭が赤く皮がむけている。画室には何も描かれていない画紙が広がるばかりで絵皿も乾いているのをちらりと横目で見た春楼は、長旅はおおごとだったと言いかけた言葉を呑んで里緒の前に座った。間なしにお文が茶を持ってきて、部屋の隅に控えた。

「江戸へ行かれたのですか」

驚いて訊く里緒に、春楼は茶を飲みながら、

「先生は遺品の絵を狩野様にお納めするようにと言い遺しておられたからな」

と答えた。春崖はかねがね、自分の死後、遺した作品を江戸の狩野家に納めて欲しいと語っていたという。それで〈富士に雲龍図〉と〈松鶴図屏風〉の二双の屏風を江戸へ運んできた、と春楼は話した。いずれも春崖が遺した絵の中でも名品と言えるものだった。あるいは里緒にも渡す絵があるのか、部屋に入ってきた際、春楼は腋《わき》に抱えていた細長い風呂敷包みを傍《かたわ》らに置いていた。

「それは、ご苦労さまでございました」

師の絵が江戸に行ってしまった、と思うと心寂しい気もするが、狩野家に納められたのであれば、何より春崖の霊も慰められるだろう、と里緒は思った。

春楼はまた茶をひと口飲み、

「まあ、それはさておいて、実はせっかくのおりだからと思い、狩野守英様をお訪ね

してみたんだよ」

　ごほんと咳払《せきばら》いをして言った。里緒はその名を聞いてどきりとした。狩野守英とは外記の狩野派絵師としての名だった。

「外記様にお会いになられたのですか」

「うむ、先生も亡くなられるまで、ずい分と気にかけておられたからな」

　里緒はすがるような目を向けて訊いた。

「外記様はどうしておられましたか」

「さて、それだが……」

　春楼は眉を曇らせて、傍らの風呂敷包みに目を遣《や》りつつ、外記と会ったおりの話を語った。

二

　狩野家の内弟子から、外記が下谷《したや》の興善寺に寄宿していると聞き出した春楼はすぐに訪ねてみようと思い立ち、その日のうちに興善寺を訪れた。応対に出てきた小僧に案内されて春楼は裏手にある小さな庵《いおり》に連れていかれた。

外記は絵筆をとって画紙に向かい、想を凝《こ》らしているらしい表情をしていた。五年前より痩せたように見えたが、目は冴《さ》え冴えと澄んで鋭さを増していた。

小僧が庭先から客の訪れを告げると、外記は訝《いぶか》しげに振り向いた。

「杉岡様、お久しゅうございます。博多の衣笠春崖の門人、春楼でございます」

ていねいに頭を下げて挨拶する春楼に目を止めて、外記はゆっくりと笑みを浮かべた。博多で頼まれた屛風絵を描く際、里緒とともに手伝いをした春楼を思い出したようだ。

「春楼殿が参られるとは珍しいことだ。何用あって江戸に参られたのか。そこでは話もできぬゆえ、こちらに上がられよ」

と言われて座敷に通された春楼は、師の春崖が亡くなり、遺品を狩野家に納めに来たと話した。

「春崖先生は逝《い》ってしまわれたのか——」

表情を曇らせて悔やみを述べる外記に応じながら、春楼はそれとなく部屋の様子をうかがった。絵の道具とわずかな書物があるだけの寂しい部屋だった。春楼の視線に気づいた外記は苦笑して言った。

「いまは絵を描くほかにすることもないゆえ、身の回りには何も置いていないのだ」

春楼は声をひそめて、

「春香も真剣に絵を描く日々を送っております」

とさりげなく告げた。外記は、そうかとつぶやき、

「春香殿は春崖先生から破門を許され、絵師に戻ったと風の便りで聞いていた」

と言い添えた。春楼はうなずいて里緒の近況を伝えた。

「いまは、亀屋という大店に頼まれて、〈博多八景〉を描いております」

ほう、それはいいと外記は嬉しげな顔をした。

「春香殿なら、よいものが描けるであろう。どれほど描いたのだろうか」

訊かれて、春楼は顔を曇らせた。〈横岳晩鐘〉を描いた後、里緒は筆をとれずにいると伝え聞いていたからだ。里緒が描けずにいるのは春崖が亡くなったこともあるだろうが、外記に会えない歳月が長くなったからだろう、と春楼は察していた。

「八景のうち七景の下絵を描き終え、残るは〈博多帰帆〉だけだそうです。春香はなぜか、〈博多帰帆〉をいまも描けずにいるようです」

気がかりそうに言う春楼の言葉を聞いて、外記は当惑したような顔をしてうつむいた。

「そうでしたか。いまも〈博多帰帆〉を描けずにいるのですか」

と言って何事か考え込んだ外記に、春楼は、

「杉岡様の奥方様はいかがお過ごしでございましょうか」

と恐る恐る訊いた。外記は妻の妙と別れて博多に来るつもりだったと、里緒が春崖に話すのを傍らで聞いて知っていた。

妙は心痛の余り明日をも知れぬ病になり、義父の相模屋《さがみや》善右衛門は外記への憤りから幕府お抱え絵師である狩野家を謗《そし》ったため、家産を半分没収されるという憂き目にあった。

用立てた金子《きんす》を返済しろと善右衛門から責め立てられ、妙との離縁を認められなかった外記は、傾いた相模屋を支えるために絵を描いて得た金を渡していると耳にした。それゆえ外記は博多に戻ることができず、里緒もせつない思いを抱いてひたすら待ちわびているのだ。

「それがな――」

外記は、ためらいがちに言い出した。

妙はその後、高価な薬を惜しみなく使ったためか、付き添いがいれば外歩きもできるまで容態を持ち直したという。

また、近頃、相模屋は、かつて番頭を務め、いまでは独立して店を持っている巴屋《ともえや》佐平次《さへいじ》という男から援助を受けているという。佐平次は女房を病で亡くしたばかりで、番頭のころより想いをかけていた妙が、外記と別居していると知って、離縁するなら後添《のちぞ》えに迎えたいと善右衛門に申し出たという。佐平次は四十を過ぎているが遊びなど考えたこともない仕事一筋の物堅い商人だけに、妙への想いを忘れかねていたそうだ。

その上、佐平次は妙が後添えになってくれるなら相模屋に援助する金を上乗せしてもいいと持ちかけているらしいと外記は話した。

「相模屋殿は口を濁しておるが、伝わってくる話では、どうもそういうことのようだ」

「でしたら渡りに船ではございませんか。杉岡様が離縁なされて博多に来てくだされば、万事うまく納まります」

春楼が膝を乗り出して勢い込んで言うと、外記はゆっくりと頭を振った。

「ひとの心はそう都合よく参らぬようだ。妙と相模屋殿は自らの苦しみのもとがわたしにある、と思っている。離縁した後、ほかの女のもとに行くわたしを、妙は決して許しはせぬであろうし、相模屋殿は娘をかつては番頭だった男の後添えに出すのを渋っておられるようだ」

外記はあきらめたような口振りで言った。妙は父親から佐平次の後添えになる話があると聞いても、はかばかしい返事をせず、善右衛門も強いて話を進めようとしていないらしい。

相模屋親子は、昔の羽振りがよかったころをひたすら懐かしみ、以前、番頭だったというだけで、その申し出に誇りを傷つけられた気がして胸中に不満が渦巻いているのかもしれない。

「ですが、杉岡様がはっきり否《いな》とおっしゃれば、なんとかなるのではないでしょうか。その方が皆にとって納まりがいいように思われますが」

懸命に説く春楼の言葉を黙って聞いていた外記が、急に咳《せ》き込んだ。その咳を聞いて春楼は胸を突かれた。

かつて惚《ほ》れた遊女の千歳に頼まれて、与平という男を訪ねたことがあった。与平は病でやつれて寝込んでおり、千歳へ渡してくれと結び文を訪ねてきた春楼に託した。結び文には、ふたりが心中するための打ち合わせが書かれていた。その文を春楼は里緒に頼んで千歳へ届けてもらった。そのあげく、ふたりは冬の海に身を投げて死んだのだった。会ったおり、与平はいま外記がしたのと同じ咳をしていた。まさか、とは思いつつも春楼がうろたえた様子を見せると、外記は懐紙で口を拭《ぬぐ》い、

「わたしは、相模屋殿に金を渡すために無理をして絵を描きすぎた。どうやら胸の病にかかっておる気がする。どうにか、相模屋殿の許しを得られたとしても、かような病を持ったまま博多に参れば春香殿に迷惑をかけるだけだ」

と落ち着いて言った。春楼は大きく首を横に振った。

「何をおっしゃいますか。春香はいまも杉岡様をけなげに待っています。博多に来ていただければ、懸命に看病して病を治そうとするでしょう。博多にも腕のいい医者はいますから、必ず杉岡様がもとの元気なお体になれるよう尽くすはずです」

外記は目を閉じて春楼の言葉を聞いていたが、しばらくして目を見開き、わずかに微笑を浮かべ、

「さようにできれば、よいのだが」

とつぶやいて、九州までこの体で旅ができるだろうか、と続けた。春楼は額に手を当てて考え込んだ末に、膝を叩いた。

「できるだけ、船の旅をされてはいかがでございましょうか。東海道だけでなく、大坂から博多までなら船の便はございます。それならば、体をいたわることができます」

「船か――」

と小さい声で言った外記は、江戸にあとどれほどいるのか、と春楼に訊いた。

「あれこれ用もございまして他に回らねばならぬところもございますので、あと半月近くはいると存じます」

外記はしばらく考えた後、言った。

「そうか。ならば、十日後にまた立ち寄ってはくれまいか。預かって欲しいものがあるのだ」

十日の後に何の用があるのだろうかと首をかしげながら、春楼は快く承諾して辞去した。

江戸に出るとなると、弟子仲間から頼まれ事も多かったし、自らの用向きや見て回りたいところも多々あった。あわただしく十日が過ぎ、春楼は再び興善寺を訪れた。

先日訪ねた時と同じ小僧に訪《おとな》いを告げると、少し戸惑った顔をしながらも先に立って案内した。庵の庭先にまわると、外記が部屋でひとと話している声が聞こえてきた。男女ふたりの客が来ているようだ。

春楼に気づいた外記はさりげない様子で、

「すまぬが、そちらで待ってはもらえまいか」

と日当たりのいい縁側を手で示した。客が来ているのなら遠慮した方がよさそうだ、と春楼は一瞬思ったが、縁側に近寄ると部屋にいる白髪交じりの商人風の男が、

「話をひとに聞かれたくないから、帰ってもらいなさい」

と偉そうに言うのを聞いて、恐らく相模屋善右衛門だろうと察して、そのまま素知らぬ顔をして縁側に座った。

「相模屋殿、わたしにはひとに聞かれて困る話は何ひとつありませんぞ」

外記は落ち着いて応じた。男はやはり善右衛門らしい。間なしに、

「どなたがお見えなのでしょうか」

と訊ねる女の声が聞こえた。暗い沈んだ声だった。

「博多の絵師殿だ」

外記が答えると、しばらくして女は、ぽつりと言った。

「あなたは、いまだにあのひととつながりがあるのですね」

「そんなことは断じてない。会ってもいないし、文の遣《や》り取りもしていない。ふたりとも絵の道に精進しているだけだ」

「そう言って、絵のことがわからないわたしを遠ざけようとなさるのですね」

恨みが籠《こも》った声音で女は言い募った。春楼はそれを聞いて、女が外記の妻の妙だと思った。春楼が身を硬くして耳をそばだてると、善右衛門の苛立《いらだ》った声が響いた。

「どうなのかね。あなたが、詫《わ》びを入れさえすれば狩野様は破門をお許しになるご意向がおありだそうじゃないか。それに加賀の前田様から絵師として抱えてもよいという話も来ていると聞いたが」

「わたしは狩野門に戻ろうとは思っておりません」

「そんなことをしらじらと言うが、妙と別れることができたら、さっさと狩野様に破門を許してもらい、博多の女絵師と夫婦になって、うまいこと前田様のお抱え絵師として裕福に暮らそうという魂胆《こんたん》じゃないだろうね」

善右衛門が辛辣《しんらつ》な口振りで言うと、妙がたまりかねたように声を高くした。

「そんなことは許しません」

「きょうは、巴屋殿との縁談がまとまったと話しに来られたとばかり、思っていたのですが、違ったのですか。わたしが狩野門に戻ることはありませんから、安心して縁談を進められるがよろしいかと存じます」

外記は諭《さと》すように言うが、善右衛門は激しい口調で言い返した。

「わたしも最初はそのつもりだった。ところが、あなたが前田様のお抱え絵師になるという話があると聞いて驚いたんだよ。妙が巴屋の後妻になれば厄介払いできると思っているだろうが、そう都合のいいようにはいかないよ」

話を漏《も》れ聞くうちに、春楼にも相模屋親子と外記の間でどういう話があったのかおぼろげにわかってきた。

善右衛門は、妙と外記の離縁を正式に決めようと思った矢先に、外記が破門を許され、前田家のお抱え絵師になれるかもしれないという話を聞いて逆上したのだ。

「わたしと妙殿は永年別居して夫婦とは申せぬ間柄になっています。巴屋の佐平次殿は地道な方で、相模屋殿を何より大切に思っておられると耳にしております。よいご縁だと思われますが」

諄々《じゅんじゅん》と説く外記の言葉を遮《さえぎ》るように、妙は涙声で訴えた。

「さようなお話をうかがいたいのではありません」

泣き崩れる妙を善右衛門はなだめていたが、しばらくして、

「ともかく、わしらはあなたの思惑通りには動かないからね。そのことを覚えておくんだね」

と脅すように言い残して、足音も荒く縁側に座る春楼の傍らを通り、表へ向かった。

あわてて縁側の端に控えた春楼は、鼻が目立って大きくあごが張った善右衛門の後ろを気落ちした様子でついていく妙の顔をちらりと見た。一瞬、見ただけだったが、妙のととのった顔立ちは見てとれた。

ふたりが出て行くのを見届けた外記は春楼に声をかけた。

「せっかく来てくれたのに、騒がしい目に遭わせてすまなかった。こちらに入ってください」

外記は十日前よりさらに痩せたように見えた。無精髭《ぶしょうひげ》を生やしたままで身を構わない様子だったが、目は輝いていた。

春楼が部屋に入って神妙に座ると、外記は相模屋親子のことには触れず、傍らに用意していた細長い風呂敷包みを春楼の前に置いた。

「これがわたしの心だと、春香殿に伝えてください」

外記は静かに言った。

三

江戸での話を語り終えた春楼は、傍らに置いていた風呂敷包みを取り、里緒の前に置いた。

「杉岡様からお預かりしたのがこれなのだ。春香にという言伝《ことづて》だったから、わたしは包みの中を見ていない」

春香は包みを手に取り、ゆっくりと風呂敷の結び目を解いた。包みの中には三尺（約九十センチ）ほどの細長い木箱があり、蓋《ふた》を取ってみると、巻かれた紙が見えた。

畳の上に紙をそっと広げて見つめた里緒は深いため息をついた。そばに寄って春楼が覗《のぞ》き込み、

「これは、〈博多帰帆〉じゃないか。そうだったのか、外記様は十日かけてこの絵を描かれたんだな」

とうめくように言った。春楼の言葉につられるように、紙に目を遣ったお文がうっとりと見惚《みと》れてつぶやいた。

「なんて美しい絵でしょう」

博多の湊に入ってくる白帆をあげた数隻の船が、鮮やかに描かれている。海の碧《あお》と空を描いた透き通った灰青色、いまにも汐《しお》の匂いが漂ってきそうな光景が目の前に生き生きと広がった絵だった。里緒はじっと絵を見つめ、

「これが外記様のお心なのですね」

と自分に言い聞かせるように言うのへ、春楼は何度もうなずいた。

「そうなのだ。早く博多に戻りたい、春香に会いたいと願う外記様の心が伝わってくるじゃないか」

お文が身を乗り出して嬉しげに言った。

「この絵さえあれば〈博多八景〉はできあがるのでございますね」

すでに里緒は七景を描いている。〈博多帰帆〉を加えれば屏風絵の下絵はそろう。

だが、里緒は頭を振った。

「いいえ、それはまだ無理です。外記様の絵をそのまま写すわけにはいきません。外記様は、これほどの絵を描けとわたくしの気を奮い立たせるために描いてくださったのです」

口にすると同時に、この絵に劣らぬほどの〈博多帰帆〉が描けた時、外記はきっと博多に戻ってきてくれるのではないだろうか、と里緒は思った。春楼は外記に九州まで船で旅してはどうか、と勧めたそうだが、その言葉に従うつもりがあるからこそ、自らが乗るであろう博多の湊に入る船を描いたのではなかろうか。外記は叶《かな》えたい夢を絵に託して里緒に伝えようとしたに違いない。

——外記様

里緒の目に涙があふれ、外記の絵が滲《にじ》んで見えた。辛い境遇にある外記が、どうにかして自らの道を見出そうとして描き、届けてくれたのがこの絵なのだ。外記は絵を通じて語りかけてくれている。その思いに応えるには、自分の心を伝える絵を描かなければならないと里緒はあらためて思った。藤兵衛が〈博多八景〉は博多の繁盛を祈る心願の絵だと言ったことを思い出した。

（わたしにとって〈博多帰帆〉は、外記様を待つ、心願の絵になるに違いない）

里緒は、心が引き締まるのを感じた。

翌日から三日続けて、里緒はお文を供に博多の湊に通った。

玄界灘から吹き付ける凍りつくような風から身を守るため、ふたりは綿入りの上着を羽織《はお》り、首を縮めて湊のあたりを見て回った。

博多の湊は、毎年秋に福岡藩の年貢米を大坂に運ぶ千石船が、帆を上げて何隻も出入りして賑わう。湾内には唐泊《からどまり》や宮浦《みやのうら》、今津《いまづ》、浜崎《はまさき》、能古島《のこのしま》など五つの浦があり、これらの浦を基地とする〈筑前五ヶ浦廻船〉が栄え、大坂や江戸はもとより、東北や北陸の海運にも携《たずさ》わっていた。

また、博多湾には他国からも多くの船が集まり、湾の東側にある浦では地曳《じび》き網《あみ》漁が行われ、その近辺には塩田が開かれて製塩も盛んだった。

外記の絵は、博多湾の繁栄を描き出していたが、里緒は湊に集まるひとの心を風景に映し出せないかと考えていた。

　出船入船は富をもたらすとともに、さまざまなひとの想いも運ぶのではないか。旅立ちがあり、帰郷がある。旅先での解き放たれた楽しみの傍らに、日常の憂いが表裏をなす。別離があり、再会がある。

　そんな風景を求めて里緒は歩き回っていた。ふと気づくとお文が立ち止まり、沖合はるか、かすかに見える島影に目を遣っている。島流しになった父親を思い出しているのだろう。

「お文さん――」

　声をかけると、お文は、はっとした様子で振り向き、あわてて里緒の傍に小走りに駆け寄った。

「申し訳ありません。海を眺めているうちに、ぼんやりしてしまいました」

「お父様のことを思っていたのでしょう」

　うろたえ顔になったお文は、うつむき加減に、そんなこと思っていません、と小さく答えたが、さびしげに肩をすぼめた。

　お文の母おりうは、オランダ通詞の弥永小四郎と長崎で暮らしている。お文が身内と呼べるひとは、島にいる父親の捨吉だけだった。

「早くお父様が戻れるといいですね」

親身な里緒の言葉に、お文は素直にうなずいた。

「島の暮らしは辛いと聞きます。体を壊しているんじゃないかと心配です」

お文の言葉を聞いて、外記が気になる咳をしていたと春楼が話していたのを思い出した。待つひとの身を案じるのは、里緒も同じだった。

身を切るような北風が吹き荒《すさ》ぶ海を、ふたりして眺めているうちに何を描いたらいいのか頭に浮かんできた。湊は帰ってくる者を待つ場所なのだ。

〈博多帰帆〉という景勝の呼び名は、さまざまなひとの思いが込められているに違いない。

(わたしの心を素直にそのまま描けばいい)

湊に目を転じ、帆を上げた千石船や艀《はしけ》、湊を行き交う旅人や船乗りたちを眺め遣りながら、里緒は、大空の下で暮らしを営むひとびとを愛おしく思った。

翌日から里緒は下絵に打ちこんだ。傍らには外記の絵が置かれている。同じ図柄だと似てしまうのではないかと案じたが、不思議なほど違う絵になっていく。外記の絵は雄渾《ゆうこん》な筆致で描かれ、里緒は清雅《せいが》な佇《たたず》まいを画面に際立たせた。

やがて大晦日《おおみそか》になった。

この日も変わらず夢中になって絵筆を動かすうちに、日が暮れ、お文が行灯《あんどん》の火を入れにきて初めて、外が暗くなっているのに気づいた。

画室の中はすでに闇《やみ》が忍び寄っていたが、里緒の目には画紙の上に描かれている絵がはっきりと見えていた。

「春香様、あまり根を詰められてはお体に障《さわ》ります」

火鉢に炭を足していたお文が、気がかりそうな声で言うと、里緒は微笑して応じた。

「我を忘れて絵を描いていると、時がたつのもわからなくなってしまいますが、こうして絵を描いている方がとても心が落ち着くのです」

「昼過ぎから雪が降り出して、大層、冷え込んできました。雨戸を閉めてからすぐに綿入れをお持ちしましょう」

「雪が降っているとは、気がつきませんでした」

里緒が驚いたように言うのにうなずいて、お文は障子を開けて縁側の雨戸を閉めに立った。肌を刺す冷気がさっと部屋に入ってきて、雪で覆われた庭の木が黄昏《たそがれ》時の薄闇に白く浮かんでいるのが見えた。

里緒も立ち上がって雨戸を閉めるお文に手を貸した。雪は絶え間なく降り続いている。

「こんなに積もっていたのですね」

「新しい年は大雪で明けそうです」

お文はどことなく声を弾ませて言った。年若いお文はどれほどせつなく苦しい目に遭おうとも新たな日を迎えれば明るい光を見出せるようだ。

その瑞々《みずみず》しい若さが羨《うらや》ましい、と思いつつ、里緒はまた画室に戻った。綿入れを母屋から持ってきたお文は、案じる眼差しを向けつつ里緒の肩にそっとかけ、絵を描く邪魔になるのを恐れるように黙って画室を出ていった。

里緒はまた絵筆をとろうと思い、その前に心気を澄ませた。

目を閉じて博多の湊を思い浮かべる。海原をゆっくりと進む千石船が、光あふれる湊に入ってくる様を脳裏に描いたまま目を開けて絵筆を手にした瞬間、どきりとした。

里緒と向かい合うように座った男が、絵筆を持って画紙に見入っている。行灯のほのかな明かりにぼんやりと男の顔が照らされた。

（わたしは幻を見ているに違いない）

　里緒は胸の中でつぶやいた。

　紛れもない外記の姿だった。かつて青蓮寺でともに〈鳥十種屛風〉を描いたころの外記が目の前にいた。里緒の胸に懐かしさとも慕わしさともつかぬ言いようのない想いが募った。描こうとする絵を見つめる外記の眼差しは、非情なまでに真剣だった。あの目に惹《ひ》かれたのだ。

　外記が顔をあげた。驚いたような表情でまじまじと里緒を見つめる。その顔にゆっくりと笑みが広がった。里緒も微笑《ほほえ》んで、

　――外記様
　と声をかけようとした時、外記が激しく咳き込んだ。里緒はすぐに立ち上がって外記のそばに寄り、背をさすった。だが、咳はやまない。うろたえた里緒は悲しみが込み上げてきて外記を抱きしめた。

　外記の体は氷のように冷たかった。しっかりと抱きしめて体をさするうちに、血が通う温かさが戻ってきたような気がした。

「外記様、お慕わしゅう存じます」

抱きしめた手に力を込めて口にすると、ようやく外記の咳が止まった。外記はあえぎながら里緒の耳もとで、

「わたしも、春香殿を慕わしいと思っている」

と切れ切れの声で言った。

「ならば、わたくしのもとに戻ってきてくださいませ」

頰《ほお》をすり寄せて囁《ささや》く里緒を、外記は力強く抱きしめた。

「帰るとも。必ずや、里緒殿のもとに戻って参るぞ」

外記の吐息が里緒の首筋にかかり、ふたりはもつれあうようにその場に横たわった。

里緒は身の内に熱いものがあふれるのを感じて、たゆたう時を過ごした。

ごーん
ごーん
鐘の音が響いてきた。はっとして目を開けた里緒は、部屋の中を見回した。

いつの間にか畳に伏せて、うとうとしていたらしい。行灯の明かりが揺らめく部屋には、里緒のほかに誰もいない。しんと静まり返った中に聞こえてくるのは除夜の鐘

のようだ。

里緒は身を起こして、両手で胸を抱きしめた。外記の肌ざわりが残る血のざわめきを体がはっきりと覚えている。

里緒の目から涙が流れ落ちた。どうして、これほどあふれるのかわからないままに、悲しみが込み上げて里緒は思う様、涙を流した。

四

里緒は大晦日に〈博多帰帆〉の下絵を描き終え、心ここに在らずという様で正月を迎えた。

これで、藤兵衛から依頼された〈博多八景〉の下絵はすべて描き終えた。あとは、屏風絵に仕上げねばならないが、取りあえず、何を描けばよいかはっきりしただけにほっと安堵《あんど》する思いがしていた。

里緒が画室で下絵を並べて屏風絵に取りかかる準備をしていると、藤兵衛が様子を見にやってきた。

「この屏風が出来上がれば、博多に真の繁盛が訪れるような気がいたします」

藤兵衛はできあがった〈博多帰帆〉の下絵を手にとって見つめながらつぶやいた。

藤兵衛の言葉に里緒はうなずいた。

祈りを込めた絵を描き終えたからといって、願いがかなうというほど世の中は甘くないことはわかっている。とはいえ、ひとの願いはどれほど祈ろうが空しく散り果てるだけだと言われるのは、あまりにも寂しい。

かなうところを目にすることができなくても、ひとの願いはこの世のどこかで実を結ぶと信じていたい。里緒がそんなことを考えているところに、お文が縁側に膝をつき、

「春楼様がお見えでございます」

と告げた。里緒が向き直る間もなく、春楼があわただしく部屋に入ってきて座るなり、懐から書状を取り出した。

「春崖先生の遺品を納めた狩野家から礼状が届いた。その中に外記様のことが書かれていたのだ」

春楼は、興奮した面持ちで、里緒に書状を差し出した。震える手で受け取った里緒

は、書状を開いて文面に目を走らせた。

書面には狩野家から春崖の絵が納められたことへの礼が書かれ、さらに、

——守英破門許されし事御知らせ致し候。年明けには加賀前田様お抱えと相成《あいな》るべく、左様な次第につき、加賀に罷《まか》り越すにあたり、正月に博多へ立ち寄り内儀を伴い、加賀へ参る所存と聞き及び候

と記されていた。

「これは、まことでございましょうか」

目に涙を滲ませて問う里緒に春楼は大きくうなずいた。

「書状で報せてくれたからには、狩野家が破門をお許しになられたのは間違いなかろう。そうなれば、外記様が博多に春香を迎えに来るというのも確かなことだと思われるが」

藤兵衛が喜色を浮かべて、

「春香様、まことに喜ばしいことでございます。さっそく店の者を廻船問屋に走らせ、

杉岡様が乗られた船が着きそうな日を調べさせましょう」

藤兵衛の口添えに里緒は胸が高鳴りそうになるのを懸命に堪《こら》えた。吉報が唐突に舞い込んだことに却って不安を覚えた。

「ですが、外記様が博多にお出でになられるのでしたら、あらかじめお手紙をくださるのではないかと思われますが」

里緒が当惑したように言うと、春楼は首をかしげて、

「そう言われればそうだな」

とつぶやいて、外記様にも何かご事情がおありなのではあるまいか、と口ごもりながら言い足した。黙って部屋の隅に控えていたお文が、明るい声で口を挟んだ。

「春香様、あれほど心待ちなさった方がお戻りになられるのでございましょう。そのようなことはさておきまして、船が着きそうな日にお迎えに参りましょう。そうすれば、きっと大切な方が春香様の前にお出でになられます」

藤兵衛がうんうんと頭を振って応じた。

「そうですよ。お文の言う通り、信じて待てばよろしいのです。そうすればきっと願いはかないましょう」

ふたりの励ましを受けて、里緒は目の前に明るい光が差してくるのを感じた。

藤兵衛の店の者が調べてきたところによると、船がいつ着くかはっきりしたことはわからないという。悪天候に遭えば、その都度、最寄りの湊で天気の回復を待つからだ。

何にせよ、この十日の間に船は着くはずだ、と廻船問屋が答えたというのを聞いた里緒は明日からでも、毎日、湊に通おうと思った。

「御百度を踏むつもりで通います」

と話すと、藤兵衛はすぐに応じた。

「それがよろしゅうございます。まずは願をかけてみて、何事もそれからです」

里緒は翌日からお文にもついてきてもらい、かじかむ手をさすりながら湊に立ち続けた。

湊には日毎に〈五ヶ浦廻船〉の船が入る。さほど大きくない船ばかりだが、艀《はしけ》が寄っては荷物の上げ下ろしが盛んに行われた。さらに長崎警備を務める藩の御用船も係留地の〈御船入り〉に入るため沖合に姿を見せるなど、吹き付ける北風を物ともせず湊の賑わいは続いた。

時節柄、博多の空は鉛色の雲に覆われる日が続く。時おり、小雪が舞う中で里緒が海を見続けるのは、春楼がもたらした狩野家からの礼状に書かれていた内容に心許《こころもと》なさを感じていたからだった。

春楼が江戸で会った時、外記は狩野門に戻るつもりはないと言ったという。それならば、加賀前田家のお抱え絵師になるつもりもなかったはずだ。

どう考えても平仄《ひょうそく》が合わないと感じて、里緒は心が落ち着かなかった。ひょっとしたら、相模屋善右衛門に迫られて外記は根負けしてしまったのかもしれない。

善右衛門はやはり妙を元番頭の後添えに出したくなかったのではないか。外記が狩野門に復帰して、大名家のお抱え絵師になってくれれば、妙を託すことができるし、金も都合してもらえると考えても不思議はない。

春楼は、手紙に書かれた加賀に伴う内儀を里緒だと思い込んでいるが、いまでも外記の妻は妙なのだ。

妙を加賀に伴っていく前に、里緒に別れを告げるため博多に来ると考えれば辻褄《つじつま》が合う気がしてきた。それで、里緒に前もって手紙を出さなかったのではないだろうか。

里緒は胸が張り裂ける思いがしたが、たとえそうであるにしても、外記に会いたかった。そして、外記が前田家のお抱えとして絵師の道を歩めるのなら、その前途を言《こと》祝《ほ》ぎたい、と思った。

（わたしは、もう一度、外記様が描かれる千鳥の絵を見たい）

あの日、ふたりで見た筥崎《はこざき》浜に飛ぶ千鳥の群舞を再び描いて欲しい、と里緒は願った。確かめる術《すべ》がない中で追い詰められる心持がしていたが、どうなるにしても再び千鳥の絵を描いてもらえるのなら、絵の中に外記との想いは込められるに違いない。その絵がありさえすればひとりでも生きていける、と里緒は自分に言い聞かせるのだった。

湊に行った最初の日は何事もなく過ぎ、二日、三日と日がたっていったが、一向に旅人を乗せた船は姿を現さなかった。

曇り空が続き、日によって雪が吹き付け、湊は凍てついた。それでも里緒は湊に立ち続け、お文も黙って付き添ってくれた。

七日目の朝、ひさびさに晴れ間がのぞき、博多湾の海面が日差しを照り返して明るく輝いた。この日の昼下がりに、里緒とお文が湊に立っているところに春楼がやってきた。

「そんなに毎日、寒いところに立っていたら体を壊してしまう。亀屋で待っていた方がよくはないか」

心配げに言う春楼に、里緒は笑みを見せて答えた。

「いえ、こうして海を見ながら待つ方がわたくしの心が楽なのです」

そうか、とつぶやいた春楼は沖に目を遣った。この日も船が入ってきそうな気配はなかった。しばらく並んで立っていた春楼が、里緒を振り向いて、

「やはりきょうも無駄なようだな」

と言った時、お文が、

「春香様、船が入ってきます」

と声をあげた。白帆を上げた大きな船が沖合から湊に向かってくるのが遠くに見えた。その光景を目にした春楼が、

「外記様の〈博多帰帆〉の絵そのままだな」

とつぶやいた。里緒は船着場に急ぎ足で向かった。春楼とお文も続いていく。やがて停泊した船から小舟に乗り換えた旅人が次々に下りてきた。〈五ヶ浦廻船〉ではな

く旅人を運ぶ乗合船であるのは見て取れた。

　小舟から船着場に上がってくる武家や僧侶、商人たちに交じって外記がいないかと里緒は必死になって目を凝らした。

　だが、外記の姿は見えなかった。里緒が肩を落として戻ろうとした矢先に、春楼が、

「まさか――」

　とうめくように言った。何事かと訝《いぶか》しんで里緒が顔を向けると、春楼の視線の先に小舟を下りたばかりの鼻が大きくあごがはった顔をした初老の商人らしい男がいた。

　春楼は男を指差して、震える声で言った。

「相模屋善右衛門さんだ」

　春楼が言う名を聞いた里緒の脳裏に外記の幻が蘇《よみがえ》った。

　外記ではなく善右衛門が来たということに不吉なものを感じた。

（外記様の身に何かがあったのだ）

　里緒は目の前が暗くなり、地面に頽《くずお》れた。

挙哀女図《こあいじょず》

一

また夢を見ているのだろうか。

外記が微笑《ほほえ》んで博多の湊《みなと》に立っている。里緒は懸命に駆け寄ろうとするが、思うように足が動かない。

――外記様

胸の内で叫びながら、力を振り絞《しぼ》って近づこうとする里緒の前から外記の姿が滲《にじ》んではかなくなっていく。やがて、笑みを残したまま、外記は消えていった。

「待ってください」

声をあげて追おうとしたところで里緒は、はっとして目を覚ました。亀屋の離れで里緒は布団に横たわっていた。お文と春楼が心配そうな顔をして覗《のぞ》き込んでいる。

「わたくしはどうしてここに――」

里緒がつぶやくように言うと、お文が顔を寄せて告げた。

「春香様は湊でお倒れになられたのです。それで、春楼様が亀屋まで背負ってくださいました」

驚いた里緒は、お文の傍《かたわ》らにいる春楼に目を向け、

「船から下りてこられたひとの中に、相模屋《さがみや》善右衛門さんがおられたのでしょうか」

と訊いた。春楼は目を伏せてうなずいた。

博多の湊で、里緒は外記が戻ってくるのを今か今かと待ち続けた。ところが春楼は、旅人を乗せて湊に着いた船から下りてきた初老の商人らしい男を指差し、震える声で、

「相模屋善右衛門さんだ」

と言った。

後の記憶は途切れている。里緒は思わず目を閉じた。

「春楼さん、わたくしは去年の大晦日《おおみそか》に夢を見ました」

「夢を？」

春楼は、里緒が出し抜けに話柄《わへい》を変えたことに不審を抱いて首をかしげた。里緒は目を閉じたまま、夢に見た外記の話を口にした。

大晦日の夜、里緒は博多の湊の風景を思い浮かべた。光が降り注ぐ湊に千石船が入ってくる様を絵にしようとしていた。ふと気がつくと、行灯《あんどん》のほのかな明かりにぼんやりと外記の姿が浮かんで見えた。

驚いたような目をして里緒を見つめた外記は、やがてゆっくりと笑みを浮かべた。だが、すぐに激しく咳き込み始めた外記を、里緒は抱きしめた。

「わたくしのもとに戻ってきてくださいませ」

耳もとで囁《ささや》く里緒に、外記はあえぎを漏《も》らしつつ、

「必ずや、里緒殿のもとに戻って参る」

と答えてくれた。あの夜の外記の声が今も耳に残っている。外記は必ず帰ってきてくれると信じていた。

里緒はそんな思いを込めて〈博多帰帆《はかたきはん》〉の下絵を描いたのだが、きょう、湊で見たのは外記の姿ではなく、相模屋善右衛門だった。悲しみで胸がいっぱいになり、里緒

の目から涙が一筋流れ落ちた。

　里緒の話を黙って聞いていた春楼は、深く慮《おもんぱか》る顔をして、思い切ったように口を開いた。

「相模屋さんは杉岡様の遺髪を江戸からはるばる博多に持ってきてくだされたのだ」

　春楼の言葉に、春香は絶望の思いにかられて唇を噛みしめた。お文は顔を手でおおって嗚咽《おえつ》した。

「どうして、こんなことになったのでございましょう。春香様があれほどお待ちになっておられましたのに」

　お文が涙ながらに言うと、春楼は話を継いだ。

「湊で春香が倒れた時、相模屋さんはわたしに気がついて駆け寄ってこられた」

　善右衛門は、春香が倒れてうろたえている春楼を驚いたように見つめた。そして外記が寄寓《きぐう》していた下谷《したや》の興善寺で出会った博多の絵師だと気づいたらしい。急ぎ足で寄ってきたが、里緒が青ざめて倒れているのを見て戸惑《とまど》った表情をした。

　善右衛門は春楼に近づき、震える声で、

「もしや、あなた様は以前、杉岡外記殿を訪ねてこられたことがある絵師の方ではありませぬか」

と訊いた。春楼は里緒を抱き起こしながら、

「さようです。あなたは相模屋さんですな」

と答えた。興善寺では自分のそばを通り過ぎた際にちらりと見ただけだが、外記を苦しめている善右衛門の顔は春楼の目に焼きついていた。

善右衛門は春楼が背負った里緒の横顔を見つめて、

「ひょっとして、このひとが外記殿の想い人の女絵師殿でしょうか」

とうめくように言った。血の気が失せた里緒の額にほつれ髪がかかり、なまめいて見えた。善右衛門は食い入るような視線を里緒に向けて、突然、ぶるぶると体を震わせた。春楼は険しい目で善右衛門を睨《にら》み付け、

「見ての通り、急に倒れて気を失っていますので、失礼します」

吐き捨てるように言い残して、歩き始めた。お文が里緒の背に手を添えてついていく。その後ろから善右衛門は足取りをふらつかせて、よろよろと春楼たちを追いかけた。

春楼は、湊でのことをため息まじりにかいつまんで話した。

「相模屋さんは春香を見て、杉岡様を待っていたのだと察したのだろう。後ろを歩きながら、申し訳ない、申し訳ない、と繰り返すばかりでな」

善右衛門はとうとう亀屋までついてきたのだという。

「相模屋さんは、いまどこにいらっしゃいますか」

里緒はゆっくり身を起こしながら訊いた。お文があわてて介添えをして上掛けを里緒の肩にかけた。春楼は顔を曇らせて口を開いた。

「相模屋さんのことを訊いて、どうするつもりなのだ」

「お訊きしたいことがあるのです」

外記の最期の様子を聞かなければ、すでにこの世にいないということがどうしても信じられない。

「客間で亀屋様と話しておられる。間もなくすべての経緯《いきさつ》を聞かれた亀屋様が伝えてくださるだろう」

春楼はなだめるように言葉を添えた。

「わたくしは相模屋さんから直《じか》にお話をおうかがいしたいと思いますので、いまから客間に参ります」

里緒が言い募ると、お文は激しく頭を振りながら、涙を浮かべて止めようとした。

「それでは春香様があまりにお辛いではございませんか」

「いいえ、どうしてもうかがいたいのです。そうしなければならない、という気がしてなりません」

珍しく言い張る里緒に、言葉を返そうとしたお文が目を丸くして、

「旦那様――」

と声をあげた。縁側に立つ藤兵衛の影が障子《しょうじ》に映っていた。里緒が顔を向けると同時に藤兵衛が声をかけて障子を開け、部屋に入ってきた。後ろに肩を落とした初老の男がいて、縁側に座った。

「春香様、お加減はいかがですか」

藤兵衛は座ると気がかりな様子で里緒に訊いた。里緒は、縁側でうなだれている男に気を取られ、返事をしなかった。藤兵衛はちらりと男に目を遣《や》り、

「あの方は相模屋善右衛門さんとおっしゃるそうで、春香様にお話があると言われる

ので
お連れしました」

と里緒に告げて、善右衛門と話ができるかうかがいを立てる眼差しを向けた。

「さようでございますか。わたくしもお話をうかがいたいと思っていたところです」

青ざめた表情で春香が答えると、善右衛門はぎくりとして顔を上げ、唇を舌で湿してから、

「わたしの話を聞いてくださいますか」

と落ち着かない素振りで言った。里緒は黙ってうなずいてから、あらためて善右衛門に声をかけた。

「そこにいらしては、お話がうかがえません。中にお入りください」

里緒にうながされて部屋に入った善右衛門は、かしこまって頭を下げた。江戸で大《おお》店《だな》を構える商人とは思えないほどへりくだった仕草だった。

「さように恐縮されてはわたくしの方が身の置き所がございません。外記様とのことで、わたくしは、お詫《わ》びを申し上げねばならぬと存じております」

里緒は手をついて善右衛門に頭を下げた。外記と不義密通して善右衛門親子を苦しめたと自らを責め、申し訳なく思っていた。

善右衛門は顔をあげ、

「どうか、お手をお上げください。この期《ご》におよんで後悔しても遅うございますが、わたしども親子は、外記殿にまことに酷《ひど》いことをしてしまいました」

「さようなことは――」

「いえ、わたしどもが無理を言ったばかりに、外記殿は亡くなられたのです。すべてはわたしが悪いのでございます」

善右衛門は目に涙を浮かべて、ゆっくりと話し始めた。時おり中庭に強い風が吹きつけ、木々を揺らした。

二

外記殿が婿になってくれたおり、わたしども親子は有頂天になって喜んだものでございました。わたしはしがない行商をして成り上がった者でございますから、幕府お抱え絵師である狩野様の高弟を婿とすることができたのは、この上もないほどの誉《ほま》れだと思いました。

なんとも晴れがましく、嬉しいことでした。まして、外記殿は容貌もすぐれておられましたので、娘の妙は日がな一日、絵を描く外記殿の姿をうっとりと眺めていたものです。しかし、しだいにわたしどもは外記殿との間に隔たりがあることに気づくようになりました。

外記殿が命を懸《か》けて打ち込んでおられる絵というものが、わたしどもにはよくわかりませんでした。

大切に思うひとが、自分たちのわからないものに夢中になっている姿を目にするのは辛いものでした。徐々に妙も外記殿のそばにいるのが気づまりだと感じ始め、芝居見物などに出歩くようになりました。

わたしもそれを咎《とが》めませんでした。婿入りしてくださったものの、外記殿は心の中でわたしどもを家族とは思わず、軽んじているのではないか、という気がしたからでございます。

僻《ひが》んで言っているばかりではございません。外記殿は日を追ってひややかな目を向けるようになり、時にわたしどもが絵について口にすると、苛立《いらだ》ちを隠さなくなりました。

「お前たちに絵のことはわからない。余計なことを言うな」

と外記殿の目は語っているような心持がいたしました。

そんなおりに博多のお寺で屏風絵を描く仕事が外記殿にもたらされました。外記殿は気晴らしになると思われたようで、喜んで九州へ向かったのではありますまいか。

博多におられた間、わたしと妙は正直、ほっとした思いで日を送ったものです。

外記殿の厳しい目を気にすることなく、日々を安穏《あんのん》に過ごすことができると安堵するところがございました。妙は少しでも外記殿と話ができるようになりたい一心で、留守の間に狩野派の絵師に絵を学び始めました。妙なりに懸命だったと思います。ところが、九州から戻ってこられた外記殿は、思いがけないことを言い出されました。

博多で女の絵師と理無《わりな》い仲になったゆえ、離縁して欲しい。三年の間、修行した後、博多へ行くつもりだ、というのです。

外記殿の話を聞いて、わたしは声をあげて笑いました。

内心では困ったことになったと思いましたが、幕府のお抱え絵師一門で、将来はいずこかのお大名に抱えられるに間違いない外記殿を手放すわけにはいかない、と知恵を絞りました。そこで、大したことではない、旅先での気の迷いだと言いつくろおうとしたのです。

妙も捨てられると思い、取り乱しました。とても外記殿の不実を詰《なじ》ることなどできませんでした。

その後、わたしどもは必死に外記殿をつなぎ止める苦労を惜しまず、三年の間、努めましたが、外記殿の心を変えることはできなかったのです。博多で出会ったひとを忘れかねていると、身に沁《し》みて感じられました。

わたしどもの懊悩《おうのう》は深まるばかりでした。

外記殿はほかに好きな女ができたから離縁してくれ、と言っているのではないのだとわかっていました。大切に思う絵について語り合え、同じ道をともに進める女人と出会ってしまったのです。それはわたしどもがどれほど努めようが、かなわないことでした。

わたしども親子は、外記殿から見捨てられようとしているのだと恐れを抱きました。

自分と不釣り合いの者と別れて、わかり合える女人と生きることにした、と言われたような気がして、腹立たしい思いで胸が煮えました。どんなことがあっても離縁は認めないぞと思いました。そんな思いが募る中で、わたしは狩野一門を謗《そし》る言葉をつい口にしてしまい、お上のお咎めを受けました。

商売が傾いて暮らしが立ち行かなくなったのは、外記殿のせいだと恨む気持でいっぱいになり、責め立てて、金を稼がせ、縛りつける算段をしたのです。

尽くしたあげくに見捨てられ、外記殿だけが幸せになることなど許せなかったのです。そうこうするうち、妙は病が癒《い》え、かつて番頭をしていた巴屋《ともえや》佐平次《さへいじ》という男が自分の店を持ち、商売も繁盛しているため、わたしどもを助けてくれるようになりました。

佐平次は妙を後添えに望んでおりましたから、外記殿と離縁をして、新たな道へ踏み出すのもいいかと一度は思いましたが、ひとの心というものは、自分でもまことにわからぬところがございます。

ようやくどん底から這《は》い上がれるかもしれない、と思ったとたんに却ってより一層、いまの境遇が惨めに思えてきまして、以前はこうではなかった、という嘆きばかりが日毎に強くなったのです。

好意を示してくれる佐平次にへりくだった挨拶をしなければならないのが癪《しゃく》に障《さわ》り、外記殿と離縁して昔の番頭の後添《のちぞ》えになる妙が哀れに思えて参りました。

そんなおりに外記殿が狩野様の破門を許され、加賀の前田様のお抱え絵師になるという噂《うわさ》を伝え聞いたのでございます。

その話を耳にして、わたしは目が眩《くら》むほどの怒りを覚えました。妙も数日、ふさぎ込み、再び寝込んでしまいました。

佐平次の世話になって肩身の狭い思いをして生きていかねばならないわたしどもに比べて、外記殿は大名のお抱え絵師として、はなやかな場所に出ていこうとしている。

こんな理不尽が許されていいものか、と浅はかな考えで頭がいっぱいになったのでございます。そこで、妙とともに興善寺に押しかけ、外記殿を難詰《なんきつ》しました。ところが、外記殿は佐平次との縁談を勧めるばかりで、前田家のお抱え絵師にはならぬ、と言われるだけなのです。

ふたりして外記殿に言いたいことを遠慮なく口にして家に戻りました。落ち着いて考えれば、すぐにわかるはずですが、どれほど外記殿を責め立てても、わたしどもは佐平次の世話を受けて生きていくほか道はないのだと目に見えておりました。

妙とそのことについて膝《ひざ》を突き合わせて話はいたしませんでしたが、思いは同じだったと存じます。外記殿のことを諦《あきら》めねばならないとわかっていました。

けれども、あの日、思わぬことが起きてしまいました。

淡々と語っていた善右衛門は、がくりと肩を落とした。

「いったい、何がございましたのでしょうか」

里緒は胸に手を当て、心を落ち着かせて訊いた。善右衛門はしばらく黙った後、昨年の十二月に外記が神田の善右衛門の家を訪れた、と言葉を続けた。

善右衛門は店を小さくするとともに、神田に家を借りて移り住んでおり、外記が訪ねてくるのは珍しかった。

その日は朝から冷え込みが厳しく、妙は体調を悪くして寝込んでいた。何事かと、応対する善右衛門に、外記は、狩野家の破門がようやく解けたと話した後で、加賀の前田家からお召し抱えの話があるが、これはご辞退しようと思うと告げた。

しかし前田家のお城の襖絵《ふすまえ》を描く依頼を受けているので、年明けに加賀に行くことになると続ける外記の話を、仏頂面で聞いていた善右衛門は、

「そんなことを言っているが、加賀へ行ったまま、お抱え絵師になろうという魂胆《こんたん》じゃないのかね」

とつめたく言った。外記は頭を振って答えた。

「さようなことは断じていたしません。なぜなら、わたしは破門が解けたのを機に博多へ参り、彼の地で絵師として生きていこうと思っているからです」

「なんだって。では、あんたはあの女絵師と暮らすつもりなのか」

善右衛門が目を剝《む》いてまくし立てると、外記はきっぱりとした口調で応じた。

「その通りです。それゆえ、この際、妙殿とはっきり離縁する旨をお伝えするために参ったのです」

「そんな身勝手は許さん」

「認められないとは存じますが、かように憎み合って、無駄に時を過ごしても何ら得るものはありますまい。それより、互いに新たな生き方をすべきだと思い定めました。離縁のお許しを願うために参ったわけではありません。わたしは、すでに生きる道を決めましたから」

外記が言い切ると、隣室でひとが動く気配がした。妙は外記の話を聞いてしまったのだ、と善右衛門はどきりとした。

息を詰めてうかがううちに、妙が襖《ふすま》を開けて部屋に入ってきた。いつの間にか身づくろいをして、きれいに化粧もしている。茶碗をのせた盆を捧げ持っていた。

外記の前に茶碗を置いた妙は、手をつかえて、

「おひさしゅうございます」

と尋常に挨拶した。離縁の話に逆上するのではないか、と案じていた善右衛門は、落ち着いた妙の様子を見てほっと安堵した。

膝を正した外記は、

「聞かれたであろう。まことにすまないが、わたしたちの縁は今日を限りといたしたい」

と頭を下げた。妙は何も答えず、じっと外記を見つめるばかりだった。

外記は戸惑う表情を見せながら、茶碗を手に取り口に運んだ。ひと口飲んで茶碗を置き、しばらくして、外記はうめき声をあげて胸をかきむしった。

「どうしたのだ」

善右衛門が驚いて声をかけた時、外記は中庭に飛び降りて庭木の根もとで激しく吐いた。善右衛門もあわてて庭に下り、外記を介抱しようとすると、妙がにわかに泣き伏して畳にうつ伏せになった。

苦しげにあえぎながら、外記は妙を振り向き、

「そこまで、わたしを憎いと思うていたのか」

と悲しげにうめいた。

善右衛門は混乱する頭で、妙が茶に毒を入れたのではないかと考えた。外記が離縁の話を持ち出したのを耳にして、妙はとっさに一服《いっぷく》、盛ったのだ。

近頃、台所を荒らす鼠を退治しようと石見《いわみ》銀山猫いらずを買い求めたのを思い出した善右衛門は、薬をしっかり隠しておけばよかった、と臍《ほぞ》をかんだ。

「外記殿――」

善右衛門が肩を支えると、外記は切れ切れの声で、

「相模屋殿、わたしを駕籠《かご》で興善寺に運び、それから、医者を呼んでください」

と頼んだ。善右衛門はうろたえながらも、外記に言われた通り駕籠を呼び、付き添って興善寺へ向かうと寺の小僧を走らせて医者を呼んだ。

床に横たわった外記は、医者が来ると、苦しげな息の下から、

「悪食《あくじき》をして当たったようです」

と告げた。医者は首をかしげつつ、処方をして薬を出した。

善右衛門は外記の傍らで見守るばかりだった。外記がこのまま死んでしまえば、妙はひと殺しになってしまう、と恐れる気持に慄《おのの》いた。

外記はその日から七日の間、苦しんだが、八日目にようやく毒が抜けたのか、身を起こせるようになった。しかし、毒に侵された体は痩せこけて見るも痛々しかった。家に戻らず、看病し続けた善右衛門に外記は、

「どうにか、きょうまで生き延びることができました。これで、妙殿が罪に問われることはないでしょう」

と告げた。善右衛門は目に涙を浮かべた。

「あなたは、妙を罪人にしないために寺へ戻られたのか」

「妙殿がしたことは隠し通さなければなりません。それが、不実のお詫びとして、わたしにできるせめてものことですから」

外記は静かに言った。だが、快復の兆しが見えたその日から、外記は高熱を出した。以前から患っていた胸の病が、毒で体力が落ちて進んだらしい。

善右衛門とともに妙も興善寺に来て看病していたが、十日ほどたった日の夜、外記は血を大量に吐いた。

「申し訳ありません、わたしはとんでもないことを……」

泣いて謝る妙に、床に横たわった外記は、

「ひとは自分でも思いもよらぬことをしてしまうものなのだ」

と諭《さと》すように言い、傍らの善右衛門に目を向けた。

「わたしが逝《い》ったら、妙殿を佐平次殿のもとへ嫁がせてください。そして、わたしの髪を博多へ持っていって欲しいのです」

「博多に――」

善右衛門が涙ながらに訊き返すと、外記はかすかに笑みを浮かべた。

「そうです。わたしは博多に帰らねばなりません。そう約束したのですから、あのひとと――」

「必ずお持ちいたします」

善右衛門が言うと、外記は嬉しげにうなずいた。

「わたしは、また博多の浜辺で里緒殿と会いたいのです。ふたりで見た乱舞する千鳥のように、絵師として飛翔できる日を夢見ているのです」

眼前に群れ飛ぶ千鳥を見ているかのように目を宙に向けて、外記は息を引き取った。

しんしんと雪が降り積もる、年の瀬の夜だった。

里緒は、善右衛門の話を聞き終えて大きく息を吐いた。

「外記様は約束を守ってくださったのですね」

大晦日の夜、里緒が見た幻は、やはり外記だった、と思った。外記は魂魄《こんぱく》となって、里緒のもとに戻ってきてくれたのだ。

――外記様

里緒は深い悲しみに包まれた。外記の後を追いたいという気持で胸がいっぱいになった。

三

外記が亡くなった話を聞いた里緒は、生きる気力を失って寝ついた。

お文は懸命に看病したが、里緒の食は進まず、瘦せ細っていくばかりで藤兵衛を案じさせた。見舞いに訪れた春楼は、ため息をつきつつ、藤兵衛と何事か話し合って帰っていった。

数日後、亀屋をふらりと仙厓《せんがい》が訪れた。春楼が供をして後ろに控えている。

「早速、お出でいただきましてありがとう存じます」

藤兵衛が丁重に迎えると、仙厓はにこりと笑った。

「衣笠春崖殿の弟子殿が亀屋の女絵師を見舞ってやってくれと頼みに参ったのでな」

藤兵衛は春楼に目礼してから、

「和尚様《おしょう》にお越しいただけないかと、春楼さんに相談しましたのはわたくしでございます。わざわざお越しくださり、申し訳ございません」

と丁寧に腰を屈《かが》めた。

「なんの、女絵師殿には〈博多八景〉を仕上げてもらわねばならぬゆえ、絵筆をとれぬでは困るからのう」

「まことにさようでございます」

藤兵衛がうなずくと、仙厓はため息混じりに、

「じゃが、女人の心は美しゅうて、扱いかねるものじゃて、わしとて難儀致すやもしれぬがのう」

とつぶやいた。

仙厓は藤兵衛に案内されて里緒の居室に向かい、春楼も後に続いた。仙厓が部屋に入ると、里緒はお文の介添えで床に起き上がった。

「仙厓和尚様がお見舞いにお見えくださいましたよ」

藤兵衛は里緒に声をかけて部屋の隅《すみ》に控えた。春楼もさりげなく、

「わたしも仙厓和尚様のお供をしてきた」

と言い添えて藤兵衛の隣に座った。仙厓は飄《ひょう》々《ひょう》とした様子で里緒のそばに寄って座るなり、

「死にたいか」

とにこやかに訊いた。里緒はゆっくりと頭を振った。

「死にたいとは思っておりません。ただ想うひとにもう一度お会いしたいと願《ねご》うておるだけでございます」

「そうであろう。わしも死にとうはない。されど、すでにこの世を去った好きなひとに、また会いたいものじゃと時たま思うことはある」

「そのような時、和尚様はどうなされるのでございますか」

「わしか、わしはな」

言いながら仙厓はゆるりと里緒の手を取り、両手で温めるように包んだ。

「冷え切って、つめたい手をしておるのう。心が冷えておるからであろうが、こうして、わしのような老人の手であっても包んでやれば温こうなるじゃろう」

里緒は素直にうなずいた。仙厓の手は温かい。胸の内にまで仙厓の温かさが伝わってくる気がした。

「これが血の熱さじゃ。血は心の熱さを伝えるものじゃから、心が死んでしもうたら、ひとの肌もつめとうなってしまう。体が死んでしまうのは、どうにもならぬことじゃが、心を死なせてはいかん」

「和尚様、死なせてはならない心とは何なのかお教えくださいませ」

里緒は胸に響いてくるものをかすかに感じながら、仙厓に教えを請うた。

「ひとを愛おしむ心じゃ。ひとはひとに愛おしまれてこそ生きる力が湧《わ》くものじゃ。たとえ、その身は朽ち果てようが、愛おしむひとがいてくれたと信じられれば、現世でなくともいずこかの世で生きていけよう。この世を美しいと思うひとがいて、初めてこの世は美しくなる。そう思うひとがいなくなれば、この世はただの土塊《つちくれ》となるしかないのじゃ。心が死ねばこの世のすべてのものは無明長夜《むみょうちょうや》の闇に落ちる。死を望んでおるのなら、死ぬがよい。されど、おのれの心を死なせてはならぬ」

脳裏《のうり》に外記の面影が浮かび、里緒の胸に深い哀しみが満ちた。抑えていた悲嘆にくれる心が解き放たれたのか、里緒の目から涙がとめどなく流れ落ちた。

「おお、存分に泣いたか。挙哀《こあい》じゃな」

仙厓が顔をほころばせて言った。控えていた藤兵衛が首をかしげて訊いた。

「和尚様、こあいとは何でございましょうか」

「禅家では葬儀のおり、仏事が終わってから後に参列の僧が哀、哀、哀と三度声を挙げる。これを挙哀というのじゃ。唐の国では、葬いのおりに棺《ひつぎ》の側にあって泣き声をあげるのが礼であったそうな。泣くことによって亡き者の霊を慰めたのであろうな」

仙厓は藤兵衛に目を向けつつ、続けてゆっくりと里緒の手をなでさすっている。春楼が小さい声で、

「挙哀でございますか」

と感に堪えないように言った。里緒は涙をぬぐいもせず、流し続けた。仙厓がいましがた口にした言葉に従って、

哀　哀　哀

と三度、声をあげたかった。哭《こく》したからといって、心が慰められはしないだろうが、地中から湧き出る清水のように、清冽《せいれつ》な心持が胸にあふれてくるのが感じられる。

(外記様、わたしはこのようにあなたが亡くなったことを嘆き悲しんでいます。あなたのことを想い続ける心が胸のうちで息づいております)

仙厓は里緒の手をさりげなく離した。里緒は両手で顔をおおって嗚咽《おえつ》した。それを見て、仙厓も涙ぐんだ。

「思い切り泣くがよい。悼《いた》む涙は、亡き者の心を潤そう。そして、亡き者に言い聞かせるのじゃ。いまは行けぬが、いずれはそちらへ参る。この世の美しきものをたんと見て、土産話《みやげばなし》を聞かせようほどに、楽しみに待っていてくれとな」

里緒は何度も首を縦に振った。

(生きていこう)

そう心に言い聞かせていた。

八か月が過ぎて秋になり、里緒は〈博多八景図屏風〉の最後の仕上げに勤《いそ》しんでいた。このころ福岡藩では大きな変動が起きていた。

この年天保七年（一八三六）六月、大雨が降り続いて、農作物に甚大な被害が出た。これにより、藩の財政が圧迫されることが確実になり、白水養左衛門《しろうずようざえもん》が推し進めてきた改革の行き詰まりが明らかになった。

収入不足に陥った藩は大坂の銀主に新たな借財を申し込んだが、大坂の蔵元である鴻池善五郎《こうのいけぜんごろう》や広岡久右衛門《ひろおかきゅうえもん》、長山作兵衛《ながやまさくべえ》などの富商から借りた借銀をすでに踏み倒しているだけに、ことごとく断られた。

この事態を受けて藩主長溥《ながひろ》は改革を推し進めてきた家老の久野一鎮《ひさのかずしげ》を隠居させ、御《お》救奉行《すくいぶぎょう》の白水養左衛門を罷免《ひめん》した。

長溥は改革の中止を方針とし、それまで芝居や相撲興行などではなやかに繁栄していた中洲は、火が消えたようになった。

四

一年が過ぎた。

福岡湊町にある加瀬屋の奥座敷で、里緒が描き上げた〈博多八景図屛風〉の披露が行われた。

福岡藩の改革は失敗に終わり、白水養左衛門の失脚に伴って、藤兵衛は謹慎した。このため〈博多八景図屛風〉は加瀬茂作が引き受けを申し出て、加瀬屋の援助で仕上げることになった。里緒はお文とともに加瀬屋に移り住み、〈博多八景〉を屛風に描き続けて、このほどようやく完成の日を迎えられたのだ。

加瀬屋では、博多の富商や僧侶のほかに学者や文人を始め、藤兵衛や春楼、湖白尼、恵心尼ら里緒が絵を描く間に交わったひとびとを招いて屛風を披露する会を催した。

濡衣夜雨
長橋春潮
箱崎晴嵐

奈多落雁
名島夕照
香椎暮雪
横岳晩鐘
博多帰帆

奥の広間に飾り回された〈博多八景図屏風〉を目にした客に交じり、湖白尼と恵心尼は目を輝かせ、

「なんと見事な」

と囁き交わした。富商たちも、

「これば見てみんしゃい。見事な出来ですばい」

「まさに博多の名勝ぞろいですたい」

「博多はよかところやな、とほんなこつ思いますな」

と口々に褒《ほ》め讃えた。座に招かれた幇間《ほうかん》の与三兵衛が、

「博多の名物が増えて、嬉しかたい」

と大声で言うと酒席の余興に三味線を抱え、新内《しんない》を唄った。

里緒は宴席に連なった藤兵衛に、

「亀屋様で披露していただくのがまことでございましたのに、申し訳なく存じております」

と頭を下げた。藤兵衛は笑って答えた。

「何をおっしゃいますか。〈博多八景図屛風〉はもともと亀屋だけのものにするつもりはございませんでしたから、博多の皆様に喜んでいただけるだけで、本望でございます」

隣で感極まったように目を潤ませた春楼《しゅんろう》が、

「本当にそうだと思う。描いたのは春香だが、この絵には出会ったすべてのひとの思いが籠《こも》っている。亡くなった春崖先生の思いも絵の中にあるし、それに――」

と言いかけて口をつぐんだ。外記の想いも込められている、と言外に匂わせたのだろう。

遊女千歳への春楼の想いも〈濡衣夜雨〉に描かれている。下絵を描くにつれて出会った男や女たちの喜びや悲しみが、すべてこの屛風絵の中に込められているし、自分やお文の想いも入っている、と里緒は思う。

感慨にふける里緒の傍らで藤兵衛が、

――お文
と料理の膳《ぜん》を運んでいたお文に声をかけた。客の前に膳を置いて、お文がそばに寄ると、藤兵衛は里緒に顔を向けて、

「きょうはお文によい話があって参ったのです。祝いの席で伝えることができてようございました」

と口もとをゆるめて言った。何事だろうという顔をしたお文に、藤兵衛は、

「捨吉さんのご赦免《しゃめん》が決まったそうだ。来月には姫島から戻ってこられるらしいと昨日、報せがあったのだよ」

と笑顔で告げた。

「本当でございますか」

「捨吉さんが刺した相手はやくざ者だったうえに、不義までしたのだから、いずれご赦免になるだろうと思っていたが、やっとお許しが出たのだ」

藤兵衛の言葉を聞いて、お文の目に見る見る涙が浮かんだ。

「よかった。本当によかった」

里緒は思わずお文の手を取った。亀屋に入ったおりに、お文が自分と同じように大切に思うひとが帰るのを待つ身だと知って、悲しい思いを抱いた。

外記は戻らぬひととなったが、お文の父親が帰ってくることができるのなら、こんなに嬉しいことはない。

「捨吉さんが戻る日には、わたしと春香様もともに迎えに行きましょう」

藤兵衛の言葉に、里緒が笑顔でうなずくのを見たお文は、あわてて首を横に振った。

「それはあまりにも、もったいのうございます」

遠慮するお文に、里緒は言葉を添えた。

「いえ、わたくしもお迎えに行きたいのです。〈博多八景図屛風〉は仕上がりましたが、最後の〈博多帰帆〉にふさわしい博多に戻ってくるひとをわたくしはまだ目にしていません。お文さんのお父様が戻る姿をしっかりと目に焼きつけておきたいと思います」

言われて、お文ははっと息を吞み、しばらくしてから得心したように頭を下げた。

七月に入り、捨吉が島から戻る日になった。

お文は、朝から落ち着きがなく顔を強張らせてこまめに立ち働いていた。昼過ぎになって里緒はお文に付き添い、訪ねてきた藤兵衛と湊へ向かった。

雲ひとつない澄んだ青空が広がる日だった。

湊に立った三人は、海の彼方に目を凝《こ》らして、船を待っていた。お文がふと船着場に目を遣り、あっと声をあげた。

「あそこにお葉さんがいます」

お文が指差す先に、確かにかつて亀屋で女中奉公をしていたお葉がいた。

白水養左衛門の妻のお葉は、夫との折り合いが悪く家を出て亀屋を頼ったことがあった。しかし、お葉の心が落ち着いたころに、養左衛門が迎えに来て元の鞘《さや》へ収まった。

あれ以来、会うこともなかったが、養左衛門が失脚したと聞いて、里緒とお文はお葉を案じていた。

「お葉さんも父さんが戻るという話を耳になされたのかもしれませんね」

嬉しげに言って、お葉のもとに行こうとするお文を、藤兵衛はあわてて、

「待ちなさい。お葉さんに声をかけてはいけない」

と止めた。お文が訝《いぶか》しげな顔をして振り返ると、藤兵衛は眉《まゆ》をひそめた。

「そうか。養左衛門様が行かれるのは今日だったのか」

藤兵衛のただならぬ顔色を見た里緒は、不審に思って訊いた。

「いかがされましたか」

藤兵衛は戸惑う面持ちをして、諦《あきら》めたように口を開いた。

「実は、白水養左衛門様は遠島《えんとう》を仰せつけられたのでございます」

「まさか、そんな――」

養左衛門は失敗したとはいえ、藩政改革のために尽力したのに、失脚だけでは足りずに島流しにまでなるのか、と信じられなかった。

「白水様は改革が諦めきれなかったのでしょう。このほど、御家から藩政についての存知寄書《ぞんじよりしょ》を出すよう藩士に求められた際、意見書を出されたのです。そのことで藩のお咎めを受けて玄界島に流されることになったのです」

養左衛門が藩に提出したのは、〈行李酔帰録《あんりすいきろく》〉という意見書だった。これに対し、藩庁では、

――又々仕組存寄書など差出《さしだし》候《そうろう》段《だん》、重々上を憚《はばか》らず不届至極《ふとどきしごく》

として遠島処分を決めたのだという。

「御家のために努められましたのに、島流しにあうのはあまりのことでございます」

湊に佇《たたず》み、船を見送っているお葉の後ろ姿を見つめながら、里緒は悲しんだ。お葉が里緒たちを振り向いた。三人に気づいたらしいお葉は、ゆっくりと歩み寄り、小腰をかがめて挨拶した。

「おひさしぶりでございます」

澄んだ微笑を浮かべるお葉の顔を見て、里緒は胸が詰まった。

「お葉さん、白水様のことをお聞きしました。何と申し上げたらよいか、言葉が見つかりません」

お葉はやわらかな表情で里緒の慰めの言葉を聞いた。

「お気遣いをいただきありがとうございます。あのひとは頑固者でして、やりたいことをやったあげくに、とうとう遠島になってしまいました。いつ戻れるかわかりませんが、気長に待つつもりです」

さりげなく話したお葉は、お文に目を止めた。

「きょうは、姫島からご赦免船が着くと聞きました。ひょっとしてお文さんの——」

お文は申し訳なさそうな顔をして、

「父が帰ってきます。それなのにお葉さんの旦那様が行かれるなんて」

と言いながら肩をすぼめた。お葉は首を横に振って、お文にやさしい眼差しを向けた。

「そうでしたか。それは本当によかったですね。お文さんのお父様が無事に帰ってくるという話を聞くと、わたしも望みを持つことができそうな気がします」

お葉は養左衛門を乗せた船を追うように海に目を遣った。彼方を見つめるお葉の背に女の哀しみが漂っていた。

里緒とお文が抱いてきた思いを、きょうからお葉も胸にしまい、いつとも知れぬ養左衛門の帰りを待つ日を送るのだろう。

里緒はお葉の姿をしっかりと見据えた。女の悲しみを伝える、

――挙哀女図
を描こうと思い立っていた。

白い帆をあげた船が湊に入ってきた。あの船に捨吉は乗っているのだろうか。

心地よい夏の風が吹き抜ける空を千鳥が高く低く舞っている。

解説

池上冬樹（文芸評論家）

悲しみと苦しみを味わった人にお薦《すす》めしたい小説である。これから悲しみと苦しみを味わうだろう（生きていくうえでそれは仕方ない）人にも読んでほしい小説である。芸術家小説であり、恋愛小説であるけれど、何よりも悲哀と苦悩を描いた小説であるからだ。

まず、冒頭から引き込まれた。男と女の絵師が仕事に打ち込む姿が静かに、力強く描かれてあり、絵を描く喜びが女絵師の内面を通して生き生きと伝わってくる。読みながら、僕はふと本阿弥光悦《ほんあみこうえつ》・俵屋宗達《たわらやそうたつ》・角倉素庵《すみのくらそあん》たちの人生を捉《とら》えた辻邦生《つじくにお》の『嵯峨野明月記』を思い出した。沈潜して濃密な芸術家たちの苦悩と喜びが美しく叙情的に描かれてあり、若いときに読んだ辻作品が喚起されて、これは凄い作品なのではないかと思った。葉室麟といえば、『銀漢の賦』（松本清張賞）、『秋月記』、『蜩《ひぐらし》ノ記』

（直木賞）、『川あかり』など武家社会を舞台にした名作が多いけれど、芸術家小説も得意とする。もともと葉室麟のデビューは歴史文学賞を受賞した『乾山晩愁』で、表題作は尾形光琳の弟乾山《けんざん》を主人公にして、芸術家の苦悩をテーマにしていた。収録されたほかの短篇でも狩野永徳《かのうえいとく》、長谷川等伯《とうはく》、狩野探幽《たんゆう》、雪信《ゆきのぶ》、英一蝶《はなぶさいっちょう》を取り上げて、時の権力者との相剋《そうこく》・葛藤《かっとう》を捉えていた。

そして本書『千鳥舞う』もまた、絵師を主人公にした芸術家小説である。物語は、女絵師春香《しゅんこう》が、博多織を商う大店《おおだな》亀屋の依頼で、博多八景を屛風《びょうぶ》絵にする仕事をまかされるところから始まる。

二十六歳になる春香は三年前、江戸から訪れていた妻ある絵師の杉岡外記《げき》と不義密通し、そのことが世間に知れて、師の衣笠春崖《きぬがさしゅんがい》から破門され、絵を描くことを憚《はばか》っていた。

しかし久しぶりに春崖から呼び出され、亀屋藤兵衛を紹介される。話を聞けば、外記も最近になって江戸の狩野門を追放されたという。これでようやく辻褄《つじつま》が合う、絵の仕事の再開も問題ないというのだが、春香は外記が追放されないために身を退いたので虚しかった。外記は三年前、妻と離縁して博多に迎えに来ると約束したものの、それはいまだ果たされないままだった。

春香は、心のどこかで外記の来訪を待ちながら、亀屋の女中のお文《ふみ》をともなって、博多八景の屏風絵の仕事に打ち込んでいく。

『千鳥舞う』は十本の短篇で構成されている。序章の「比翼屏風《ひよくびょうぶ》」は春香と外記の愛の始まりで、第九章「博多帰帆《はかたきはん》」は外記の姿を、最終章「挙哀女図《こあいじょず》」は二人の恋の結末を描いている。第二章から第九章までは、春香が「博多八景」の取材の過程で出会った人物たちの哀しみが語られることになる。すなわち遊女の悲恋を知り（「濡衣《ぬれぎぬ》夜雨《やう》」）、女中の失われた恋の復活を見届け（「長橋春潮《ながはししゅんちょう》」）、ある夫婦が抱える罪に触れ（「箱崎晴嵐《はこざきせいらん》」）、虐げられた歌舞伎役者の兄弟と出会い（「奈多落雁」）、別れた母と子の葛藤に心をくだき（「名島夕照《なじませきしょう》」）、三十年前の恋の顚末《てんまつ》に自ら乗り出し（「香《か》椎暮雪《しいぼせつ》」）、そして女の幽霊をめぐる狂気にうちふるえることになる（「横岳晩鐘《よこたけばんしょう》」）。

春香と外記の恋の行方を縦糸にしながら、そこにお手伝いのお文の過去（父親が母親の愛人を刺殺して流罪人として島送りになり、母親とは離ればなれ）、兄弟子の春《しゅん》楼《ろう》の恋、師匠の病などを盛り込んでいく。〝絵には描くひとそのままが現れる〟〝自らが描いた絵には必ず自身の内面が映し出される〟といわれるように、さまざまな人々との出会いと事件が絵画制作における内面の投影を深めていくからである。

　この手の連作は、冒頭と終盤は盛り上がるものの途中で中だるみするものだが、『千鳥舞う』ではそれがない。むしろ中盤に置かれた、子供が病に倒れる「箱崎晴嵐」と男たちの嫉妬《しっと》と憎悪をめぐる「奈多落雁」の二篇は意外な成り行きと秘めたる真相を明らかにして面白いし、お文の家族の問題を扱う「名島夕照」は人情小説としても逸品でほろりとする。

　このように一つ一つ独立した短篇としても読ませるけれど、全体的には春香と外記の関係進展が中心となり、江戸にいる外記の情況が関心の対象となる。もちろん作者は中盤から終盤にかけて外記の情況を詳《つまび》らかにしてラストへと盛り上げていき、芸術家小説として、また恋愛小説として完成させることになるのだが、しかし読んでいると、至るところで、作者が、芸術や男女の愛以上に人生そのものを凝視していることに気づく。

　たとえば抑えた女心を捉えて切ない「長橋春潮」では「女は皆、いつか長い橋を渡りたいと心のどこかで願っているのではないでしょうか」という印象的な台詞《せりふ》が出てきて、毛ほども外には見せぬ女の想いの深さに驚くのだが、一方で、「生きていれば意志は後から従《つ》きくると思いぬ冬の橋を渡りつつ」（道浦母都子《みちうらもとこ》）のように、現代の女性たちは橋を渡るのだろうかと考えたりするのだが、しかしそういう女心は一部で、作者はより深く人生の真実に目をむけている。

「忘れようとしても、忘れられないのが、ひとへの想いなのかもしれませんね」（「濡衣夜雨」）
「懸命に幸せにならなければいけないのだ、という言葉が思い出されて胸が詰まった。辛いことを乗り越えていく気持を持たなければ、幸せは寄ってこない」（「箱崎晴嵐」）
「誰もが、せつなさを胸に納め、懸命に自らの道を求めて歩んでいる」（「博多帰帆」）

これらの言葉の強さはどうだろう。いままさに悲しみ、苦しみ、もがき、嘆いている人にむけられている気がするのは僕だけだろうか。たとえば最終章「挙哀女図」に出てくる次のような台詞となると、もっと激しく読者の胸をうつ。

「心を死なせてはいかん。…ひとはひとに愛おしまれてこそ生きる力が湧《わ》くものじゃ。

たとえ、その身は朽ち果てようが、愛おしむひとがいてくれたと信じられれば、現世でなくともいずこかの世で生きていけよう。この世を美しいと思うひとがいて、初めてこの世は美しくなる。そう思うひとがいなくなれば、この世はただの土塊《つちくれ》となるしかないのじゃ。心が死ねばこの世のすべてのものは無明《むみょう》長夜《ちょうや》の闇《やみ》に落ちる」

「唐の国では、葬いのおりに棺《ひつぎ》の側にあって泣き声をあげるのが礼であったそうな。泣くことによって亡き者の霊を慰めたのであろうな」

「思い切り泣くがよい。悼《いた》む涙は、亡き者の心を潤そう。そして、亡き者に言い聞かせるのじゃ。いまは行けぬが、いずれはそちらへ参る。この世の美しきものをたんと見て、土産話《みやげばなし》を聞かせようほどに、楽しみに待っていてくれとな」

どういう情況で語られているのかは、本文で確かめてほしい。激しく胸を揺さぶられ、目頭を熱くしながら読むことになるだろう。それほど読者の胸に響くのは、作者があたかも目の前にそういう人がたくさんいて、そういう人たちにむけて話をしているように見えるからだ。物語を紡ぎながら、そういう苦難の人たちによりそっている印象なのである。

ある種の切迫した思い、あふれる思いに、読んでいてふと気づくことがあった。初巻本巻末の雑誌掲載の初出を見ると、第一章「比翼屏風」は二〇一一年五月号の「問題小説」である。五月号といえば雑誌刊行は四月中旬であり、葉室麟が小説を書き始めたのは三月中旬あたりではないのか。二〇一一年三月十一日の後に。未曾有《みぞう》の大災害、東日本大震災が起きた大変な時期に書き始められ、翌年二〇一二年二月号まで書き続けられた。作者葉室麟はまさに東日本大震災の悲劇をまのあたりにしながら創作したのである。だからこそ、この作品にあふれる悲劇への眼差《まなざ》しが深く、強く、温かいのだ。

本書のストーリーは、女絵師がいかにして博多八景を描くのかであるけれど、そこにさまざまなドラマをからませ、それぞれの哀しみをあぶりだしている。死者を送るとは何か、死者を悲しむとは何か、死者をどのように追悼すればいいのか、嘆き悲しむ人たちにどう言葉をかければいいのか、そしてどういう心持ちで生きていけばいいのかといったことが、ここには書かれてある。すべての答がここにある。何と哀しく、それでいて透明で気持ちのやすらぐ優しい小説であることか。

終盤、屏風絵の完成を急ぐ春香をみて、亀屋藤兵衛が焦る必要はないと話しかける場面がある（「博多帰帆」）。藤兵衛は、博多八景図屛風は「博多のひとたちの幸せを祈る心願の絵にほかならない」としみじみと語るのだけれど、これは本書『千鳥舞う』にも言えるだろう。つまり本書『千鳥舞う』は、東日本大震災を経験した日本人の幸せを祈る心願の小説であると。作者の思いは違うかもしれないが、僕はそう読んだし、冒頭であらゆる人に読んでほしいといったのは、そういう理由からである。

二〇一四年十二月

この作品は2012年7月徳間書店より刊行されました。

徳間文庫

千鳥《ちどり》舞《ま》う

2015年1月15日 初刷

著者 葉《は》室《むろ》麟《りん》

発行者 平野健一

発行所 東京都港区芝大門二―二―二〒105―8055
株式会社徳間書店

電話 編集〇三(五四〇三)四三四九
販売〇四八(四五一)五九六〇

振替 〇〇一四〇―〇―四四三九二

印刷 凸版印刷株式会社

製本 ナショナル製本協同組合

ISBN978-4-19-893931-1 (乱丁、落丁本はお取りかえいたします)